वैराग्य

गीतांजलि श्री

राजकमल प्रकाशन

ISBN : 978-81-7178-707-4

मूल्य : ₹495

पहला संस्करण : 1999
दूसरा संस्करण : 2022

प्रकाशक : राजकमल प्रकाशन प्रा.लि.
1-बी, नेताजी सुभाष मार्ग, दरियागंज
नई दिल्ली-110 002

शाखाएँ : अशोक राजपथ, साइंस कॉलेज के सामने, पटना-800 006
पहली मंजिल, दरबारी बिल्डिंग, महात्मा गांधी मार्ग, प्रयागराज-211 001
36 ए, शेक्सपियर सरणी, कोलकाता-700 017

वेबसाइट : www.rajkamalprakashan.com
ई-मेल : info@rajkamalprakashan.com

मुद्रक : बी.के. ऑफसेट
नवीन शाहदरा, दिल्ली-110 032

VAIRAGYA
Stories by Geetanjali Shree

छोटे भइया–ज्ञान–के लिए

आभार
अतुल को कवर पेंटिंग के लिए
जयंती को डिज़ाइन के लिए

क्रम

चौक

ठीक-ठीक कह नहीं सकती कि क्या खास बात थी उन दिनों की, क्यों वे मुझे बार-बार याद आ जाते हैं ? कोई अजीब घटना या खयाल नहीं कि उसे एक संकेत मान के उस ट्रिप को लैंडमार्क क़रार कर दूँ। न कोई सत्य मिल गया था कि जिस पर उँगली रखकर कहूँ, उसके बाद से कुछ पहले जैसा न रहा। न तभी से यहाँ की घुटन से निजात मिल गई कि भागने की चाह पर उसे याद करूँ। बिलकुल मामूली सा वह ट्रिप, अनेक और मेरे ट्रिपों के बीच से अनायास ही अलग से झाँकने लगता है।

उस बार भी झूठ बोलकर भागी थी। यहाँ के हालात से, घिर्र-घिर्र जंग खायी घिर्री-सी घूमती दिनचर्या से। कुछ इतनी आस से देखती थीं अम्मा, जहाँ उनके सामने पड़ो कि झूठ कहे बग़ैर मुझसे वहाँ से निकला न जाता। पापा भी देखते ही उठ बैठते और कहते क्यों आशू मुझे कहीं ले चल सकती हो ? एनी व्हेयर ? जस्ट फ़ॉर अ ड्राइव ? आई जस्ट वॉन्ट टू गेट आउट। वही इने-गिने जवाब मुझे देने पड़ते इस वक़्त ? इतनी धूप में ? शाम तो होने दीजिए। जिस पर वे कहते अरे शाम कभी नहीं होगी और फिर पेट में पलते बच्चे की तरह सिकुड़कर लेट जाते और आँखें बंद कर लेते। या मैं कहती, कक्कू दी और शंभू भइया को लौट आने दीजिए, उन्हें गाड़ी न चाहिए हो कहीं ! जिस पर वे कहते, अरे वो कभी नहीं लौटेंगे और लेट जाते। या फिर मैं कक्कू दी, भाभी, शंभू भइया से पूछ लेती और घुमा लाती पापा को कहीं, जिस पर शंभू भइया दिमाग़ पे ज़ोर डाल के कोई-न-कोई काम, बाज़ार, पावर हाउस, पोस्ट ऑफ़िस का सोच लेते कि गाड़ी जा रही है तो कुछ निपटा आओ, यों ही क्यों पैट्रोल फुँके ! लौटने में मंदिर के सामने पापा हाथ जोड़ लेते, फिर हम घर आ जाते।

जब मैं झूठ बोलती कि किसी राइटर्स वर्कशॉप में जाना है तो लगता

कि अम्मा को छोड़कर, जो सबसे ज़्यादा सवाल करतीं, पर शक़ किसी जवाब पर नहीं करतीं, सब—शंभू भइया, भाभी, कक्कू दी, सुल्लू, नंदू, (नहीं, नंदू शायद नहीं, दस बरस का मस्तमौला नंदू नहीं)—बिना यक़ीन किए चुपचाप मुझे घूर रहे हैं। ग़ुस्सा आता। शंभू भइया और कक्कू दी का क्या, दोनों ऑफ़िस जाते हैं, उसी के सहारे दिन भर को बाहर निकल लेते हैं। उस पर भी क्या मालूम कभी झूठ बोलते हों, खासकर भइया जब भाभी को भी सरकारी दौरे पे साथ, शहर के बाहर ले जाते हैं, नंदू को अम्मा की निगरानी में छोड़कर ? खैर मुझे तो झूठ बोलना ही होता और झूठ का नहीं तो इसका अपराधबोध सालता कि सबके सब फँसे हैं और मैं खिसक ली।

खिसक ली थी रॉबिन के घर उस दफ़े। सारे हाहाकार को छोड़ वहाँ के सन्नाटे में। पर नहीं, हाहाकार तो साथ चला आता है, बस दूर आकर एक वृत्त में सिमट जाता है, जिसको घेरे होता है उस जगह की दूरी का हलकापन और शांति। पर नहीं, कौन सा हाहाकार ? इस घर का जीवन शोररहित ही है, बस बिना चिल्लाए सब एक-दूसरे से भाग रहे हैं और एक-दूसरे की राह में गिर-पड़ रहे हैं। अम्मा रसोई में जाकर रजिंदर से बोलेंगी, परवल देर तक भूनना और सूखे बनेंगे, तब तक भाभी जा के टमाटर और पानी डलवा देंगी। अम्मा कहेंगी, लो मैं मना कर गई तुमने फिर बेस्वाद सब्जी बना दी, भाभी कहेंगी, कक्कू दी के दोस्त भी खाने पे रुकेंगे, लोग भी तो देखिए कितने होंगे खानेवाले ! नंदू रात का अलाप छेड़ेगा, मैं दादी के संग सोऊँगा और सुल्लू उसे डाँटेगी दादी को तक़लीफ होगी, तब शंभू भइया अम्मा को डाँटेंगे, आप पापा के कमरे में सोइए तो उन्हें भी नींद आएगी और वहाँ नंदू जाना नहीं चाहेगा, और अम्मा कहेंगी, नहीं, वहाँ मैं सो ही नहीं पाती क्योंकि ये रात भर हे भगवान, हे राम करते हैं। या ठक-ठक छड़ी ज़मीन पर ठोंकते हैं। और कक्कू दी भइया को डाँटेंगी कि अम्मा को जैसे अपनी नींद की चिंता ही नहीं करनी चाहिए ? फिर नंदू भइया और दी, दोनों से डाँट खाएगा और थकन के मारे और ज़ोर से रोएगा और पापा जो दिन भर आँख बंद किए रहते हैं रात भर जगे रहेंगे और छड़ी पे लँगड़ाते आते रहेंगे, दरवाज़े से झाँकेंगे, कभी पंखा बंद कर देंगे, कभी लाइट जला देंगे और जब हम सब डाँटेंगे कि क्या कर रहे हैं, सोने दीजिए तो कहेंगे, देख रहा हूँ नंदू ठीक है, कोई मुझे कुछ बताता नहीं क्या

हुआ, पता भी नहीं लगेगा कोई बच्चे को मार दे, उठा के ले जाए, तुम लोग देखती नहीं हो, इसकी माँ को हर मिनट इनके पास रहना चाहिए—भाभी और नंदू की एक संग बात करते ही वे नंदू को 'आप' के संबोधन में और भाभी को 'तुम' के में डाल देंगे—भाभी तड़ से उठेंगी और अपने बेडरूम का दरवाज़ा अंदर से बंद कर लेंगी। कक्कू दी पापा को वापस उनके बेड पर पहुँचा के कहेंगी, हम अपना दरवाज़ा भीतर से बंद कर रहे हैं, नहीं तो आप तो सोने नहीं देंगे और पापा को छड़ी पर सिर की टेक लगाए बैठा छोड़कर आ जाएँगी।

या सुल्लू फ़ोन पर बैठ जाएगी और भाभी आसपास चक्कर काटेंगी फिर शंभू भइया कहेंगे, बस भी करो सुल्लू। अम्मा मुझसे कहेंगी कि शंभू भइया कह रहे थे, बिजली का इतना बिल क्यों आता है, तुम अपने कमरे में इलैक्ट्रिक कैटल क्यों चलाती हो, बना तो देता है रजिंदर गैस पर चाय और मैं सुल्लू को डाँटूँगी, क्या स्कूल से आते ही माइकल जैकसन, मैडोना, अंड-फंड लगा देती हो, धीमा करो। वो दरवाज़ा बंद कर देगी तो पापा आएँगे, खोलो, कभी अंदर से लॉक मत करो, कुछ हो जाए तो, और बंद करो रेडियो क्या गंदी चीज़ सुनती हो, वे भाभी के प्लेयर में बजती ग़ज़ल की आवाज़ पर कहेंगे। कक्कू दी नहा के निकलेंगी और तार से नंदू और भइया के गीले कपड़े गुरचिया के कुरसी पर डाल देंगी और अपनी साड़ी इस छोर से उस छोर टाँग देंगी। भाभी दौड़ी आएँगी, कम-से-कम गंदी कुरसी पर मत डालो, रात कुत्ता इस पे बैठता है तुम्हें पता है ? मुझे नहीं पता, पता है, नहीं, हाँ, होगा।

और मैं पढ़ने बैठूँगी तो अम्मा आएँगी क्या पढ़ रही हो, छींकीं क्यों, ज़ुकाम हो रहा है क्या, और आज घर में रहोगी, ऐसे ही पूछ रही हूँ। लिखने बैठूँगी तो पापा आवाज़ देंगे मुझे तौलिया मिलेगी, इतनी देर हो रही है, इतना काम है, तैयार होऊँ और शंभू भइया डाँटेंगे, अम्मा इन्हें रूमाल दीजिए, फिर कुरते से नाक पोंछ रहे हैं, नंदू अंटी कर लो दादा से, नो वन कैन सिट निअर यू, यू आर सो डर्टी।

एक-दूसरे पर गिरते-पड़ते। जैसे जब रॉबिन का फ़ोन आया, मैं दौड़ी, रजिंदर दौड़ा, नंदू दौड़ा, सुल्लू दौड़ी, शंभू भइया दौड़े और हमेशा की तरह पापा दौड़े। सबके सब क्या मेरा है, किसका है ? बीवीजी का, रजिंदर ने

मुझे पकड़ाया। पापा वहीं बैठ गए, कौन है, क्या कह रहा है ? नंदू पिन-पिन करने लगा। उमंग का फ़ोन आना है। शंभू भइया ने इशारे शुरू किए, देर तक नहीं। अम्मा आईं और मुझ ही से पूछने लगीं आशू कल जो तुम्हें गुलाबी चादर दी थी कहाँ है ? बाक़ी लोग आइसक्रीम को लेकर ज़ोर-ज़ोर से बहस करने लगे–रजिंदर ने फिर फ्रिज ऑफ़ कर दिया, सारी आइसक्रीम पिघल गई। मैं खाऊँगा मेरा गला ठीक है, नंदू की टेर चली। पापा कान पर बैठे बड़बड़ा रहे थे–मुझे खाने पे क्यों नहीं मिली ? मैं एक कान दबाए, दूसरे से सुनने की मशक़्क़त कर रही थी, उस पर दिखाना यह था कि रॉबिन नहीं, किसी वर्कशॉप कार्यकर्ता से ऑफ़िशियल बात चल रही है !

हाँ-हाँ हाहाकार ही था। है। भागी मैं उससे, झूठ बोलकर, और साथ गया भी तो क्या, कम-से-कम अपने दायरे में जमा हो गया, एक जगह, शांति से घिरा।

शांति से बढ़कर था रॉबिन के घर में। शांति नहीं, सन्नाटा। शहर से दूर, खेतों से घिरा, इक्का-दुक्का मकानों के पास। पहुँचते ही बरसात गिरने लगी और ठंडक भरा सुकून मेरे दिल पर छा गया। कितना काम हो सकता है यहाँ, बस काम-ही-काम। पूरा झूठ भी नहीं बोल के आई थी, वर्कशॉप नहीं, पर काम ही करने आई हूँ। कब से पड़ी थी किताब पूरी होने को। कहाँ लोग प्रकाशक के पीछे पड़ते हैं कि जल्दी छाप दीजिए, कहाँ मैं इतनी खुशनसीब कि प्रकाशक पीछे पड़ा था जल्दी करिए। अम्मा कहा करतीं, तुम क्यों उठ आती हो, सुबह से पीछेवाले कमरे में बंद हो जाओ, इतना बड़ा घर है, और लिखो। ज़रा ही देर में चाय लेकर आतीं कुछ बन रहा है, ताकि मैं कैटल न ऑन करूँ और मेरा हाथ अनायास ही उनकी निर्दोष नज़रों से पन्ने पर लिखे हर्फ़ों को छिपाने लगता। शंभू भइया ऑफ़िस जाते हुए खिड़की से झाँक के कह जाते फ़ोन हर वक़्त बिज़ी मत रखना और अम्मा को बुरा लग जाता आशू तुम बाहर से फ़ोन कर लिया करो। पर मैं ही तो नहीं करती ना ? हाँ, लेकिन लंबा-चौड़ा बिल आए, मशीन खराब हो, कुछ हो, तपाक़ से तुम्हारा नाम लगा देते हैं। पापा आ के छड़ी पर टेक दिए बैठ जाते। तब अम्मा कहतीं, चलिए यहाँ से चलें, यह काम कर रही है और पापा ज़िद में बैठे रहते। क्यों ? सिर मूठ पर बँधे हाथों पे गिराए, आँखें मूँदे, और मैं कहती, रहने दीजिए। तब पापा आँखें आस से खोलते कैन

यू टेक मी सम व्हेयर, एनी व्हेयर, इन द कार ? अभी, अम्मा डाँटतीं। पापा की हलकी भूरी आँखों में भीड़ होती, कमरे की निरी चीज़ों की परछाइयाँ, और वे लेट जाते। पास से और दूर से आवाजें आती रहतीं–कक्कू दी का रजिंदर को डपटना, अच्छा अब आप रबड़ की चप्पल नहीं, चमड़े की सैंडल पहनेंगे। भाभी का प्रेसवाली को हड़काना, पहले मेरे कपड़े करो, अम्मा को क्या जल्दी है ? सुल्लू का स्कूल के लिए निकलते हुए कुछ चिटी-चिटी बैंग-बैंग चिल्ला के गाना। सुल्लू को विलायती बनना है–देखना दी, भूले से दो दिन के लिए कोई पहुँचा दे, फिर लौट के नहीं आऊँगी, वह हँस के हाँकती और मुझे उसके सोलह बरस के ठोस होते मूल्यों पर खूब खीज होने लगती। कक्कू दी को मेमसाहब बने रहना है, शंभू भइया को सबकी डिसिप्लिन बनानी है, भाभी को घर खर्च का बेहद हिसाब रखना है, अम्मा को बच्चों में रहना है, पापा को बीतों में। सबकी नज़र एक अलग दिशा में।

लेकिन रॉबिन के घर में इस सारे गोंजामेल से मुक्ति थी। सहज, साधारण, एक आम इनसान के लिए बना घर। एक पाँवदान था, जो सुबह दरवाज़ा खोलती तो भीगा हुआ मिलता और मैं सोचती कुक से कहूँगी सूखने को डाल दे, टाट हुआ जा रहा है, पर कुक के आने पर भूल जाती।

कोई भी ऐसी चीज़ नहीं थी जो यादों पर हावी हो जाए। घर की सज्जा याद करनी चाही तो टाट होता पाँवदान ही याद आया। न भीतर ऐसा था कि उसके तेवर आँखों में भुंक जाएँ, न बाहर नाटकीय दृश्य था कि यादों में खलबली पैदा करे। खाना भी सीधा सादा। अलबत्ता घर के पपीतों के कोफ़्ते बहुत बनाता था रॉबिन का कुक।

घर के फल-फूल की बात ही और होती है। पापा की आख़िरी पोस्टिंग मुरादाबाद में थी। आज भी ड्राइव पे निकलते हैं तो कभी पल भर को उनकी आँखों में बाहर भागती चीज़ों की सूनी परछाईं लोप हो जाती है और कहीं उनके भीतर से निकली उजाले की शहतीर डोल जाती है–ये मुरादाबाद कैंटूनमेंट है ? अब तो मैंने जवाब भी देना बंद कर दिया है, पर वे मुरादाबाद कहते हैं तो मुझे अमरूद याद आते हैं। उस साल बारिश कम पड़ी थी और केकवा ने कह दिया अमरूद में कीड़े पड़ गए और सबने डालें नीचे खींच के ऊँचे उचक के फल तोड़ना बंद कर दिया। लदे अमरूदों को

गिलहरी और तोते पट-पट गिराए जाएँ। कि सुल्लू आई दी ये कीड़ा है ? और हमने देखा कि पानी न मिलने से बीज फैले नहीं हैं गूदे में, उलटे बीच में एक कड़ी गुट्टी बन के पड़े हैं, पर कीड़ा-वीड़ा कुछ नहीं है, गदराया फल है, मीठा नहीं, पर ताज़ा-ताज़ा। तब हम भी टूट पड़े गिलहरी और तोतों के बैरी बन गए।

रॉबिन के घर अमरूद नहीं, मगर पपीते और नारियल के पेड़ थे और बारिश में उनकी छतरीदार पत्तियों की ओट में सड़क की ट्यूबलाइट पनियल-सी तिरमिराने लगती।

कुक ने अदब से बताया था साहब तो संडे को आएगा और आप जो चाहें मुझे कहिए, कोई तक़लीफ़ होगी तो साहब हम पर गुस्सा करेगा।

पर मुझे क्या तक़लीफ़, जब तक़लीफ़ों से भाग आई थी ? पहली किताब किसी झोंक में उस घर में पूरी कर दी, मगर अब के न होगी मुझे विश्वास था। लेकिन यहाँ—अकेला, मनभावन, मेरी स्पेस मेरी। न कोई उसमें घुस के उसे छेड़े, न अपनी सर्चलाइट मुझ पे निरंतर डाल के मेरे हाव-भाव का बारीक़ मुआइना करे—अब मैं हिली, अब ऊँघी, अब टकराएगी। कोई नहीं कहनेवाला ऊँघ रही हो, ठीक तो हो, फिर काम क्यों नहीं करती ? ऊँघो रात-दिन।

ऊँघती भी रही मैं शुरू के दिनों में। काग़ज़-कलम तैयार रख के। और जब कुक घंटी बजाता तो बेफ़िक्री से बदन डुलाती दरवाज़ा खोलने जाती।

लेकिन किताब वहाँ भी पूरी नहीं हुई। कुछ भी ऐसा नहीं हुआ कि अब याद करूँ, वहाँ ये हुआ। फिर भी वह ट्रिप मेरे ज़ेहन में अलग कोना लिये बैठी है। तब यह सोचती हूँ, कौन जाने इस मानव मन के रहस्य, किस ऊँघ से अवचेतन क्यों हिला ? चेतन तो बेख़बर है या फिर उस मामूली ट्रिप के मामूली दृश्यों को देख लेता है। शायद उन मामूली यादों को इसीलिए दोहरा रही हूँ कि धोखे से चेतन के पार शुरू होती अवचेतन की सीमा रेखा लाँघ ही जाऊँ, क्या पता ?

क्योंकि दूसरी किताब रो-धो के पूरी हुई इसी घर में, पहली की तरह ! और नंदू को फ़ख्र है कि मैंने उसी के नाम के पात्र से उसी का कहा डायलॉग किताब में कहलवा दिया। गरमी में भइया-भाभी के ए. सी. रूम में सारी भीड़ कैंप बैड वैंप बैड खोल के सोती थी और उसी घिचपिच में

कक्कू दी के नाक-सिकोड़ संवाद उँह-रेल-का-डब्बा-है-मैं-नहीं-सोती-यहाँ पर नंदू बोला था कि दादी भीड़ हो और रेल का डब्बा हो तो सोने में बड़ा मज़ा आता है ना ?

और मैंने रॉबिन के यहाँ सोचा था कि बारिश होती है तो नींद बड़ी अच्छी आती है। झमक के बरसात हो रही थी रात और दिन और जब न होती तो आसमान का बड़ा सा काला टुकड़ा छाया की तरह घर में एक तरफ़ से फिसलकर आता, दूसरी तरफ़ से निकल जाता। आई भी थी अच्छी नींद और कितनी नींद आती रही जैसे मानो अपने घर में मैं बरसों से सो न पाई हूँ। उठती, थोड़ा पढ़ती, फिर सो जाती। जब किताब के तीन-चार ही पेज बचे तो मैंने स्पीड और कम कर दी, ताकि पढ़ते रहने का स्वाद और लंबा हो जाए ! उठती, एक पैराग्राफ पढ़ती, फिर सो जाती।

लेकिन फिर बहुत सो ली और किताब भी पढ़ चुकी और मुझे नींद आनी बंद हो गई और जहाँ लिखने बैठती वहाँ खिड़की पर झुका नीम दीवार की तरह सिर पर गिरा आता लगने लगा ! मन होता कुक से कहूँ काट दो इसकी डालें, यह आसमान को रोक रहा है, मेरे स्पेस को घेर रहा है।

पर कुक से भी कुछ कहने का मन नहीं करता। सिर में दर्द रहने लगा था। कुक कहता मेमसाहब अदरख़ की चाय पीजिए आपको ठंड लग गई है। चाय अच्छी लगती, पर उस पे गुस्सा आता कि क्यों मेरा कुछ नोट करता है—चाहूँ तो क्यों न बुरा-सा मुँह बना के बैठी रहूँ ? इतना पारखी अपने को समझता है, जबकि मुझे ठंड-वंड नहीं नींद न आने से सिरदर्द हुआ।

तब मैं शहर गई कामपोज़ लेने और वहीं से घर फ़ोन मिलाया। सब ठीक थे, पर पापा की इंस्यूलिन को लेकर कन्फ़्यूजन था—कभी अम्मा भी दे देतीं और भाभी भी, कभी एक-दूसरे के भरोसे कोई न देता। और तुम्हारा वर्कशॉप, अम्मा ने पूछा, तो मुझे भूला हुआ झूठ याद आया। हड़बड़ा के आठ-दस मिसरे और गढ़े। पापा तो दौड़े आए ही थे फ़ोन की घंटी पर, उनसे भी बात की। अच्छा मुरादाबाद में नहीं है वर्कशॉप ? नहीं, अमरूद भी नहीं हैं, मुझे हँसी आ गई। कोई मुझे कुछ बताता ही नहीं, कहीं ले ही नहीं जाता, उन्होंने शुरू किया। बस एनफ, शंभू भइया की आवाज़ आई

और नंदू ने बताया कि बुआ ये साल मेरी लाइफ़ का सबसे कठिन साल है, इतना होमवर्क मिलता है, सच्ची। ओके, शंभू भइया ने फ़ोन लिया, डोंट वेस्ट मनी, बेस्ट ऑफ लक, बाय।

फिर मैं, जब बरसात थमती, शहर के चौक तक जाने लगी कि हवा लगे तो सिर दर्द टले, थकन लगे तो नींद आए। और चौक से नाहक घर की याद जुड़ जाती, और मैं फ़ोन करती।

चौक भी छोटे शहरों के चौक जैसा। एक पुराना घंटाघर, ज़रा सा एक घेरा जो पार्क बोला जाता और गुमटियाँ, भुट्टे, चाट, भेल, कोल्डड्रिंकवालों की। जब बाकी दुकानें बंद हो जातीं तो पार्क आबाद रहता। सारा शहर वहाँ उमड़ा होता, गज़-गज़ भर की दूरी पर, ज़रा सी जगह में, ज़रा सी चीजों में मगन। प्रेमी जोड़े तक उस तिल भर की जगह में अपनी स्पेस सुरक्षित पाते। और मुझे हैरानी होती कि इनकी आँखों में भीतर की चमक ने बाहर की परछाइयों को आने ही नहीं दिया है।

यह सब भी याद आ रहा है, इसलिए बता रही हूँ, वरना क्या था इन शामों में ? हर शहर में ऐसे ही मेले लगते हैं, सज-धज के जनता चौक जाती है। और मैं उनके बीच भुट्टा या मूँगफली खाती निकल जाती।

'और रॉबिन किस गाड़ी से आएँगे ?' सिरदर्द में खुद उठके दरवाज़ा खोलना भी खलने लगा था। 'मेरी वापसी का टिकट आया,' मैंने कुक से पूछा ?

रॉबिन रात को आया था। सुबह सामने के दरवाज़े के पास गीली मिट्टी के निशान देखकर मैं खुश हो गई और पूरी केतली चाय बनाकर बैठ गई।

'उठे आप ?' मैंने कहा।

'उठीं आप ?' वह हँसा। 'रात इतनी खटर-पटर की मगर नींद अच्छी पाई है !'

जो याद आ रहा है वही दोहरा रही हूँ। यों रॉबिन मेरे उतने भी आत्मीय मित्रों में नहीं। मेरा पाठक था और वही संबंध था। हमेशा कहता मैं तो भागा रहता हूँ अपने अकेले घर से, जब लिखने को जगह चाहिए आ जाओ। और उस बार मैं आ गई थी।

एक ही दिन हम साथ थे और भुट्टे खाने चौक गए, रॉबिन की गाड़ी

में। दो मिनट गाड़ी से नीचे उतरे होंगे कि रॉबिन बेचैन होने लगा कि भागो इस बेहूदी भीड़ से और उसकी आँखों में बाहर की हर चीज़ का साया दहशत से सर्रा रहा था।

रॉबिन भागा था गाड़ी दौड़ाकर, नदी के किनारे, जहाँ कोई नहीं था। नदी बढ़ी हुई थी अपने ही पाट को लाँघकर और रॉबिन कह रहा था, लोग कितने बेवकूफ़ लगते हैं, लीडिंग रिडिक्युलस लाइव्स ऑफ़ पैटी परस्यूट।

हाँ, बारिश आई थी और हम भीग चुके थे तो सोचा, क्या है कुछ देर भीगते ही रहो। वहीं रेत पर बैठे-बैठे मैं उसे अपने घर के बारे में बताने लगी जो बड़ा था, मगर तब भी भीड़ थी। रॉबिन ने सहज भाव से कहा था कि देखो घर जहाँ होगा वहीं घुटन होगी।

और अभी इसी पल मैं एक और बात यहाँ जोड़ रही हूँ, क्योंकि अभी वह याद आ गई, हालाँकि यह बात तब की नहीं है, शायद उस ट्रिप की ही न हो। रॉबिन ने आँख ऊपर उठाई थी और उनमें सारे अक्स बाहर के थे—काले बरसते आसमान के, हवा में बनती कतारों के। यहाँ तक कि उनमें जो पानी भरा था वह भी बाहर से आया बारिश का पानी था। भीतर से सूनी नंगी थीं वे आँखें, बाहर के सायों से थिरकती दिखने के बावजूद। फिर उसने आँखें बंद कर लीं और पेट में पलते बच्चे की तरह सिकुड़कर लेट गया, क्योंकि पानी से चोट लग रही थी।

नीम-अँधेरे में मेरा हाथ उठा था कि हमदर्दी से उसकी बाँह छू लूँ—किसी निपट अकेलेपन को, बाहर के सायों की घुटन को, अंदर के सूखे सोते को छू लूँ। मगर छूने के पहले मन हो गया कि उसे बहुत ज़ोर का थप्पड़ मारूँ—इस अकेले, दूर-दूर की स्पेस को अपनाए भीड़ से भागनेवाले रॉबिन को। और मैंने भी सहजता से सोचा था, किसी के प्रति हिकारत से भरना कितना आसान है।

उस दिन कुक ने फटकारा था। मेमसाहब को भिगा दिया साहब ने, ऐसे ही ज़ुकाम रहता है इन्हें, पर मुझे बुरा नहीं लगा था।

रॉबिन अगले दिन चला गया अपने घर से। जल्दी ही मैं अपने घर लौटी, छोटे शहरों में अभी भी कभी मिल जानेवाले कागज़, लकड़ी, मिट्टी के डमरू, बाँसुरी, जानवर आदि नंदू के लिए लेकर। उसी रात नंदू ने ड्रामा किया—नहीं, मैं ही सोऊँगा दादी के पास, जाए बुआ वापस वर्कशॉप और

मैंने डाँटा तो रात को शिकायत कर रहा था, बुआ गंदी हैं, कहती हैं, मैं ऐक्टिंग कर रहा हूँ और अम्मा पुचकारने लगीं, नहीं, बेटा कोई तुम अमिताभ बच्चन थोड़े ही हो जो ऐक्टिंग करोगे, पर बुआ गंदी नहीं हैं। हैं। नहीं हैं।

फिर और भी बार 'राइटर्स वर्कशॉप' में यहाँ-वहाँ भागी। लौटी। लौटी, भागी।

अब क्या हुआ था कि सोचूँ, उस बार यह हुआ और तब से सूरज पश्चिम से निकलने लगा ? बस नाहक बार-बार उस ट्रिप को याद करती हूँ और घर और चौक से गुज़रती हूँ और तब बरसात में लहलहाती, अपने ही पाट को तोड़ के लाँघती, भीतर की अनजान ललक से मचलती, बढ़ती नदी मुझमें भर जाती है और कभी मैं शांत हो जाती हूँ, कभी बेचैन, कभी फैल जाती हूँ अपनी ही सीमाओं से आगे, कभी रीती-रीती हो जाती हूँ, और कभी विलीन हो जाती हूँ, कुछ सोचने को बचती ही नहीं हूँ।

दहलीज़

मैंने चौंककर ऊपर देखा। उसका आँचल मेरी पीठ पर फुरफुरी बुरकता निकल गया। पर वह तो आगे निकल चुकी थी—आँखें नीची थीं और कुछ कर रही थी। हमेशा की तरह शांत, सौम्य। बेक़रारी का कोई कण उसके आसपास नहीं।

मुझे लगा, मेरे संग धोखा हो रहा है। किसी पुकार को सुनकर पलटता हूँ, लेकिन वहाँ कोई नहीं होता। मैं सम्मूढ़-सा ताकता रह जाता हूँ।

गरम हवा के गोले फिर मेरी धमनियों में उड़ने लगे।

"नहाकर आता हूँ," मैं बोला।

"अब यहाँ तो वैसी शिक़ायत मत करो।" गौतम ने झिड़कारा। "तुम भीतर भर के ले आए होगे वहाँ की लू !"

"मैंने कुछ कहा ?" अपराधियों-सा मैंने प्रश्न किया।

"खूब रही," गौतम डाँटता गया, "गरमी हो अपने अंदर और कोसे दें बाहर को ! इससे बेहतर इन दिनों तो फिर बस कैलाश-मानसरोवर की कोई बर्फ़ीली गुफ़ा ही होगी !" हँस दिया।

फिर चिंतित होकर बोला—"यह कँपकँपी छूटना अच्छे आसार नहीं हैं। तुम्हें कुछ हो तो नहीं रहा ?"

मैंने बाथरूम के दरवाज़े की कुंडी लगाई। आलीशान बाथरूम, आजकल के सोनेवाले कमरों से बड़ा, बड़ी-बड़ी बालटी, नल और पटरे के बावजूद जिसमें खालीपन बज रहा था। सूखी हवा रास्ता चीरती मेरी नाक की नली में साँय-साँय बह रही थी। परेशान होकर मैंने देर तक सिर नल के नीचे पड़ा रहने दिया, साँसों में थोड़ी राहत घुली, पर नमी नहीं।

रेस्ट हाउस के बाहर-भीतर निरिंग सन्नाटा था। जंगल चुप था, झील पारदर्शी पत्थर की तरह और पहाड़ियाँ जैसे ठहरा धुआँ।

हम अचानक ही यहाँ पहुँच गए थे। सूखी, जलाती लू से भागते हुए। पुराना, अकेला जंगल का रेस्ट हाउस जिसके ऊँची छतवाले बड़े-बड़े कमरे खोले तो न जाने किस ज़माने की गंध बाहर लपकी।

"अंग्रेज़ों के ज़माने की महक है," मैंने कहा, तो वह हँसने लगी। हँसने लगी, हँसती गई। अपनी आवाज़ से शरमाकर मुँह गौतम की बाँह पर दबा दिया, पर कंधों का हिलना न रुका। गौतम ने उसका रक्ताभ चेहरा घुमाया और उसे देखकर खुद भी हँसने लगा। उसे चूमने लगा। गरमी से तपते चेहरे।

उस रोज़ मैं इत्तेफ़ाक़ से उनके यहाँ पहुँच गया था। बल्कि इधर कुछ ज़्यादा ही होने लगे थे ऐसे इत्तेफ़ाक़। आए दिन मैं बेचैन होने लगता, गरमी को ढकेलकर अलग करने के प्रयास में इधर से उधर चक्कर काटता। शाम को लू थमती भी, पर मेरे अंदर भाँय-भाँय बजती, धरती पर दहकन छोड़ जाती। कोई लपट जो अदृश्य फिरती साँसों में आग लगा गई थी। लंबी-लंबी साँस खींचता और उनकी गरमी से हफहफाने लगता। तड़पता हुआ उधर की राह पकड़ लेता, उधर बढ़ते-बढ़ते घबरा के लौटने लगता। चौथी-पाँचवीं दफ़े नहाता, बारहवीं-तेरहवीं दफ़े सिर पर गीली तौलिया लपेटता, पर कोई फ़र्क़ नहीं पड़ता। बदन को पानी से तर करके ज्यों ही अलग होता कि फिर तंदूर बन जाता। खून भी झुलस गया था। अपना हाथ अपने ही सिर पर रखता तो लुआठ की तरह चिनगता। कदम उठ ही जाते, वहाँ पहुँच ही जाता।

तब गौतम के संग बातें करता और उदबस आँखों से इधर से उधर देखता रहता।

वह साए की तरह मँडराती रहती।

हैरत की बात थी कि जो इतने बरसों से सामने होकर भी अनुपस्थित-सी थी, वह कैसे आज कमरे में न होने पर भी मौजूद-मौजूद हो गई है। साया भी अपना साया छोड़ गया है !

जैसे धीरे-धीरे लहरें आती रहीं, हलकी और सहज, संवीत क्षणों में। जब पता चला तो हम भीगे हुए थे !

बरसों से मैं उन दोनों को देखता आ रहा था। गौतम तो साथ-साथ बड़ा हुआ। क्रिकेट की दीवानगी में, शोरगुल की परवानगी में ! गरांडील,

बातूनी, हँसोड़ इनसान ! सभी दंग रह गए थे कि वह 'अरेंज्ड' शादी के लिए 'हाँ' कैसे कर गया, सारी महबूबाओं को छोड़कर यह रंगीला घर-घुस्सू बनेगा ? वह भी इसके साथ ? जिस पर खुली, बिंदास हवा का एक कतरा नहीं पड़ा था। बोलती ही नहीं थी, यह क्या बड़े शहर के मौजी मियाँ से बराबरी करेगी ? और इस सदी में तो ससुर भी गऊ जैसी बहू के गुण नहीं गाते ! यह साया थी, गौतम को भी आँख उठा के नहीं देखती। अ-बदन व्यक्तित्ववाली। ध्यान में न आनेवाली।

आमने-सामने हममें कम ही, कभी बातें हुई होंगी, जबकि कितनी ही बार मैं गौतम के लौटने के पहले पहुँचा हूँ। बस, एक मौन परिचितपन से वह बिना शक्कर की चाय की प्याली मेरे लिए बना के तिपाई पे रख देती। एक दिन देखा कि अब प्याली मेरे हाथ में थमाकर वह तिपाई पास खींच देती है। शहर के परितप्त मौसम से बेताब मैं हाथों में कँपकँपी छिपाता बहुत सँभालकर प्याली इस कोने से पकड़ता। शक़ की निगाहों से उसके क़स्बाती रूप को देखता।

लू धूल के बवंडर उड़ा रही थी। सब कुछ भुरभुरा, मटमैला, मिट्टी के रंग का हो गया। शहर पर धूल का गगन मनहूसी से टँग गया। धरती चटखने लगी। रास्ते खड़बिड़ा गए।

लू मेरे अंदर गरम हवा के गोलों को लहकारने लगी। मैं अजीब बदहवासी में चाय पीता, गौतम से बातें करता, तरावट की साध में इधर-उधर होता। वह काम करती रहती। साँवले चेहरे पर बड़ी-बड़ी आँखें।

ऊपर के होंठ के आकार को दोहराती श्याम रोओं की लकीर। मैं उचककर खिड़की के बाहर ताकता जहाँ पेड़ पर पत्ते कुत्ते की ज़बान की तरह लटक गए थे। हाँफते हुए।

गरमी गरमी गरमी ! और कोई बात नहीं बची थी। मैं अटक-अटककर बोलने लगता।

साल-दर-साल यह सिलसिला बढ़ता चला गया था। पचास डिग्री सेंटीग्रेड से क्या कम होगा तापमान ? दहशत बढ़ी जा रही है, धरती हदस रही है, हम रेगिस्तान हुए जा रहे हैं।

इनसैट 1-बी से मिले चित्रों के अनुसार बंगाल की खाड़ी पर मानसून के बादल छाए हुए हैं, बारिश अब आई, तब आई, पर वैदर ऑफ़िस का

दस्तूर बाइज़्ज़त बरक़रार है—जो बता रहे हैं, उसका ठीक उलटा हो रहा है ! बारिश न अब आ रही है, न तब ! भैंसें गंदे सूखते नालों में मोटी, थुलथुल, डुबकी लगाकर कीचड़ से सनी, मरी-मरी पीली आँखों से हमें घूरती हैं। पल भर में कीचड़ सूखी पपड़ियाँ बनकर उनकी भूखी शक्लों को भयानक बना देता है। हम उनकी हसरत अपनी आँखों में भरकर हाँफ रहे हैं, दाँतों के बीच गरम हवा किटकिटा रहे हैं।

"चलो अभी निकल लें। वीक एंड है।" गौतम ने कहा।

"तबियत अच्छी नहीं है," मैंने सुस्ती से कहा। उसने पना का गिलास मेरे हाथों में दिया और माँदगी छाने लगी मुझ पर।

"अरे मक्खी-मच्छर भी बेदम गिरे जा रहे हैं। डी. डी. टी. जिन्हें न मार पाई, इस गरमी ने उनके भी पर जला दिए, हम-तुम क्या चीज़ हैं !" गौतम मेरे मरियल हाल पर हँसा।

और अचानक ही हम यहाँ चले आए। जहाँ के बड़े-बड़े कमरे खोले तो वह हँसने लगी और गौतम उसे चूमने लगा और चेहरे तप रहे थे।

"गरमी तो है यहाँ भी, पर आरामवाली," गौतम बोला, "दम घोंटने वाली नहीं।" मुझे लगा फटकारने—"और तुम और किसी को दोष न दो, तुम्हारे अंदर है लुआर !"

यहाँ सनसनाती लू नहीं थी, स्थिर सन्नाटा था, जिसके परिमोहन में कुछ भी हो सकता था।

नीचे पारदर्शी पत्थर-सा तालाब था, जिसमें दूर कहीं से आई नदी का पानी ठहर गया था। शांत और गहरा। बाढ़ आएगी तो बाँध के फाटक खोल देंगे और पानी बलबला के फटेगा, पर अभी चुप था। सब सोख के पत्थर बना हुआ। पूरे आकाश को अपने में बंद किए। इस जादुई सन्नाटे में केवल जुगनुओं का झिगमिगाना था। हर चीज़ ऐसी गतिहीन कि कोई कंपन निकला भी तो निकला नहीं कि थिर जम जाता।

वह थिर मुझ पर भी अटक गया। ताप अंदर थिर, शीतलता त्वचा पर थिर। गरमी किसी ताक में चुप।

रेस्ट हाउस का चौकीदार उस ज़माने की साइकिल खड़-खड़ ठोंकता पास के गाँव से राशन लेने चला गया। आम की पेटी हम साथ उठा लाए थे।

हम ताल के पास बैठ गए। वह, फिर गौतम, फिर मैं। मैंने पीछे धरती पर हाथ टिका दिए, इतने पानी के करीब व्युद पिपासा से भरा। उसने भी हाथ पीछे रख लिये। इंच भर भी दूर नहीं मुझसे।

हम बैठे रहे। मैंने सिगरेट नहीं निकाली, इस निझोल समाँ में हिलना वर्जित था। कौन यों भी गरमी में सिगरेट फूँके ? खुद ही फुँक चुके थे ! बस हो यह रहा था यहाँ कि ऊपर त्वचा पे सुरमई ठंडक ठोस होती गई, अंदर गरम लुआर उड़ती रही।

सूरज लोप हो गया तो हम टीले पर चढ़ने लगे, रेस्ट हाउस की तरफ़। किसी ढलान पर उसने संतुलन रखने के लिए बाँह उठाई। मैंने, जो कभी न थामता, थामने को अपना हाथ बढ़ा दिया। मैंने, जो बढ़ा के कभी न हटाता, बीच राह में अपना हाथ हटा दिया, पर वह सँभली रही।

चौड़े खुरदरे पत्तोंवाले ढाक का जंगल था। धूमिल हरा। जब हम रेस्ट हाउस पहुँचे तो निस्सीम आकाश नगों से जड़ा हुआ था। चौकीदार बरामदे में किसी ज़माने की कद्दावर मेज़ खींच लाया, पर न उसके हिलने से स्थिरता हिली, न मेज़ के घसीटने पर सन्नाटे में फ़र्क आया। न हवा के गोलों से त्वचा के पार कोई झकोरा आया।

वह एक तरफ बैठी आम काटने लगी। मैंने चौंककर ऊपर देखा, पर वह तो हमेशा की तरह तल्लीन थी, नज़रें झुकी हुईं, करीने से आम छीलकर टुकड़े काटती हुई। मैं फँसकर उन उँगलियों को देखने लगा, जिनके बीच से आम का लुआब चू रहा था। चाकू नरमी से, झटकों के बिना, एकदम द्रवित गति से धीरे-धीरे आम के गूदे पर चल रहा था। एक साथ धार और मख़मल का अहसास मानों उँगलियों ने नज़र बनकर मुझ पर मारा।

मैंने चौंककर ऊपर देखा। फ्रूट बोल का ताँबई ताप उसके मनोदत्त चेहरे पर था। या चेहरे का ताप धातु पर।

उँगलियाँ आँख बनकर हँस रही थीं मुझ पर। आँचल चिढ़ा रहा था। होंठों के ऊपर की सुरमई लकीर आकाश से निकलकर सारे वातावरण पर नीले धुएँ का अँधेरा बनकर फैल गई थी। साँवली पहाड़ियों पर, कृष्ण तालाब में, और ढाक के चौड़े पत्तों के ऊपर।

खामोश श्यामल अँधेरा, सो उत्ताप को निगलकर चुप बैठा था। केवल जुगनू की टिमटिमाहट थी।

"ऐसी स्थिर सुंदरता देखी है कभी ?"

पर चौकीदार का कहना था, यह भयावह सन्नाटा है। नींद हर लेता है। ऐसी रातों में 'बड़ा साहब' के कमरे में आवाज़ आती है। वह बेचैन होकर इधर से उधर चलता है, उसके दरवाज़े का ताला खुद-ब-खुद खड़खड़ाता है, जबकि हवा का नामोनिशान नहीं, चटखनी खुलती है, बंद होती है। कोई खिड़की के रास्ते चढ़ना चाहता है या भागना चाहता है, दीवारों को खुरचता है। हवा का कतरा नहीं, पर सुबह आपको भी दीवारों से खुरचा चूना मिलेगा। जब तक बारिश नहीं आती इन भीमान रातों में वह तड़पता है। नदी में बाढ़ आई थी, 'बड़ा साहब' भागा था और डूब गया था। बरसात के बाद रेस्ट हाउस शांत हो जाता है।

अँधेरे में हलके रोओं के नीचे गोपन मुसकराहट मैंने महसूस की। शीशम की आरामकुरसी पर सिर पीछे गिरा के नीचे फैली नीरवता को अपलक देखता रहा। कुछ नहीं हो रहा, पर जैसे पलक झपकते ही कुछ हो जाए कहीं। चुप में यह खिलवाड़ कैसा जो मेरी त्वचा पर ठंडा प्रहार चिपका गया है लेकिन मेरी धमनियों में गरम हवा के गोलों की खोखली गूँज है। ऊपर शीतल अंदर दाह; खाल इस तरफ से ठंडी, उस तरफ से गरम... गूँज गूँज, गूँज कहीं। मेरा निलय पता नहीं कहाँ—ऊपर कि भीतर ?

मैं खड़ा हो गया। गरमी से भागने के लिए बरामदे के जंगले पर लटक कर नीचे देखने लगा—पहाड़ियाँ, शीशे की झील, ढाक के वन। उस निर्मल दृश्य में गरमी की मिकदार ढूँढ़ता।

वह मेरे बगल में खड़ी हो गई।

"बहुत सुंदर है न ?" मैंने बिना मुड़े कहा।

"कैसी तबियत है अब ?" वह बोली और हाथ धीरे से मेरे माथे पर रखकर सरकाया, पूरी हथेली से मेरे गाल को ढकते हुए।

गरम हवा के गोले किसी श्यामल लकीर के इशारे पर और उछलने लगे। मैंने कस के उसकी कलाई पकड़ ली और उसका हाथ अपने गाल पर दबा लिया।

उसकी बड़ी-बड़ी आँखों में दयालुता थी, गाढ़े आसमान को समाए। उसने नर्मी से हाथ हटा लिया।

मैं फिर शून्य में रह गया।

बैठ गया, हवा के गोलों की आँखमिचौली से रुष्ट। जो धीरे-धीरे-धीरे-धीरे मेरे अंदर चक्कर काट रहे थे। सुस्ताते, हाँफते, फिर दौड़ते। वहाँ शहर की आग वाली पागल हवा की तरह नहीं, बल्कि अजीब-सा इत्मीनान लिये। अंदर-ही-अंदर आत्मविश्वास से घूमती, रेस्ट हाउस की सदियों से अछूती कुरसी के लक्कड़ की ठंडक वाली मेरी त्वचा को छेद करके ऊपर छलक पड़ने की किसी जल्दी में नहीं। अंदर-ही-अंदर गोल-गोल घूमती गरमी की खोखल बनाती।

मैं जहाँ भी था, होश खोने लगा। चौकीदार ने वहीं बरामदे में खाना परोसा। मैं खाता गया, पीता गया। नीचे का मंज़र फैला रहा। गौतम से बातें चलती रहीं। वह नीचे देख रही थी। जग से लेकर पानी अपने मुँह पर मारती और छींटें मुझ तक छिटकते।

मैंने चौंककर ऊपर देखा। वह अपने में खोई हमेशा की तरह। हमेशा में हमेशा की मियाद क्या होगी, मैं नीम-बेहोशी में खाता रहा, पीता रहा, बोलता रहा, देखता रहा।

अंदर वे गोले थे, ऊपर उस ज़माने के शीशम की ठंडक थी। गरम लहक अंदर से लगती, ठंडी छाया बाहर स्थिरता से चिपकती।

बोलते-बोलते हम चुप हो गए। ऊपर आकाश से साँवली लकीर नीचे फैली थी, पर दिख नहीं रही थी। और वहीं कहीं नीचे से कोई अदृश्य सम्मोहन उठा और हर तरफ़ एक शमामा बिछाने लगा।

मैं, जो उन्मत्त-सा खाए जा रहा था, पिए जा रहा था, उठा—"तुम्हारे लिए कुछ लाऊँ ?" पूछा, हाथ हलके से उसके कंधे पर, कपड़े के ऊपर, रखा।

"नहीं," उसने सिर हिलाया और अपना हाथ मेरे हाथ पर धरा कि हम सरक गए, कंधे पर, कपड़े से अलग। जहाँ उठान थे, हलके गड्ढे थे, मुलायम हड्डियाँ थीं।

मेरे पैरों के नीचे ठोस फ़र्श हट गई, झील आ गई।

और तब न जाने क्यों इस विचित्र जगह के विचित्र सन्नाटे में फँस कर या हवा के गोलों से दौड़ाए जाने पर थककर या झील की इस तरावट के पास इस गरमी से तरसकर, मैंने अपने आप को एकदम ढीला छोड़ दिया। इधर या उधर निकलने की कोशिश भूल गया। मदालस के रेशों में

बँधता चला गया, रेशमी धागे खाल में धीरे-धीरे बिंधते गए। रेशमी अँधेरे में उतरता गया। किसी का पैर मेरे पैर से सट गया, पर मैं तो बँधा था, हिलता कैसे ?

ठहरा हुआ लमहा था, जिसमें रात बीत सकती थी। सपनों की फ़िज़ा थी। जंगल में टीले पर रेस्ट हाउस में, झील के किनारे, पहाड़ियों से घिरे। जुगनुओं की टिमटिमाहट में जलते हुए।

पता नहीं गरम हवा के झकोले पर बैठा अपने कमरे में पहुँच गया। या ठंडे सन्नाटे ने थिर हाथों से उठा के पलँग पर लिटा दिया।

बड़े से पलँग पर जिस पे मेरे चारों तरफ़ खाली स्थान थे।

उस ज़माने के, जब 'बड़ा साहब' अपने चरमराते बूटों से ऊपर-नीचे, ऊपर-नीचे, बेचैन घूमता था। उधर जिधर रेस्ट हाउस में कोई नहीं था। बस ताले खड़-खड़ खड़खड़ाने लगते।

मैं सुनता रहा उनकी खड़-खड़, खड़-खड़ सन्नाटेदार रात में। खिड़की के नीचे कोई बेताबी से दीवार खुरच रहा था, कहीं भाग पाने के लिए, खुरच-खुरच। ब्रह्मांड चुप था और बूट चरमरा रहे थे, हाथ खुरच रहे थे।

मैंने तपती आँखों से बाहर झाँका। झील थी, स्याह आकाश और उस पर जड़े नगीनों को समेटे। मैं आँख बंद करता तो फिर बूट चलते, ताले खड़-खड़ करते और ठीक मेरी खिड़की के नीचे खुरचते नाखूनों में बेचैनी सिमट आती। मैं आँखें खोलता, फिर बंद करता, सन्नाटा, फिर शोर। मेरे अंदर हवा के गोले थे, ऊपर स्तब्धता। और बूट और ताले और हाथ।

जंगल में जुगनू की टिमटिमाहट थी। गहरी खामोशी और स्वप्न की भयावह सुंदरता।

तभी मेरे कमरे का दरवाज़ा धीरे से खुला। मैंने हाथ बढ़ाकर सपने का स्वागत करना चाहा, पर रेशम के धागों में बेबस बँधा था। छाया बढ़ी, मेरे सिरहाने खड़ी हुई। मेरे जलते होंठों पर शीतल होंठ झुके। जंगल शांत खड़ा रहा, खामोश, गहन। ब्रह्मांड चुप था। शमई रोओं की लकीर, रेशमी-रेशमी साँसों को बाँधती गई।

उस पल दुनिया में कहीं कोई आवाज़ नहीं हुई। मैंने हाथ उठाने चाहे, सपने को पकड़ लेने, पर निशक्त पड़ा रहा। छाया पीछे होती गई, दरवाज़ा हलके से बंद कर गई। संभावनाओं की दहलीज़ पर काँपता एक स्पर्श

छोड़कर।

सुबह खिड़की के सामने के पेड़ पर जंगल की सारी चिड़ियाँ आ बैठीं, इस मनोरम जगह की शांति भंग करने। कुछ घट गया था उनकी दुनिया में, जिस पर सबकी सब दूसरे की सुने बग़ैर एक संग चूँ-चूँ कर रही थीं।

मुझे तेज़ बुखार था।

"हीट स्ट्रोक," गौतम ने कहा।

"सूरज़ और तेज़ हो इसके पहले लौट चलें।"

"चिंता मत करो," गौतम थोड़ा परेशान था, "बारिश जल्दी ही आएगी।"

आए किसी तरह से बारिश मैंने आँख खोल के बाहर दहकते आसमान को सरपट भागते देखा, तो यह हवा के गोले मेरे तन से छितर पाएँ।

उसने हाथ बढ़ा के मेरे माथे पर रखा—"बुखार काफ़ी तेज़ है। सीधे हमारे ही यहाँ ले चलो। इन्हें आराम की सख़्त ज़रूरत है।"

देर तक उसने अपने हाथ से मेरी आँखों को ढके रखा...।

दिशाशूल

नैथानी की शादी का जलसा था। अपाला ने बढ़कर नए जोड़े को लाल और पीले गुलाबों का गुलदस्ता थमाया।

"बधाई हो ! अब तो तुम्हारी कला खूब निखरेगी नैथानी !"

"कहाँ जी ?" नैथानी ने अपनी नई-नवेली दुलहन को गले लगाते हुए छेड़ की, "अब मेरे लिए 'इंसपिरेशन' खत्म !"

"और 'ड्रैमैटिक्स' शुरू !" अपाला ने तपाक से कहा तो आसपास सब हँस दिए।

वह खुश हुई, अच्छा मज़ाक सूझ गया। रीझी-रीझी मुसकान खिलाए आगे बढ़ ली।

क्या जमघट था। शहर के जाने-अनजाने सभी कलाकार, पत्रकार, और उनसे मिलती-जुलती जिन्सवाले बाढ़ की तरह फैले तहलका मचा रहे थे। नैथानी ने शादी तो चुपके से कर ली, पर फिर यारों ने आड़े हाथों लिया कि जश्न क्या हुआ ? एक बार पार्टी तय हो गई तो फिर किसे बुलाएँ, किसे न बुलाएँ में होटल 'नदीश' के ओपन-एयर में सारा इंतज़ाम करना पड़ा, ताकि होटल फटने लगे तो सीधे 'सी-बीच' पर भीड़ बह चले !

हो भी कुछ ऐसा ही रहा था—लोग बराबर सीढ़ियाँ उतर के 'बीच' पर कहकहे लगाने निकल जाते। लौटते तो बस प्लेट या गिलास भरने।

पर शायद इसमें कुछ हद तक समुद्र की क़शिश का भी कसूर था।

"और ये—ये हैं नई नारी की आवाज़, उपन्यासकार अपाला सिंह।"

अब के हाज़िरजवाबी जवाब दे गई, अपाला मन-ही-मन कुढ़ी। कुछ समझ ही नहीं आया क्या कहे—बस मुसकरा दी कि जैसे हाँ, सच कह रहे हैं, या ऐसे कि हा-हा, ठिठोली कर रहे हैं।

गुरप्रीत को देखकर वह जल्दी-जल्दी उधर बढ़ी।

"काफ़ी धूम मचा रखी है तुम्हारी कृति ने।"

"अब तुम न कहना, गुरप्रीत, कि तुम्हें भी समझ नहीं आ रहा यह 'आडंबरी खोखले नारोंवाला, और्जियैस्टिक उपन्यास' !"

गुरप्रीत उसे एक तरफ़ खींच ले गई। "सुनो, मुझे बड़ी फ़िक्र हो रही है। तुम कहोगी ऐसा भी क्या, पर अपाला, इस तरह की निंदा पाठक को भटका देती है, ग़लत तरफ़ इशारा करके उधर फँसा देती है। सच, मुझे लगता है, लोग अभी तैयार नहीं हैं इन बातों के लिए। देखो न, उस क्रिटिक ने कितनी बुराई की है—'निंफ़ोमेनियैकल यर्निंग्स ऑफ़ अ रिप्रैस्ड वुमैन'।"

अपाला ने मदीली चितवन फेंकी—"वह तो होना ही था। औरत की इच्छा देखी ही ऐसे जाती है—अलग छिटकाकर, संदर्भों को पीछे छोड़ के। तभी अश्लील, अतिरंजित दिखने लगती है।"

"इतनी बेपरवाही ठीक नहीं है।"

"मैं मगन हूँ, पता ?"

"यह भी लिखा है कि नारी होने का फ़ायदा पा रही हो, वरना छिछली लिखाई है, बुर्जुआ प्रणाली को बल देती। तुम सोच-समझकर भेजा करो, कुछ छापने..."

"उन्हें कहने दो न, मुझे यह सब सोचने की फुरसत नहीं है। कम-से-कम अभी, जब मैं किसी के लिए नहीं लिख रही। जो लिखा है उसमें बुर्जुआ या कुछ और तत्त्वों की छान-बीन नहीं कर रही, अगला लिख रही...।"

"यह तो लापरवाही है। लेखक की प्रतिबद्धता..."

"लेखिका कहो तो बात करूँ। ब्रा पहनेंगी नहीं और लेखक में लेखिका को ग़ायब कर देंगी !"

'आज की नारी इसके पन्नों में,' किसी पत्रिका में गुरप्रीत ने लिखा था।

"आज पहना है यार, ब्रा ! यह ब्लाउज ज़्यादा ही झीना है।"

वैसे ब्रा में टिकाने लायक कुछ है नहीं। गुरप्रीत बोलती है तो उसकी टी शर्ट के नीचे जो उभार-मात्र हैं, मछली की तरह दिखते हैं, ग़ायब होते हैं, पानी की सतह के नीचे। उसके स्वर में आवेश बढ़ता है तो मछलियाँ और लचकती हैं। हथेलियाँ रख दें पानी पर ? डुलते, हटते, मछलियों के गोते...।

उनसे मिल रही हो ? उसका जवाब लिखा ? उनके पास कहानी भेजी ? उससे कहा रिव्यू कर दे ?

गुरप्रीत सवाल-पे-सवाल दागे चली जा रही थी।

"नहीं।"

"नहीं ?"

"नहीं।"

"सच कह रही हो ?"

"सच कह रही हूँ।"

"अपाला !" गुरप्रीत ने डाँटा।

"सच कहूँगी, सच और सच के सिवा कुछ नहीं कहूँगी।" अपाला ने गुरप्रीत के सिर पर हाथ रखा। "सच कहती हूँ। जो लगता है सच, कहती हूँ। छिपाना चाहिए, सोचकर, सच और झूठ नहीं गढ़ती। एक के बाद एक झूठ गाँठती हूँ, सच मानकर !" हँसी-हँसी में अपाला उलझने लगी।

"उलझ रही हैं आप तो," मिथिलेश प्रवीण आ पहुँचे।

उलझ रही हूँ, अपाला ने मुड़कर सोचा। कहना चाहती हूँ, जो कहना चाहती हूँ कहूँगी !

"आप निडर होकर लिखिए। जो है उसे कलम में उतरने दीजिए। सोचकर, सँभलकर, छिपाने की कोशिश में मत लगिए...।"

'वही तो', मन में वह बोली, मिथिलेश प्रवीण के होंठों को देखते हुए।

किसी को सीधे देखो तो क्यों निगाह मुँह पर केंद्रित होती है, नाक पर नहीं, सो समझ में आता है—पर क्यों समझ में आता है ? क्या समझ में आया—पर आँखों पर क्यों नहीं जमती ? होंठ हिलते हैं, लेकिन स्थिर भाव तो आँख में रहते हैं।

मिथिलेश प्रवीण के होंठ जैसे कटार की धार से खिंचे हों। ऊपर का होंठ नुकीले कोनों से उठकर, तीखे घुमावों पर जाकर अचानक, ऐन बीच में एक नोक पर डुबकी मारता है ! नीचे का होंठ सपाट, चिकना, कुछ-कुछ चौकोर। बिना छुए अपाला की उँगलियों की पोरों में उनकी नरमी भरी छुअन समा गई।

"आप भीतर की कुलबुलाहट को निकालिए। बुलबुला निकले तो भी न रुकिए। आप देखने को रुकें क्यों ? हमेशा नहीं रहती ऐसी बाढ़ कि

देखने की फुरसत न हो।"

"पर है तो नहीं केवल बुलबुला।" गुरप्रीत उत्तेजित होने लगी।

"मैं कब वैसा कह रहा हूँ ? मैं तो उस लेख को याद कर रहा था, जो इन्हें बुर्जुआ कल्चर का भाँड़ बताता है, कि इनके दो टसुए बहाना भी उसी का प्रतीक है।"

"इन्होंने कोई आँसू दिखावे के लिए नहीं निकाले। निकले तो दिख गए।"

"आप भी ?" मिथिलेश प्रवीण ने उसकी तरफ़ रुख किया। "मैं उस लेख से सहमत नहीं हूँ, हुज़ूरा, कुछ और फ़रमा रहा हूँ कि कोई कहे आपका लिखा सतही है, एक पर्तीय है, आप चिंता मत करिए। ज़बरदस्ती बहुपर्तीय नहीं बना जाता। लिखती रहिए, पर्तें आप ही बढ़ेंगी। कहने दीजिए उन्हें यह एजेंट, वह एजेंट, रिप्रैस्ड औरत की उछालें।"

उनके होंठों पर दाँत हलके से गड़ाएँ तो खून निकलेगा ?

"हाऊ लकी, अपाला !" गुरप्रीत उत्साह से बोली, "वह खुद चले आए। इसका मतलब समझी ?"

"शुरू तेरी गपड़चौथ !"

" 'दिशाशूल' इनके पास भेजो। मुझे लग रहा है यह ज़रूर छापेंगें।"

"तुम्हें लगता है यह पसंद करेंगे ?"

"सच्ची। अ फ़ीलिंग इन माई बोन्स। और तुम जानती हो, यह छाप दें तो क्या मतलब ? हाऊ लकी। फिर मैं तेरे लिए नहीं घबराऊँगी।" उसने दोनों हाथ मिलाए, एक-में-एक और उमाह से हिलाए, पर मछलियों की झिलमिली नहीं आई।

"तब मैं नहीं भेजूँगी।" अपाला ने धौल जमाया। "घबराएगी, बड़ी आई ! मैं अभी इतनी मस्त हूँ कि इतिहास के निर्णय से नहीं डरती, इन अदने टिप्पणीखोरों की क्या बिसात ?"

"बड़ी आई खुद ! डरती नहीं। तो क्या करती हैं ?"

"लिखती हैं हुज़ूरा," अपाला ने मिथिलेश प्रवीण का चुना लफ़्ज उठाया, "लिखती हैं ! लिखती हैं ! और लिखती हैं !"

"आज लिम्का में कुछ मिला तो नहीं लिया ? नशा आ रहा है क्या ?"

"हाँ हुज़ूरा नश्शा ! बेफ़िकर, बेपरवाह, बेअदब, बेशरम नश्शा है !"

वह आँख झपका के बोली, "ये तखल्लुस कैसा रहेगा ? नश्शा हुज़ूरा ?"

"अच्छा बस, मज़ाक बंद। नैथानी इशारा कर रहा है। कितना खूबसूरत है। तभी अपने को ही पेंट करता रहता है। देखो ज़रा उसे।"

"पर मिथिलेश प्रवीण के होंठ देखे हैं ?" अपाला ने अपने ही होंठों को अदा से चुमकारा।

गुरप्रीत हँसने लगी।

"क्या हुआ ?" अपाला भी हँसने लगी।

"वह कहानी याद कर रही हूँ..."

"ओ हो हो, जिसमें किसी के होंठों को देखकर जी होता था..."

"क्या होता था कि जहाँ वह मिले मिसमिसा के जकड़ लूँ, छोड़ के फिर जकड़ लूँ...?"

अपाला ने होंठ काटे–"मारा गया न हिंदुस्तान ? इसी तरह जनता कहीं की बात कहीं निकालकर हमीं पर मनोविज्ञान थोप पड़ती है। उस कहानी में मसला कुछ और था। और तब मैंने ये होंठ देखे ही कहाँ थे ?"

"अब तो मसला कुछ और ही है ना ? कि पकड़ लें, फिर छोड़ के फिर पकड़ लें ?"

"और नहीं तो क्या।" अपाला ने गुरप्रीत की बाँह को उँगलियों से पकड़ लिया और चबूतरे पर चढ़ गई। हाथों में देह का वज़न अच्छा लगता है। समुद्र की नम हवा से शीतल उसकी बाँह दिल को ठंडक पहुँचाती।

"कि-त-ना सुंदर है।" गुरप्रीत ने नैथानी से निपटते ही रट दोहराई।

"बहुत आसान सुंदरता है। सुंदरता में 'सरप्राइज़' होने चाहिए, अचानक झलक पड़नेवाली सुंदरता। कोई गरम चाय मुँह तक ले जाए और एकदम से होंठ चौंक के हिलें और दिख जाए उनके हरकत भरे कटाव में, हाय कितने सुंदर !"

"ले ! आजकल तो होंठों पे ज़ोर है।"

"और क्या ! ये नहीं होना चाहिए कि मैदान के सिरे पर पहुँचे और पूरा बाग दिख गया–सपाट, सुंदर, खत्तम ! कोई झुरमुट हो जिसके पीछे ताल छिपा मिले, झाड़ियाँ हों जिनकी ओट में जंगली फूल दिख जाए।"

"वनमानुष न ले आएँ, जहाँ हो वहीं बालों के नीचे सुंदर ?"

"मत मानो। नैथानी तो एक बार देखो, हज़ार बार देखो, वही थकाऊ

सुंदरता।"

"रहने दो, मैं हर बार देख के नए सिरे से ज़ख्मी हो जाती हूँ। शादी कर डाली गधे ने, पर देख लेना चलेगी नहीं।"

"बिलकुल चलेगी नहीं, पर सुंदर तो भी नहीं !"

"सो सैक्सी।"

"साँड़ जैसा। तैरने आता है तो मर्दानापन यों चुआता है कि जैसे पानी हो।"

"क्या बात करती हो ? उसकी टाँगों पर तो असल फ़िदाई है मेरी।"

"घोड़े की रानों जैसी।"

"तो तुम्हीं बता दो क्या सैक्सी है ?"

"जो किसी अनसैक्सी अदा में अचानक झाँकनेवाला सैक्सीपन हो, जैसे कोई मच्छर उड़ाने को सिर झटके तो गरदन पर नज़र जाए और वहाँ हड्डियाँ उभर आएँ और मन करे उसकी कॉलरबोन पर उँगली फेरने का ! जैसे नाक से चश्मा सरके तो उसे यों बिठाने में यों आँख उठा के देखे कि दिल में कुछ होने लगे।"

"कौन जैसे ? नाम लो, हवाई बातें छोड़ो।"

"नहीं, जैऽसे...मिथिलेश प्रवीण।"

"हाँ, हाँ मिथिलेश प्रवीण," गुरप्रीत ने माथा ठोंक लिया ! "पर और भी कोई है ?"

"और" अपाला ने इधर-उधर नज़र दौड़ाई, "भूषण...कुमार भी ठीक है, टॉप ब्रैकेट ऑफ़ ब्यूटीज़ में नहीं, पर चलेगा। कबीर है, थोड़ा बेबी फ़ेस, फूले-फूले गुलाबी गाल, मगर फिर भी। और...डेविड...।"

"टू दुबला।"

"बट इटैंस हंगरी बर्ड जैसा।"

"हंगरी, हाँ। घूरता है तो भूख-ही-भूख घूरती है।"

"पर सबसे सुंदर, सबसे सैक्सी, फलों का राजा आम, जैसा, वही एक। देखो ध्यान से उनके होंठ।"

"नैथानी बेहतर है।"

"कभी नहीं। हाय याद दिला दी, मिथिलेश प्रवीण, मिथिलेश प्रवीण !"

"आए थे तब तो उल्लू बनके खड़ी रही। पता नहीं, उस क्रिटिक ने

कैसे कह दिया कि लेखिका नहीं, पर ज़हीन है, सेमिनार अच्छा दिया। खड़ी थीं जैसे बोलना आता न हो। अपाला वह क्रिटिक क्या सोचता है तुम क्या ज़हीन बातें करती हो ? जैसे अभी ?"

"सोचता होगा राइटर एंड क्रिटिक मिलकर अपना अगला साहित्यिक षड्यंत्र रचती हैं, पर बात न बदलो, वह तुम्हें ताके जा रहे थे !"

"क्या बात करती हो ? वह तुम्हें देखकर आ गए।"

"इसलिए कि तुम मेरे बगल में थीं।"

"अरे मुझे पता है वे तुम्हीं से मिलने आए थे।"

"झूठ !" खिलवाड़ आशंसा के स्वर में अपाला बोली, "सारा दोष तुम्हारी सुंदरता का है। मैं उल्लू तो हूँ ही, खड़ी हो जाती हूँ तुम्हारे पास कि हार दौड़-दौड़कर मुझे वरे।"

"अँ हँ, बके जाएगी।"

"तो तुम्हें क्यों घूर रहे थे ?"

"अच्छा चुप।"

"तुम इतनी सुंदर क्यों हो ?"

"सच्ची हूँ ?"

"अब चाह रही हो बार-बार कहूँ।"

"सच्ची बताओ, हूँ ?"

"सीने को छोड़ दो तो !" अपाला ने छेड़ की। पानी की सतह पर हवा की परछाईं का झलकना, मिट जाना।

"जलती हो।" गुरप्रीत ने आँखें तरेरीं। दूर किसी कोने से नैथानी का ज़ोरदार ठहाका आ रहा था। "क्या कह रहा था नैथानी तुमसे ?"

"कब ?" अपाला अनजान बनी।

"बनो मत। उस दिन।"

"कितनी बार बताऊँगी ?"

"बता दे।"

"कि दो या तीन ही औरतें एक वक़्त में इतनी सुंदर होती हैं।" वह फिर चुप हो गई, हँसकर।

"कौन ?" गुरप्रीत ने उँगली गड़ाई।

"एक महारानी शिंजना, दूसरी फ़िल्म अभिनेत्री ज़ुबेदा, तीसरी तुम।"

तब तक गुरप्रीत की मुसकान दोनों तरफ़ फैलकर गालों से बाहर को फटी पड़ रही थी।

"झूठ।" वह खुश होकर बोली।

"ऐसे हँसोगी तो सफ़ा झूठ। मुँह ठीक करो। वह जौंक।" अपाला ने आपस की 'कोड' में किसी के आने की सूचना दी।

"अरे मर गए।" गुरप्रीत बुदबुदाई।

तब तक 'जौंक' जो भी थे पहुँच गए—"अरे नैथानी मियाँ, क्यों यह ज़ुल्म हम पर करते हो कि इन दोनों को एक साथ दावत देते हो। एक-दूसरे को देख लेती हैं तो फिर इन्हें और किसी का होश नहीं रहता।"

"बात तो सही है," नैथानी ने वहीं दूर से हामी भरी। "स्कूल में भी ये ऐसी ही चिपकू थीं। तभी तो मेरी बीवी को मौक़ा मिला।" जिस पर बीवी ने एक लगाया। "चुप भी होंगी तो भी साथ बैठी रहेंगी !"

मिथिलेश प्रवीण सलाद की डिश के पास मुसकरा रहे थे, हाथ से ही पत्ते उठा के कचर-कचर खाते हुए।

कैसे एक झटका देकर उन्हें खींच लें और उस दुनिया में पहुँच जाएँ जिसके बाद बीच का मौन परेशान नहीं करता ?

"गुरप्रीत, उनके होंठ।"

"कहीं नहीं। बकरी की तरह पत्ते चबा रहे हैं।"

पर अपाला का अंतस मुट्ठी की तरह भिंचकर एकदम से खुल गया और जोड़ों के बीच से फिसलती पिघली-पिघली सुलगनें बदन पर सरसराने लगीं। उसका ज़हीन, सँभला चेहरा, उस मदकती लौ के अदृश्य घेरे में।

"यह कहने की ज़रूरत क्यों हुई कि औरत की बेवफ़ाइयों को पूरे जीवन की रौ में देखिए, ना कि नोंचकर, डंडे पर अटका के, झंडे की तरह फहरा के ? कौन फहरा रहा है, हम कि ऐसा कहनेवाली खुद आप ?" युवक बोला।

अपाला चम्मच से हॉकी खेल रही थी, भरवाँ टमाटर साबुत उठाने की चाह में ! आखिर अपनी प्लेट सटाकर उधर-से-इधर, सलामत हाल लुढ़का लिया।

"आप भी लगता है, सस्ते स्कैंडल तलाशती हैं। कह दी कोई सनसनी-खेज़ बात और कमा लिया नाम।"

"जी।" अपाला आगे बढ़ गई।

पर वह भी हठ पर उतर आया। उसे तो महिला अंक के लिए इंटरव्यू करनी है, चलते-फिरते, बुलाए-बिनबुलाए। फिर वह भी जवान है, अपने काम की तपिश में भीजा-भीजा। अपाला हुज़ूरा, इश्क औरों को भी है काम के इस दौर से, जब पाँव थोड़े-थोड़े उड़ते चलते हैं, जब हाथों में हवा भी मीठी सिहरन भर देती है। सुरूर सिर्फ़ तुम्हारा नहीं कि मदमस्त घूम रही हो मानो सागर छान सकती हो, चोटियाँ नाप सकती हो ? न किसी की दुलत्ती ऐसी कि गिर पड़ो, न किसी की शाबाशी ऐसी कि उछल पड़ो। अपने ही मद में लहर-लहर लहराती।

इसके बाद तो जो टैगोर बन जाए वही बस अपनी किस्मत से नहीं घबराएगा।

पता नहीं, अपाला ने सोचा, टैगोर का आलोचना के प्रति क्या रवैया था ?

टमाटर की गोलाई बिगड़ी नहीं कि अपाला ने बेकद्री से उसे खाना शुरू कर दिया।

"पूछिए, जो पूछना है ?"

"सच बोलने की ठानी है, पर किस विचाराधारा को बल दे रही हैं ?"

"आप बताइए।" अपाला ने नज़र उठाई।

"यह तो बोलने का कोई ढंग नहीं। आप अपने आप को समझती क्या हैं ?"

अपाला ने नैप्किन पर उँगलियाँ पोंछीं और हाथ संधि में बढ़ाया—"ग़लत मत समझिए, मैं अकड़ नहीं रही।"

"फिर जवाब दीजिए।" उसका चेहरा तमतमा रहा था। ठीक ऊपर लाल कंडीलें जली हुई थीं, जो उसके चेहरे पर समुद्री हवा के इशारे पे फिरकी की तरह नाच रही थीं।

"मेरे पास जवाब नहीं है। मैं अभी केवल निकाल रही हूँ..."

"ये देखा क्या निकला ? किस दलदल की कीच ?"

"नहीं।"

"वाह रे वाह ! क्यों ?"

"क्योंकि और निकालने लगी।"

"कीचड़ ?" वह हँसा। उसका इंटरव्यू पन्नों से लपककर कंडीलों की तरह नाचने लगा।

"आप बचिए। मैं सनी भी अभी खुश हूँ।"

"बदबू भी नहीं आ रही ?" वह तिरस से बोला।

"आएगी तो चलूँगी धुलाई करने।" वह भी मुसकराई। "तब तक..."

"यही आपकी नई नारी ?"

"ये शब्द आपके ठोंके हुए हैं।"

"तो आप किसे रच रही हैं ?"

"जो है उसे बटोर रही हूँ।"

"बहुत खूब।" गुरप्रीत आकर धीरे से कान में फुसफुसाई। फिर रचना की प्रक्रिया, रचनाकार से परे कृति में निहित स्रोत और अपाला की लेखन शैली पर सशक्त शब्दावली में बोलती रही। इतना अच्छा बोली कि नौजवान सोच ही न पाया कि ये कहाँ से बीच में कूद आई ?

"एक आख़िरी सवाल, आप अपने विषय कैसे चुनती हैं ?"

"मेरी खुशक़िस्मती कि विषय मुझे चुन लेते हैं।"

"तभी" वह चलते-चलते थप्पड़ रसीद कर गया, "आप जितने सिकुड़े रह गए हैं विषय।" पन्ने पर इंटरव्यू का शीर्षक देखता हुआ–'द मोलहिल कम्ज़ टू मोहम्मद'–वह अलबेले अंदाज़ में चलता बना।

"हरामज़ादा !" गुरप्रीत गुर्राई।

"ठिक्क है यार !"

"और क्या पूछ रहा था ?"

"कि कैसे लिखती हैं आप ?"

"बताया नहीं खून से ? और कहाँ के खून से ?"

"बता दिया," अपाला हँसी। "तुम चिढ़ने क्यों लगती हो ? कुछ लोग तो ऐसा सोचेंगे ही, कि जितना निकला वही हमारा 'पूरा' है। कि हमारी एक पल की झलक में हमारी समूची नज़र क़ैद हो गई। चलाने दो न चाबुक उन्हें, धूल उड़ेगी, उसके कणों से गुज़रकर मेरी किरणों का अपवर्तन बढ़ता है, मेरा सूरज और रंगीन होता जाता है। लाल भी, पीला भी, हरा, बैंगनी, काला..."

"क्या खुश हो रही हैं अपनी ही बात पर, आय हाय !"

"तुम तो ऐसे कह रही हो जैसे देख लेंगे कब तक ?"

दोनों हँसने लगीं।

"चलो उधर चल के बैठें।"

"यह जगह बदलते रहने का तुम्हारा शौक़ गज़ब है। ये नहीं बताया उस बछड़े को ? सूरज और रंगीन हो जाता !"

"भूल गई।"

"चलो बता दें लिखती भी हैं जगह बदल-बदल के ! क्यों मगर करती हो ऐसा ?"

"नई-नई ध्वनियाँ, नए-नए दृश्यों का लालच मेरा। पीछे बैठो तो रसोइयों से काले धुआएँ बरतनों की ठनक, आगे समुद्र के पास नंगे-मुनंगे बच्चों की चाँय-चाँय..."

"लाइब्रेरी में ?"

"खिड़की के पास ढाबे से उठती चाय की महक और राजनीतिक विवाद..."

"कहीं नाक बंद करना ज़रूरी, कहीं कान..."

"जी नहीं। मज़ा खुले रखने में है। सूँघो, सुनो, कलम को मचलने दो।"

"चलो पूछें, तेरी इस चंचलता में कौन सी रिप्रेस्ड यर्निंग होगी ?"

"शामों में परदा सरका के स्टडी की खिड़की पे बैठती हूँ, फ़ीरोज़ी आसमान पर छाए काले पत्तों के आगे..."

"फिर फँस गईं ना ? फ़ीरोज़ी आसमान और काले पत्ते ?" मिथिलेश प्रवीण आ गए। "माफ़ी, कोशिश नहीं कर रहा था, पर सुनाई पड़ गया।"

"अब के पंगू बनी रही तो..." गुरप्रीत ने लात लगाई।

"जी, फ़ीरोज़ी।"

"और काले पत्ते ?"

"जी।"

"मानना ही पड़ेगा। चलिए छोड़ देते हैं !"

चले गए। अपना मुँह लेकर !

"हाय, याद, आ गई, वह मुँह !"

"श-श-श, रति और विपुला आ रही हैं।"

एक से कहानी-कविता की फ़रमाइश करने। दूसरे से आलेख की। उन्हीं से त्रेहन की कविताओं की संवीक्षा होने लगी।

वे चली गईं तब भी गुरप्रीत उफनती रही, "मैं बिलकुल नहीं मानती। पूरी कविता का रुझान इसी पर टिका है कि गति किस तरफ़ से किधर को हो रही है। गति बाहर से बढ़ती एक मध्यबिंदु पर जमा नहीं हो रही कि हर बात को त्रेहन के राजनीतिक मत में बंद कर दें। गति एक बिंब से हो ही नहीं रही, अलग-अलग बिंबों से बाहर को छितर रही है। ये सब कुछ एक जगह सिमटाने की धुन क्यों है सबको ? सरल करने की चाह में उलझाव देखने से भागते हैं। उलझाव भी तब देखेंगे, अगर वह फ़ौरन किसी समाधान की ओर बढ़ सके। जहाँ उलझाव की गाँठें अभी पूरी दिख ही नहीं रहीं, उन्हें समाधान पाने के लिए खोलें कैसे ?"

"वही बात तो हम कर रहे थे। पल-पल जुड़ने नहीं देते, खुलती-ढिपती पर्तों को फैलने नहीं देते, सब यूँ, यहीं, पकड़ लेना चाहते हैं। पर छोड़ो यार अब सेमिनार। चलो, समुद्र तक चलें।"

"नैथानी ज़रा समुद्र में पैर डालकर आते हैं।"

दोनों होटल की सीढ़ियों से नीचे उतर गईं। लहरों के किनारे जा बैठीं। निरी बातें की होंगी, क्योंकि हाथ हिल रहे थे, गरदन झटक रही थीं। पर समुद्र का नदन उन्हें ले उड़ा।

बहुपर्तीय सच के ढेर सारे अधूरे कण बालू में पड़े। जगह बदल के देखो तो नए-नए दिखते। किसी एक जगह पे स्थायी होने की चेष्टा करते।

"फिर अभी उम्र ही क्या है ?"

"उस दिन साँसें यों चलीं जैसे पहला-पहला प्यार हो।"

"मार इस तरह खाती हूँ जैसे लाश पर पैर पड़ रहे हों।"

पता नहीं इन वाक्यों के बीच कौन से वाक्य थे ? या कि ये खुद अपने में ही अधूरे वाक्य तो नहीं, जिनके आगे और शब्द रहे हों या पीछे रहे हों, जो लहरें अपने आगोश में उठा ले गईं ? सच पूछिए तो यही कहाँ पता कि ये शब्द उन्हीं के मुँह से निकले थे या कि परिचितपन की धुन में लहरों के शोर से गढ़े गए हमारे कानों के बनाए मनमाने स्वर थे।

गुरप्रीत लेट गई। सुंदर-सुंदर।

बोली–"सुंदर-सुंदर।"

और न जाने लेटने से स्वरों का उठान आसान हो गया या बोल ऐसे थे कि कान खड़े हो गए, पर अब बातचीत स्पष्ट सुनाई पड़ी, उन्हीं लहरों के बावजूद।

"आ जाएँ तुम्हारे मिथिलेश प्रवीण तो क्या करोगी ?"

"गंदी !" अपाला भी लेट गई। "मेरे ठुकराए मन का मज़ाक बना रही हो ?"

"पर आ गए तो ?"

"तो मैं पी जाऊँगी।"

"देखो," गुरप्रीत ने संकेत किया, "वे आ रहे हैं।"

मिथिलेश प्रवीण आ गए, कहाँ से उतर आए जैसे !

"बड़ी पुरानी दोस्ती होगी आपकी, सारी शाम साथ रहीं और भंडार खाली नहीं हुआ ?"

"क्या चल रहा है 'नदीश' में ?"

"जश्न ज़ोरों में। नैथानी ने ऐसी जगह चुनी है कि कोई आसानी से नहीं छोड़ेगा। मैंने सोचा, समुद्र के इतनी पास आकर बिना छुए तो लौटा नहीं जा सकता।"

तीनों बैठे रहे फिर साहित्य के विवाद लिये।

गुरप्रीत उठी–"ज़रा नामिर को फ़ोन करके आती हूँ।"

"छू लें समुद्र को ?"

मिथिलेश प्रवीण और अपाला चल दिए। समुद्र के परिप्लुत किनारे पर। जहाँ वह जादू करने लगता है, खासकर रातों में। पहले वह बढ़कर आता है, फिर किनारे खड़े इनसान बढ़कर आते हैं उसमें।

घुटनों से ऊपर तक पानी की उछालें आ गईं।

अँधेरे से ज़्यादा काले खड़े थे मिथिलेश प्रवीण। उनके कान, थोड़े बड़े, थोड़े प्याली की घुंडी जैसे निकले-निकले, पीछे उनसे हलका आसमान। कानों में सतह है जहाँ होंठ समा सकते हैं। वहाँ ज़िंदगी ला सकते हैं।

"आप तो यहीं पास में रहती हैं न ?"

"इसी समुद्र के किनारे; दूर।"

पानी किस आसानी से आता था, जाता था, पकड़ता था, छोड़ता था।

लोह रंगों का मखमल।

"कैसे जाएँगी ?"

"गुरप्रीत छोड़ देगी।"

"मैं छोड़ दूँ ?"

लहर आई तो दोनों के हाथों को उठा के एक-दूसरे में बाँध गई।

"आगे बढ़ें ?"

"चलिए।"

कमर तक भीग गए, चेहरे तक छींटे आए। सागर लौटता तो पाँव के नीचे से ज़मीन खींचता चलता।

"आपका तो लाइब्रेरी में 'क्यूबिकल' है न ? वहीं लिखती हैं ?"

"जगह बदल-बदल के।"

"फ़ीरोज़ी आसमान के नीचे ?"

"जी।"

"काले पत्ते ?"

"जी।"

उन्होंने पानी की उछाल में हलके से उसका हाथ मरोड़ा।

"आजकल क्या लिख रही हैं ?"

" 'दिशाशूल', एक उपन्यास।"

"लाइए, दिखाइए।"

लहरों का तरापा बीच में आ गया।

वे चुप रहे। रुके रहे।

अपाला कुछ गिराने लगी, कुछ पल, कुछ परत, लहरें जिन्हें उठाने लगीं। जो गिरना था, गिर गया तब वह बोल पाई, धीरे से हाथ अलग करके—"मैं झूठ बोल गई। सिर्फ़ बरसाती शामों का आसमान फ़ीरोज़ी था और सामने पेड़ के पत्ते काले। सुबह परदा खींचा तो हरे पत्तों के पीछे सफ़ेद आसमान था।" वही आसमान ? अलग-अलग आसमान ?

लहरें कुछ समेटकर मिथिलेश प्रवीण में गिराती गईं। जब वे भर गए तो अवश मुड़े, अपाला को पास खींचना चाहा।

"नहीं।" उसने उन्हें साफ़ अलग कर दिया।

लहरें फिर आ गईं।

दोनों अलग चलते लौट आए।

गुरप्रीत इंतज़ार कर रही थी, बालू पर पड़ी। मिथिलेश प्रवीण चले गए तो कोहनी पर उचकी।

"काम बना ?"

"बना।" अपाला ने कहा और उछलकर उसका हाथ खींचती हुई समुद्र की तरफ़ भागी, "चलो, पहले की तरह उड़ें।"

दोनों हँसती हुई पानी में छप-छप बढ़ती चली गईं।

पंख

मैं घूर नहीं रही थी। मेरी आँखें घुमड़ रही थीं। आसमान की तरह जो काले बादलों में घुमड़ रहा था। रेस्तराँ के शीशे के बाहर पेड़—बाँस, नीम, ताड़—बरसात के आने के पहले ही मटकने लगे थे। ऊपर ढेरों पंछी, वक़्त से ठौर पाने की सुध में, झुंड-के-झुंड, बादलों को रोक रहे थे। कौवे होंगे। या कबूतर। और दोनों में कौन ज़्यादा गलीज़ और हमारे शहर में इन दो के अलावा कौन बचे हैं मैंने सोचा ?

पर दुख से नहीं। क्योंकि मैं तो पेड़ों को देख रही थी जो इस शहर में भी बजने की तैयारी में थे।

और घूर नहीं रही थी। यों ही आँखें इधर-उधर फिसला रही थी रेस्तराँ के शीशे के पार, जहाँ से भागकर हम रोज़ की तरह क्विक लंच लेने चले आए थे, फिर वापस ऑफ़िस की अनंत इमारतों में चींटियों की तरह लौटने के पहले। पर जैसे बच्चे खेलते हैं 'स्टैचू' और जो जहाँ, जिस बेहूदी मुद्रा में हो वहीं 'स्टैचू' हो जाता है वैसे ही रवि ने कहा, घूर क्यों रही हो, और मेरी आँखें उस पल जहाँ से फिसलनेवाली थीं, वहीं 'स्टैचू' हो गईं !

वहाँ एक जोड़ा बैठा था। पारदर्शी शीशे की दीवार के पास, उसके बाहर झूमते हरे के फ्रेम में जैसे। लड़की बर्फ़ के रंग की थी (उत्तर भारत !) लड़का गरमी का तपता गोला (ज़ाहिर है दक्षिण !) उसने कुछ कहते-कहते पैर बढ़ाया जो मेज़ के नीचे टकराया। लड़की के पैर से, उसने सोचा होगा, जिस तरह अदबदाकर वह पीछे हुआ 'सॉरी' का उच्चारण होंठों को देता। लड़की ने अन्यमनस्क नज़रों से देखा। तो लड़के ने मेज़ के नीचे झाँका जहाँ उसका पैर कालीन में पड़ी सलवट से जा लगा था। वह मुसकराया।

कालीन हरा था। लड़के की कमीज़ भी हरी थी। आधी बाँह की। इतना हरा देखकर मेरा मन बचाव की कोशिश में आ गया और मैंने

हाथ सामने मेज़ पर टिकाए जिस पर मेज़पोश हरा-हरा था !

"घूरते नहीं हैं अजनबियों को," रवि ने उड़ती नज़र पीछे डाली, जबकि वह कहना चाह रहा था कितने दिन और खींचती चलोगी अब जवाब दो।

"अजनबी नहीं हैं," मैंने कहा। जबकि मैं कहना चाहती थी थोड़ा और सोचने दो।

झूठ नहीं था, इच्छा थी कि वे अजनबी नहीं हैं !

अब के मैं पूरे होशोहवास में उस जोड़े को घूरने लगी। मेज़ के इधर और उधर बैठे दो जीव। लड़का समझाने के अंदाज़ में कुछ कह रहा था। नीचे देखता हुआ, मेज़ को थामे मानो वह ही उसे स्थिर रखे है, वरना फिसले संयम की तरह वह बिखर न जाए !

लड़की कभी मेज़ को देखती, कभी बाहर पेड़ों को। उसका चेहरा उसके खुले बालों में अब कम, अब ज़्यादा दीख पड़ता।

लड़के ने अचानक आँखें उठाकर उसकी ओर ऐसे देखा मानो सोच रहा था वह इस सारे दौरान उसे घूरती रही है। पर लड़की की आँखें तो इधर-उधर...!

लड़का फिर मुसकराने लगा। शायद अपनी अहंकारी ग़लतफ़हमी पर और अपनी बेवक़ूफ़ी से बल पाकर एकटक लड़की को देखने लग गया। कि अब तो बता ही देगा, सुनो, तुम मुझे बहुत अच्छी लगती हो।

तो यह तो अच्छी बात हुई न।

तभी तुमसे डर लगता है...

कोई अच्छा लगे तो उससे डरना चाहिए, लड़की पूछती, अगर उसे इधर-उधर आँखें नचाने से फ़ुरसत मिलती !

पता नहीं इसका अंत कहाँ होगा, कैसा होगा...

पहले शुरू तो हो ले...लड़की शोखी से कह सकती थी।

अगर लड़के ने ऊपर के संवाद बोले होते !

लड़का उसे घूर रहा है लड़की को अहसास हुआ तो उसने कुछ लजाते हुए लड़के की तरफ़ देखा। बस जैसे यहाँ भी 'स्टैचू' का खेल हो गया उसकी आँखें फँस गईं। दोनों एक-दूसरे को 'स्टैचू' बने देखते गए। मेज़ पर लड़की का हाथ बढ़ा और लड़के ने जूस का गिलास उसमें पकड़ा दिया।

घूरो मत, मैंने सोचा पहले कि रवि फिर टोके और आँखें उनसे हटाकर

उनके बीच पड़ी मेज़ पर गड़ा दीं जिससे मेरी आँखों में पानी तैर गया और मेज़ नाव-सी डोलने लगी।

जादू है। लड़का बोला।

इस मेज़ में ? लड़की ने छेड़ा।

वैसे कोई कुछ नहीं बोला !

दोनों चुप आँखों-में-आँखें डाले बैठे थे बस।

लड़का नहीं कह रहा था, उस रोज़ भागकर बस में चढ़ते हुए जब तुम एक चप्पल ही पहने रह गईं तब से मैं तुम्हारे ही बारे में सोचता रहता हूँ।

चौबीस घंटे में कम-से-कम तेईस घंटे।

झूठ, लगता तो नहीं, लड़की ने नहीं कहा।

झूठ, चौबीस में तेईस नहीं, चौबीस घंटे तुम ही मेरे सोच में, लड़के ने सफ़ाई नहीं दी, पर इसी तरह की बेवक़ूफ़ बातें उनके बीच पड़ी मेज़ पर लहरा रही थीं।

एक तरफ़ लड़का मैन्यू कार्ड पर अपनी लंबी, सुंदर उँगलियों की टीपें मार रहा था, दूसरी तरफ़ से लड़की ने अपनी तंदरुस्त नर्म बाँह बढ़ाकर किसी डिश की ओर संकेत किया।

तुम्हारी उँगलियाँ सुंदर...

और तुम्हारी बाँह...

मगर लड़का सिर्फ़ बोला था, "यह ?"

लड़की ने सिर्फ़ सिर हिलाकर हामी भरी थी।

वेटर भी उसी टेबल को देख रहे थे। जहाँ पहली-सी मुलाक़ात का सम्मोहन मँडरा रहा था। उसी के आसपास मगर दूर-दूर उस घेरे में प्रवेश न पाते हुए।

"सर," एक वेटर रवि के इशारे पर लपका।

झटके से मैंने आँखें वापस हमारी मेज़ पर कर दीं। जो हमारे बीच रोज़ की तरह रोज़ की ही डिशज़ से अटी पड़ी थी। कत्थई पड़ते हरे मेज़-पोश पर हरी धारी की प्लेटें, रवि का छोला-भटूरा, मेरा मसाला डोसा, चूता तेल, टेबल क्लॉथ से उठती हलकी सी बासी तेल की गंध, उसके कोने से मसकती बासी तेल की हलकी सी चीकट छुअन...।

रवि ने एक भटूरा अलग खिसका दिया था, गोल गुब्बारा, दूर से ही

नुमाइशी, पर वह भी जानता था वह उसे खा लेगा।

"खाओगी ?"

"नहीं।"

"आधा ?"

"नहीं।"

"तो कुछ और मँगा लो।"

"नहीं।"

"उफ़, कितना तेल है।" उसने एक खुट्टा तोड़ा।

"तब भी तो यही मँगाते हो। छोड़ दो। इडली मँगा लो।"

"नहीं। तुम थम्स अप ले लो।"

"कभी लेती हूँ ? थम्स अप ?" मैंने गुस्सा किया।

"अरे तो गुस्सा क्यों होती हो ?"

"तुम भूलते क्यों हो ?"

"तुम कहती हो इडली ले लो जो मैं कभी नहीं लेता तब ?"

"तुम क्यों कहते हो तेल चू रहा है ?"

हमारी बेमानी लड़ाई की सलवटें, रवि की लापरवाही से टिकी कोहनियों ने टेबल क्लॉथ में घिच-पिच डाल दी।

मैंने आँखें हटा दीं और उधर न देखने की कोशिश में रेस्तराँ में घुमाईं। मेज़ के बाद मेज़, उनके इस तरफ़ और उस तरफ़ लोग। कहीं कत्थई तो कहीं हरे मेज़पोश। ऊपर वही हरी धारी की प्लेटें और सस्ते गिलास। वेटर ट्रे के साथ परिक्रमा करते हुए। ट्रे फूले भटूरे और गज़-भर लंबे पेपर डोसा लादे हवाई जहाज़ बनी उड़ती हुईं। अब इस मेज़ पर, अब इस पर 'लैंड' करने !

लोगों की बातें शोर ज़्यादा बातें कम। मानो जल्दी-जल्दी कहने की चाह में गिरते-पड़ते लुढ़कते शब्दों का अनर्गल नाद।

पर वह लड़का और लड़की शोर नहीं कर रहे थे। वह लड़का और लड़की ज़ोर से नहीं बोल रहे थे। वह लड़का और लड़की अमूमन बोल ही नहीं रहे थे। जब बोलते तो एक से दूसरे तक बस। ऐसे नहीं कि हम सब के कानों से बचना है, ऐसे कि हम उनके लिए हैं ही नहीं, या वह नहीं कहीं हमारी ज़द में। बस, एक मैं और एक तुम ! और यह मेज़ हमारे बीच

बिजली का कनैक्शन बनाती ! कि उस पर गिलास रखना और चम्मच उठाना भी ऐसे वह कर रहे थे कि जैसे एक-दूसरे तक का रास्ता टटोलते हों।

पीछे हरे पेड़ों की इच्छा बढ़ रही थी। ताड़ चटाइयाँ फहरा रहा था कि किसी भी पल बादलों को संग ले उड़ेगा। बाँस संगीत को अपने पत्तों के बीच भरता जा रहा था, भरता जा रहा था और नीम की शाखें नर्तक-नर्तकी बनती जा रही थीं।

लड़की ने काँटे-छुरी से अपनी प्लेट से—शायद उत्तपम का—एक टुकड़ा करीने से उठाकर लड़के की तरफ़ बढ़ाया जो उसने नहीं-नहीं करते अपनी प्लेट में स्वीकार कर लिया। जिस क्षण मेज़ के ऊपर इस आदान-प्रदान में दोनों हाथों ने अर्धगोलाकार आकृति बनाई, मेज़ खेल में लचकी और उनके हाथ छुल गए।

आधा चाँद—मैं मेज़ पर बाँहों के उस आकार को परिभाषित करती, गर करती !

तुम चौदहवीं का चाँद—उनमें से एक दूसरे से कहता, गर कहता तो !

"ये वही हैं जो कल आई.एस.बी.टी. पर सड़क पार कर रहे थे," मैंने रवि की कोसती नज़र देखकर सफ़ाई पेश की ।

उस लड़की के बॉयकट बाल थे अगर रवि कहता, बढ़ गए मैं कहती !

खराब सड़क है आई.एस.बी.टी. के आगे, औरत-आदमी को गाड़ियों-बसों के बीच चूहे बनाती। क्रॉस करते वक़्त लड़के ने हाथ लड़की की पीठ पर रखा होगा, रखा भी और नहीं भी के डरे-डरे अंदाज़ में।

क्योंकि वही पहली मुलाक़ात रही होगी, मुझे सूझा। इन दोनों की।

पर जो चप्पल भागने में उतर गई थी, मुझे याद आया ?

पिछले बस स्टॉप पर देखा होगा, मैंने समस्या हल कर दी। भागती लड़की को भागती बस में बैठे लड़के ने। वह चढ़ तो गई, पर चप्पल एक उतर गई। ओहो उसने अपने पाँव देखे, आँखें ऊपर कीं तो लड़के ने भी उसके पाँव देखे, कोई बात नहीं उसकी आँखों ने लड़की की झेंप पर कहा और दोनों मुसकरा दिए, अगले स्टॉप पर ही उतरना था, दोनों को, यानी आई.एस.बी.टी. पर, उस पार सड़क के, एक आदमी सस्ती रबड़ चप्पलें बेचता है, चलिए, मैं दिखा देता हूँ।

नाम तब न पूछे थे, पर रूप पर मोहित होने लगे, कहीं ख़ुब गया मन में वह रूप ना ! दोनों की टोह अब मेज़ पर करैंट की अदृश्य डोरियाँ देखो लपेट रही है।

बाहर देख रहे थे दोनों, जहाँ हरे पेड़ मुक्त कल्लोल में झूमते बलखाते एक-दूसरे की तरफ़ बढ़ते, हलके से एक-दूसरे का स्पर्श करते, पर पकड़ने या पकड़ में आने के पहले ही खिलखिलाकर अलग हो जाते। जैसे उन्हें कोई जल्दी नहीं, खेल-खेल में बढ़ने देंगे उतावली। उस पल तक जब फिर टाला न जा सकेगा, एक-दूसरे में बिंध जाना, तर हो जाना। शायद उन्हें बरसात का इंतज़ार था जो आकाश से बूँदें बनकर उतरेगी, रोशनी के कण राह में बटोरती, जिन्हें उनमें भरती जाएगी। पेड़ों को ! जल्दी नहीं !

न उन्हें !

पर हमें थी। "दस मिनट और," रवि ने अपना पीला मार्कर बंद किया पर ऑफ़िस पेपर्स नहीं, हो सकता है मेरे जवाब न देने पर चिढ़कर। "और बारिश भी आ सकती है।"

मैंने मेज़ पर पड़ा अपना हैंड बैग खोलकर अपनी छतरी निकाल ली तो देखा कि हर मेज़ पर छतरी रखी है या मेज़ से टिकी है सिवाय उनकी।

जैसे उन्हें भीगने की कोई चिंता नहीं थी !

बाहर पत्ते अब ढेरों पंख बने इन्हीं की तरफ़ शीशे पर फूँक मारते बढ़ आए थे कि जैसे लो इन्हें भी अपने मुक्त खेल में शामिल कर लिया हो और प्यार से धमका रहे हैं, अच्छा-अच्छा आने दो बरसात ऐसे ही हम मारेंगे छींटे-पर-छींटे।

"वेटर," हम दोनों ने इशारा किया। मैंने सौंफ़ बीनकर फाँकी, रवि ने टूथपिक चबानी शुरू कर दी। रवि ने अलग देखते हुए अपने नाना की वह चिट्ठी बाक़ी काग़ज़ों के साथ बाहर निकलने दी, फिर सब को सीधा ठोंककर फ़ाइल में समेटकर वापस ब्रीफ़केस में डाल दिया।

मैंने तब भी जवाब नहीं दिया। कुछ सवाल रिश्ते के संग घिसटते-घिसटते कहते हैं जवाब दो पर असल में कब का उसे माँगना बंद कर चुके होते हैं ! बल्कि शायद जवाब देकर हम खुद भी विचलित हो जाएँगे सवाल को भी असुरक्षित कर देंगे।

दरवाज़े तक जाने के लिए हम उनके पास से गुज़रे। मैंने लड़के को

कहते सुना, "उठाकर फेंक दूँ।" मेज़ को, मैंने तय कर लिया जो उसे अब तक परेशान करने लगी थी !

सोमवार की शाम हम फिर उस रेस्तराँ में लौटे। एक नए प्रोजेक्ट के लिए भारी लोन की संभावना थी, पर उसके पहले निरीक्षण कमिटी की पड़ताल झेलनी थी। हम सभी ओवर टाइम कर रहे थे। बस यही भूख और प्यास के अंतराल थे जिनमें सुस्ताने का भ्रम पाल सकें। और वही मिसाल कि अपनी दौड़ इस रेस्तराँ तक !

शीशे की दीवार के पास एक मेज़ खाली थी। हम बिना कुछ कहे उधर बढ़े, इतनी तेज़ रफ़्तार से नहीं कि भद्दा, अगल-बगल ढकेल आगे चल, तरीका लगे, न इतना धीरे कि कोई और तमीज़ की माप का कदम ज़रा सा फैला दे और हमसे पहले मेज़ घेर ले !

लेकिन अभी भीड़ का वक़्त नहीं था। डिनर के लिए लोग नौ-दौ बजे निकलते हैं—ऑफ़िस से लौटे, लेटे, नहाए-धोए, सजे-धजे, फिर ! तब लाइन लगानी पड़ती, आधा-पौना घंटा तो रुकना ही पड़ता, मेज़ बुक कर ली हो तो भी। यह रेस्तराँ मध्यवर्गीय बजट के अनुकूल था, फिर पारदर्शी शीशा, उधर पेड़ के झुरमुट और खाना भी लोकप्रिय। जो हमारे लिए रोज़ की वस्तु बनकर स्वाद का बोध भुला चुका था।

मेज़ आ गई बीच में और हम बैठ गए। फ़ाइलें खोल लीं कि काम यहाँ भी निपटाते चलें। रवि ने सिगरेट जलाई और वेटर लपककर हमारे बीच ऐशट्रे खोजने लगा फिर मेरे सामने की मेज पर गया और पूछकर वहाँ का ऐशट्रे उठा लाया और हमारी मेज़ पर रखा छोटा सा गुलदान एक लाल गुलाब और एक डंठल मोरपंखीवाला उधर रख आया।

जहाँ वही जोड़ा बैठा था। मेरी आँखों की सीध में रवि की पीठ के पीछे।

अरे मैंने मार्कर चलाते हुए सोचा, ये उस दिन से यहीं जमे हैं ! न काम, न धाम; तसवीर बने, तृप्त, आत्मलिप्त !

मगर अब के दोनों मेज़ की एक ही तरफ़ बैठे थे मानो मेज़ नहीं समुंदर है जो बीच में डहडहाता नहीं चाहिए।

लड़का लेटी मुद्रा में बैठा था, लड़की मुकाबलन सतर। मेज़ पर चम्मच,

काँटे-छुरी चमक रहे थे और प्लेटें इतनी खाली कि जैसे संभावनाओं से भरी ! चाहो तो चम्मच बजा भी सकते हो प्लेट पर जैसा कि वह लड़का कर रहा था। चम्मच बजाने के लिए नहीं, इसलिए कि उसे बजाने की क्रिया में चम्मच को थामे हाथ के पीछे उसकी बाँह और उसकी बाँह से सटी लड़की की बाँह साथ-साथ थिरक रही थीं !

बस, लड़की ने डाँट के तेवर दिखाए। लिया लड़के से चम्मच और मेज़ पर रख उसका हाथ सख़्ती से अपनी गोद में दबा दिया।

लड़का हँसा। कुछ बोला।

छोड़ो मेरा हाथ। मैंने कल्पना करी।

मेरा हाथ है। यही जवाब होना पड़ेगा !

मेरा हाथ मेरे हाथ में !

कि मेरा हाथ तेरे हाथ में !

कि तेरा हाथ मेरे हाथ में ?

कि तेरा हाथ तेरे हाथ में ?

लड़का ज़ोर से हँसा। उसका सामने का दाँत, जो ज़रा-सा एक-पर-एक चढ़ा हुआ था, हीरे की मानिंद चमक उठा। उस दिन नहीं न देखा था मैंने ? न ही आई.एस.बी.टी. पर, मुझे हँसी आ गई। अतिरिक्त निष्ठा से काम पर झुकने की कोशिश की।

रवि ने सिगरेट फूँकते हुए रेस्तराँ की दीवार में अपना अक्स देखा, माथे के बालों को ठीक किया। बाहर अँधेरा था। पेड़ वही थे, पर रात को उन पर छोटे-छोटे बल्बों की लड़ियाँ झूल रही थीं।

तंग आने लगी मैं काम से।

"तंग आ गई मैं काम से।" मैंने फ़ाइल को एक घूँसा जड़ा। "मैं घूरूँगी !" लड़ाकूपन से घोषणा की।

रवि मुड़ा नहीं। "आई.एस.बी.टी. कपल ? इतनी देर क्यों कर रहे हैं ?"

"देखो लड़का सुंदर है कि नहीं ?"

"लड़की कैसी है वह बताओ।" रवि ने मज़ाक किया। "यहाँ सर्विस बहुत खराब है।"

"लड़का सुंदर है।" मैंने फटकारा।

लहरदार बाल (दक्षिण !), दमकता ताँबा (दक्षिण), बड़ी-बड़ी आँखों में गुलाबी डोरे (हाँ दक्षिण) मछुआरे, दक्षिण के-सा गठा औसत कद बदन।

और दाँत-पर-दाँत ! ऐब ? ऐब की सुंदरता में क्या भूमिका ? साधारण सुंदरता को विशिष्ट बना देना !

"इतनी देर एक कॉर्न सूप में ?"

"अभी मकई बोएँगे, पकेगा तो तोड़ेंगे..."

"अहँ मज़ाक छोड़ो, चलो, ऑर्डर बदल दें।"

"बिरयानी...?"

"पुदीना पराठा ले लो..."

"नहीं बहुत तेल डालते हैं।"

"दही के साथ।"

"बाहर का दही ? बरसात में ?"

"दही सेफ़ होता है।"

"पर पानी नहीं।"

"पानी लेने को नहीं कह रहा।"

"दही में डालते होंगे।"

"क्यों डालते होंगे ?"

"ज़्यादा करने के लिए।"

"तुम्हारे वहम् ! पीट्ज़ा ले लो।"

"नहीं।"

"ले लो।"

"दिमाग खराब है ? क़भी लेती हूँ ?"

"आज ले लो। मैं लूँगा।"

"तुम लो।"

"अच्छा स्टॉप भौंकोइंग। काम भी करो।"

हम चुप हो गए। मार्कर चलाते रहे। खाने-पीने की चीज़ें हमारे काम के आसपास आ गईं। मैंने बिना काम रोके बायाँ हाथ बढ़ाया और रवि का सिगरेट का पैकेट उठा लिया, ताकि वेटर को पीट्ज़ा के लिए जगह मिल जाए। रवि ने भी बिना सिर उठाए हाथ बढ़ाया और पैकेट वापस लेकर अपनी जेब में सँभाल लिया।

"मेरी सिगरेट है।" उसने आँख उठाकर बनावटी अधिकार जतलाया।

"चश्मा भी तुम्हारा है।" मैंने उसकी नाक पर सरक आए चश्मे को ठीक किया।

उसने उतारकर रख दिया। "ठंडा हो रहा है। खाओ।" खाने लगा।

उन्हें भूख ही नहीं लग रही थी ! भरी भीड़ में अपने घेरे में ऐसे बैठे थे कि जैसे अदृश्य हैं ! या हम ! दोनों को कोई काम नहीं। सिवाय हाथ थामने बाँह सटाने के।

लड़के ने लड़की के बालों में बँधा रूमाल स्लो मोशन में खींचना शुरू किया। लड़की कनखी से देखती मुसकराती रही। जब पूरा रूमाल लड़के के हाथ में आ गया तो लड़की ने सिर हिलाकर अपने बाल कंधों पर छितरा दिए और लड़के ने हाथ उनमें छिपाकर पीठ से ऊपर उसकी गरदन पर रख दिया।

वह कुछ बोला जो लड़की नहीं सुन पाई। उसकी ओर कान झुकाए। लड़के ने अपने होंठ कान के एकदम करीब कर दिए, पर कुछ बोला नहीं। उसका हाथ लड़की की गरदन से फिसल गया, लड़की ने इल्ज़ाम से देखा और हक से उठाकर फिर वहीं अपने बालों के अंदर धर दिया।

हमारी मेज़ पर फैले कूड़े-करकट को देखकर मुझे बेचैनी होने लगी। मेज़ ही को धक्का दिया, गोया वही मुझे साँस लेने से रोकती हो।

उनकी मेज़ अब कुछ नहीं रोक रही थी ! सिवाय हमें ! उनके बीच न होकर वह अब उनके और दुनिया के बीच हो गई थी। वेटर आज भी मँडरा रहे थे, पर उनकी घोर हिमायती उस मेज़ के रहते उस चमकते घेरे के नज़दीक फटकने की हिम्मत और घटती जा रही थी। मेज़ के पीछे उनकी उँगलियाँ एक-दूसरे को कहानियाँ सुना रही थीं। कोई भी कहानी। बेमतलब भी कहानी। अभी ही तो था बेमतलब में भी सार।

बंद भी करूँ घूरना, मैंने खुद को झड़प दी। कोशिश की बंद कर देने की घूरना। बाहर फेर दीं आँखें।

तो जोड़ा शीशे में झलकने लगा, जुगनुओं के बीच। सिहरता-सा। जादू के हिस्से-सा। जादू का स्पंदन। कहाँ मगर ? उनके अंदर ? उनके बीच ? उन्हें घेरे ? अक्स में ? कहाँ था जादू ? यहाँ...

कि यहाँ...?

कि यहाँ...?

कि मेज़ पर जो इस प्रेम-कहानी में जैसे अपनी अहम भूमिका पर पुलकित हो रही थी और शीशे में मंद-मंद लहरा रही थी ?

जादू की मेज़ क्या ?

जूठी प्लेटें हमारी मेज़ पर दुख की तरह पसरी पड़ी थीं।

अचानक मैंने चाहा कि रवि फिर सवाल करे। अभी पूछे। इसी वक़्त। पर वह काम में ऐसा मुब्तला था कि घड़ी भी उतारकर मेज़ पर रख दीए था कि जैसे वह भी आड़े आ रही है।

बेयरा आइसक्रीम लिये चला आ रहा था।

"हमने तो नहीं मँगाई। तुमने मँगाई ?" रवि ने काम में खलल पर खीज सिर उठाया।

"नहीं।"

"चाहिए ?"

कि तभी दूसरा वेटर दौड़ा आया और ट्रे छीन उनकी मेज़ की तरफ़ लपका। 'सॉरी' हमसे लापरवाही से बोला। 'सॉरी' उनसे ललककर बोला।

चॉकलेट आइसक्रीम थी ऊँचे चाँदी के कप में। एक कप। दो चम्मच।

"मन हो तो मँगा दें ?" रवि परेशान दीखा।

"नहीं भई कितनी दफ़े पूछोगे ?"

"अच्छा बाबा।" उसने घड़ी उठाई, कितना समय बचा है ?

उनका समय बाहर टिमटिमाते पेड़ों में इत्मीनान की हवा बना सर्र-सर्र बह रहा था।

इंतज़ार करनेवालों का ताँता शुरू हो गया था। बीच-बीच में उनमें का कोई तरुण सदस्य, मेज़ों के बीच सबको घूरता, सबकी मेज़ें घूरता, चक्कर काट लेता कि शायद हम शरमाकर जल्दी-जल्दी खाने लगें।

"जल्दी करो।" मैंने रवि को फटकारा।

"अच्छा।" उसने झुककर अपना ब्रीफ़केस उठाया।

वे करेंगे जगह औरों के लिए ? अब के सिर्फ़ उड़ती निगाह मैंने उधर दौड़ाई, न जाने उन पर या उनके अक्स पर। उठना तो पड़ेगा उन्हें, मैंने अफ़सोस से सोचा।

पिछली बार हम उनकी बगल से बाहर निकले थे, उनके अपराधविहीन

घेरे को छूते हुए। फिर उधर ही मुड़ ले रवि मैंने चाहा जैसे कि बोध जागा हो कि कल यह घेरा बने, न बने ?

मगर आज का रास्ता दूसरा था।

तभी पीछे से आवाज़ आई। लड़की ने पुकारा है मैं जान गई। मेरे कदम रुक गए, आँखें अपेक्षा से मुड़ीं। क्या मेरा कुछ गिर गया है, मेज़ के नीचे रह गया है ?

दोनों आत्ममग्न मुसकरा रहे थे।

झिझककर मैंने खुद को दिखाया कि मेरा पाँव मुड़ गया था, चप्पल ठीक करने रुकी हूँ।

कुछ मैं कहने लगी। "रवि...," मैं सीधी हुई तो वह नहीं दिखा। मैं बात कर रही हूँ और वहाँ कोई नहीं है ? मैं डरी।

"रवि...,"

हमारी मेज़ के नीचे से कुछ उठाकर–चश्मे का केस–रवि आ रहा था। निरी चौड़ी पाट की मेज़ों के गिर्द चक्कर काटता।

नाम

मुझे पता था वह जग गया है। उसके तन में उठती प्यार की अँगड़ाई नींद की चौहद्दी को पार करके अचानक ग़ायब हो गई। बढ़ा हुआ हाथ ठिठक गया। मेरा भी।

उसने भी सुन लिया।

वह ऐसे सवाल नहीं करता कि क्या उसकी याद आ रही है ? इसलिए मैं चाहकर भी जवाब नहीं दे पाई कि पंद्रह साल से होंठों पर चढ़ा बस एक शब्द है वह नाम, यों इसलिए मेरे मुँह से निकल गया। मैं तो यहीं हूँ, सोती-जागती, तुम्हारे संग, पूरी तरह तुम्हारे पास।

अँधेरा था। और लिहाफ़ के बाहर ठंड की प्रतीति। मैं जग चुकी थी। छिटककर निकले ग़ैर इरादी लफ़्ज़ को वापस सोई चेतना की परिसीमा में ढकेलना चाह रही थी।

सहसा मुँह खोलने से डर लगने लगा। सोचने लगी, क्या नाम है तुम्हारा ? घबरा के उलटी-पलटी यादआवरी में वक़्त और जगह का तालमेल बिठाने लगी।

वह सोने का नाटक कर रहा था। उसके सीने पर स्थिर पड़े मेरे हाथ हटना चाह रहे थे, पर मैं भी सोने का नाटक कर रही थी।

उसने सोचा होगा, नाटक बेमानी है। आँखें 'पक' से खोलकर घड़ी के चमकते 'डायल' पर निगाह डाली।

यह ऐन वही पल था जब मेरे वहाँ होने पर वह हर दफ़ा आँख खोलता था। इतने बरसों में उसके साथ मुझे कभी घड़ी के 'अलार्म' ने नहीं जगाया। हर बार उसके ज़ेहन का अलार्म घड़ी के बजने के पाँच मिनट पहले ही टंकार देता और वह आँखें खोल देता और हाथ बढ़ाकर घड़ी पर नज़र डालकर उसके अलार्म का बटन दबा देता। घड़ी के अलार्म से ठीक पाँच

मिनट पहले उसके अंदर का 'अलार्म' टंकारता। ठीक पाँच मिनट पहले।

ठीक पाँच मिनट पहले उसके भीतर आवाज़ हुई कि नाटक बेमानी है और उसने हर बार की तरह हाथ बढ़ाकर घड़ी का बटन बंद कर दिया।

तुमको तो बेमानी आदतों को खूब समझना चाहिए, मैं निढाल पड़ी सोच रही थी। फिर क्यों यह तूमार बाँध रहे हो ?

पर वह तो कुछ नहीं बाँध रहा था। धीरे से उठकर किचन में चला गया था और कॉफ़ी का पानी खौला रहा था। 'इलैक्ट्रिक कैटल' में बिजली सूँ-सूँ बढ़ते-बढ़ते धीमी होती गई और फिर अंदर पानी खलबल-खलबल भाप उड़ाने लगा। 'कैटल' का स्विच 'ऑफ़' हुआ तो बंद दरवाज़े के नीचे से आती पीली बीमार रोशनी झटके से थोड़ी और पीली हो के आगे को सरक आई।

चौकीदार कहीं दूर अपनी लाठी ज़मीन पर ठोंकता निकल गया। लगा, ठीक खिड़की के नीचे था। मैंने हाथ उठाकर परदा अलग किया तो शीशे से छूटती हिम की फुरफरी बाँह को कँपा गई। लिहाफ़ कसके मैं फिर उसी में दुबक गई, चादर के उस हिस्से से सटी जहाँ उसके तन की छाप रह गई थी। ठंडी।

जाड़ों में सुबह देर से होती है। मुझे अँधेरे में ही घर के लिए चल देना होता। जंगल की बस्ती में इस माह का हमारा काम पूरा हो चुका था। सरकार की कानूनी कार्रवाइयों और ज़मीन-संबंधी योजनाओं की जाँच की फ़ाइलें लेकर हम दो रोज़ पहले ही लौट आए थे।

अपने नोट्स मैं यहीं रख जाती थी। यहीं से आना-जाना होता था, तो हर दफ़े ढो के लाने में कोई तुक न था।

बस, मैं आ जाती हूँ, फिर चली जाती हूँ।

मोपैड यहीं छोड़ के हम दोनों बस से जंगल के अपने इलाके में पहुँच जाते हैं, काम निपटा के यहीं लौट आते हैं, जल्दी आ गए तो कुछ रोज़ यहीं रह लेते हैं, फिर मैं, बस के टाइम के अनुसार, वहाँ लौट जाती हूँ।

वह कॉफ़ी बनाकर ले आया। मैं दिल में उठते हक्कार से बेचैन हो गई। तुम्हारी, सिर्फ़ तुम्हारी, मैंने उसे चिपटा लिया। कितनी भरी हूँ मैं तुमसे, तुम मुझसे। जो मेरा है वह तुम्हारा है। जो मेरा नहीं उसका ज़िक्र ही क्या ? कितना कुछ है जिसका ज़िक्र ही क्या ?

ध्यान से मैंने उसका नाम पुकारा।

उस बात में कुछ नहीं बजुज़ आदत के। बेखुदी का हर बोल यों तूल देने लायक़ कहाँ ? आदतों की दुनिया तो तुम्हारी भी है।

मैंने ही हँसकर उसे दिखलाया था, कैसे वह कॉफ़ी का प्याला लबों से छुलाने के पहले खाली होंठों को चाटता है। तुम्हारी आदतें गिनाने लगूँ तो आधा दिन तो उन्हीं को सुपुर्द मिलेगा। क्यों, लिखते हो तो कलम का कैप बाईं मुट्ठी में भींचकर दाहिने हाथ से लिखते हो ? रातों में और निराले ! फ़्लैट भर में बाक़ायदा घूम-घूमकर सारे परदों को बाईं ही तरफ़ खींच देते हो। मेज़ के आगे रखी 'स्विवेल चेयर' भी बाईं तरफ़ मोड़ते हो, खिड़की का सामना करती हुई। खब्तुलहवासी में की गईं इन हरकतों का क्या मतलब निकालोगे ? जो बस करते रहे हो, इसलिए किए जा रहे हो। क्यों वज़न दोगे इन्हें ?

काश नींद ही न आए कभी, मेरा शोरीदा मन बोल उठा, जो मुझसे पूछे बग़ैर कोई मनमानी करवा जाए। कुछ कहलवा जाए। मुझ ही से।

मैंने याद करके उसे पुकारा फिर से।

"यही नाम है मेरा।" उसने मुसकराकर कहा।

मुझे गुस्सा आ गया। यह क्या कि जब चाहो ठिठुरकर चुप हो जाओ, जब चाहो उसी बात पर मुसकरा पड़ो ? अचानक यह सहज मज़ाक का विषय कैसे बन गया ?

लिहाफ़ फेंककर मैं उठ गई। उसकी रबर स्लीपर में पैर डालकर बाथरूम में जा घुसी।

पर जाते-जाते उसे माफ़ कर दिया। मोपैड चालू किया तो मन बिलख उठा। सब कुछ यों छोड़कर चली जाती हूँ। आदत नहीं पड़ी है अभी। या क्या आँसू ढलकाने की आदत पड़ गई है ?

"कुछ कहोगे नहीं ?" मैंने इंजन बंद कर दिया।

"कहोगी तो तुम," उसने हलके से मेरे गाल पर मुक्की लगाई। "उससे।"

मैंने अँधेरे में मोपैड चला दी।

कैंपस से बाहर होते ही दूर तक मेन रोड चलती है। लंबी, खाली, तेज़ रफ़्तार से भागती। मेरा जिगर तड़पता रहा। पीछे जो छोड़ आई थी, उससे

छूट नहीं रहा था। क्यों जाना पड़ता है मुझे ? कैसे चलेगा ऐसे ? वह ही कब तक मानेगा ? क्यों माने ? हमारे साथ की अपनी माँगें हैं, वे कब पूरी होंगी ?

फलक पे सितारे नहीं, धुएँ की बसेंधा हवा, काया पर चिनगती सर्दी की ठंडी चोटें।

चौराहा आ गया। दाहिने मुड़ते ही करीम की दुकान पड़ती थी। ढाबा हुआ करता था जिसमें लालटेन लटकती थी और मिट्टी का चूल्हा जलता था। सड़क के किनारे बरसाती नाले को लकड़ी के पाट पर डगमग-डगमग करते पार करके हम वहाँ कबाब खाने जाते थे। उसी पाट के बसबब हमने हाथ पकड़ना शुरू किया था।

तब ढ़ाई रुपए के चार कबाब मिलते थे। साथ में रोटी और प्याज़ भी।

अब झोपड़ी के स्थान पर पक्की कोठरी है। सफ़ेद पुती हुईं दीवारें जिस पर चढ़ी बेहया बेल फैलती ही जा रही है। अँधेरे में करीम का बोर्ड धुँधला है, पर कबाब की लज़ीज़ महक आ रही है। मेरा मन हलकी-सी ललक में मचलने लगा।

करीम गवाह है। पंद्रह साल से। उसने हम मियाँ-बीबी को पैदल, साइकिल से, गाड़ी में आते देखा। बारह रुपए के चार कबाब बजुज़ रोटी के देने लगा, प्याज़ तब भी छिड़ककर। बच्चों को लेकर भी हम कभी-कभी आते हैं, पर भूले-भटके। हम दोनों ही नहीं चाहते कि बच्चों को बाज़ार के खाने की चाट लगे। फिज़ूलखर्ची और चटोरापन बंद। घर में ही कबाब बन जाते हैं।

बच्चे काफ़ी होते हैं जीवन को सीधे ढर्रे पर लाने के लिए। खाने-पीने, आने-जाने—सबकी गिरह कस जाती है, वक़्त बँधने लगता है। लौटने के दिन मेरी भी कोशिश रहती है कि उनके जागने के पहले घर पहुँच जाऊँ, स्कूल की तैयारी मैं कराऊँ।

गाँव की बस भी सुबह चार बजे पहुँचती है...।

बच्चों के खयाल पर मोपैड तेज़ कर दिया। करीम पीछे छूट गया। कबाब की बसीली हवा ने और दूर, पीछे से आती तड़प को तो पहले ही

वापस ढकेल दिया।

आगे घर है।

मैं मोपैड से उतर गई और उसे ठेलती हुई गराज तक ले गई। रूमाल में हरसिंगार के झरे फूलों को भर के किचन का ताला खोल मैं अंदर हो ली।

दस्ताने उतारे और ठिठुरे हाथों को रगड़ती बढ़ी।

यहाँ रात बाक़ी थी। बेबी मेरी जगह सो रही थी। पति के बगल में।

मेरे जाने पर वह कितनी खुश होती है। उसके लिए यही कुहकने की बात है कि हमारे कमरे में, मेरे पलँग पर पसर पाए !

वह पलँग पर सो रहा है, हाथों को यों तन पर सँभाले कि जैसे डरता हो बेबी को अनजाने में लग न जाए। फिर वही—कमीज़ पर ही पाजामा पहनकर सो गया है। लिहाफ़ के ऊपर उसकी जेब से झाँकता सिगरेट पैकेट मैं धीरे से निकाल देती हूँ।

वह हिलता है।

किसका नाम लोगे ? मैं रुकी रहती हूँ। सोने का नाटक तो नहीं ?

किचन में जाकर हीटर जलाती हूँ। दस्तानों के बावजूद हाथ सर्द हो गए हैं।

अब नींद नहीं आएगी। मन में अजीब अकुलाहट है, बिखरी, थकानयुक्त, खोई-खोई। कुछ जुड़ाव नहीं, कोई एका नहीं है। वक़्तों की गडमड है। 'जैट लैग' हो जैसे।

'जैट लैग' नहीं, पर कोई 'लैग' ज़रूर है यह। मेरे अरमानों में और इतिहास की निरंतर फूटती जड़ों में।

डर गई हूँ। उस पेड़ का कौन सा भाग हूँ, कौन सी जड़ से लगा, कौन सी प्रशाखा, पत्ता, फूल...? बीज ? सूखा, सड़ा, डसता...?

"हलो।"

उसकी आवाज़ मनोरम है, उसके हाथ कोमल हैं।

"बस वक़्त से आ गई ?"

मैं बेहद उदास हो गई हूँ। चुपचाप टेक देकर बैठी हूँ।

उसे खूब मालूम है जंगल के कबीले में कानून और अधिकारों से संबंधित जानकारी दिलानेवाली टीम के सदस्य कौन हैं। अख़बार ही हमारे

नाम देकर रिपोर्ट छापता है, पर हर बात पे वह नाम लेना कौन सी सत्यवादिता है ?

नाम न लेना भी सत्यवादिता नहीं।

सच आईने में झाँकता है तो झूठ का अक्स वहाँ कैसे नज़र आता है ?

मेरे प्रभीत नयन बंद रहते हैं।

वह अपने लिए चाय बनाता है।

"आज दूध के लिए मना कर दिया। कल शाम का बचा है।"

"क्यों ? रात तुम सबने पिया नहीं ?"

'कल दो बोतल एक्स्ट्रा ले ली थीं। सोचा था, खीर बनाऊँगा, पर रनदिवे आ गया और..."

"कैसा है ?"

"हाँ... ।"

मेरे लिए भी एक प्याला चाय ढाल लाया। टोस्टर में टोस्ट लगाकर बंद किया। धीरे-धीरे। एक वक़्त में एक काम। रोटी निकाली, टोस्टर का प्लग लगाना है तो रोटी नीचे रखी, प्लग लगाया, टोस्टर खोला, पैकेट से चार स्लाइस बाहर किए, पैकेट नीचे रखा, फिर स्लाइस नीचे रखे, पैकेट बंद किया, फ्रिज में रखा और तब टोस्ट लगाए, बिजली चलाई और आ के बैठ गया ! मूढ़े पर पाँव फैलाकर।

"टोस्ट लोगी ?"

सुबह की धवलिमा में उसका चेहरा। मैंने मुड़कर उसकी गरदन से ड्रैसिंग गाउन अलग खिसकाया और अपनी गरदन वहाँ लपेट दी। गले पर गरमी फैलने लगी।

"बड़े दिनों बाद यह किया।" वह मुसकरा रहा था। इलज़ाम की तलछट नहीं, तेवर नहीं।

मेरे भीतर कुछ नर्म, कुछ भरा।

क्या तुम जानते नहीं किस क़दर मुझमें समाए हुए हो ? सोते में भी होंठों पर तुम्हारा नाम आता है।

मैं बताती हूँ तो वह मुझे सँभालता है, प्यार और हमदर्दी से थपथपाता है। उसे खुद पर विश्वास है।

"चीज़ लोगी ?" तोष से भीना स्वर।

मैं घड़ी की ओर मुड़ती हूँ। जाऊँ बच्चों को उठाऊँ।

बेबी सो रही है। रात रनदिवे के बेटे के संग देर तक धमाचौकड़ी की है। पर स्कूल का वक़्त हो रहा है। धीरे से माथे के बाल हटाती हूँ, प्यार से पुकारने को होती हूँ...

पल भर को मन सतर्क हो जाता है। क्या नाम है, सोचकर, ध्यान से बोलती हूँ।

भीतराग

हुआ योंकि उस रात तो उन्हें नींद बिलकुल ही न आ के दी। जबकि दिन में उन्होंने अनुमान ठीक इससे उलटा लगाया था कि आज रात, अरसे बाद, लगता है बढ़िया नींद आएगी।

और रातों की बात दूसरी थी। 'सारे दिन पापा आप कुरसी में पड़े-पड़े ऊँघेंगे तो रात को नींद क्यों आएगी !' बच्चे कहते। बच्चे नहीं समझ पाते कि दिन में आँख इसलिए लग जाती कि सारी-सारी रात गिरधारीजी बुरी तरह चौंक के उठते रहते। माथे पे पसीना चमक जाता, दिल की धड़कन तेज़ हो जाती और आँखों में झूलती नींद के साथ रस्साकशी शुरू हो जाती कि कौन जाने कब...घबरा के गिरधारीजी मन में भी ये वाक्य पूरा नहीं करते। अकबका के उठते, दरवाज़ा ठेल के खोलते—अंदर से चटखनी लगाना उन्होंने कब से बंद कर दिया था। फ़लाने का हुआ था कि नहीं ? तीन दिन तक दूधवाला दूध की बोतल रखता गया तब जा के उसे खटका हुआ—और बाहर बगिया में घुप्प रात्रि में चक्कर काट के सवेरा करते। जाड़ों में मारे ठंड के अंदर ही बैठे रहना पड़ता। तब गिरधारीजी लिहाफ़ में तंबू बनाकर बैठ जाते, यानी बीचोंबीच खुद, ऊपर से रजाई, ऊँचा तिकोना आकार पलँग पर। इस पोजीशन में फायदा यह था कि ऊँघने भी लगो तो बैलेंस गड़बड़ाते ही झटके से फिर उठ जाते।

लेकिन बच्चों को क्या कहा जाए कि घबराहट किसे कहते हैं ? उनकी उमर पे कौन सोच सकता है कि एक दिन हम भी पचहत्तर के होंगे ? सही समझ आता तो न पहुँच लेते सिर उठाए 'हैपी बर्थ डे पापा। आज आपको पचहत्तर मोमबत्तियाँ फूँकनी होंगी !' होश खिसकने लगे गिरधारीजी के और इस बात पर नहीं कि इतनी मोमबत्तियाँ फूँक नहीं पाएँगे। इस बात पर कि कौन जाने कब...पर हमेशा की तरह वे इस वाक्य को मन में भी पूरा

नहीं कर पाए !

ये वाक्य वे किसी भी तरह पूरा नहीं कर पाते थे। बात-बेबात मुँह से निकलने तो लगता, मगर 'कौन जाने कब' के आगे बुदबुद पे लोप हो जाता। मसलन राजू और पिंकी कहीं जाते—दोस्तों के घर, रिश्तेदारों के पास, कभी-कभी तो पार्क में ही—कि गिरधारीजी घर में डंडूरे की तरह घूमने लगते। कब आएँगे बच्चे, मीता ? क्यों उन्हें भेजा, नरेश ? कहीं से फ़ोन नहीं हो सकता ? अभी फ़ौरन बुलाया नहीं जा सकता ? मीता-नरेश समझाते बच्चे आ जाएँगे, वक़्त हो जाने पर, डाँटते कि सोच-समझकर बोलिए, और गिरधारीजी के मुँह से, पहले कि वे सोचें-समझें, निकल जाता, "मैं न देख पाया तो ?"

"क्यों नहीं देख पाएँगे ?"

"अरे फ़रज़ करो, न देख पाया तो ?" वे बगलें झाँकते।

"चश्मा लगा लेंगे तो साफ़-साफ़ देख पाएँगे।" बच्चे भी अनजान बनते।

"हाँ, वो तो है," वे उनके न समझने पर हलके भी हो जाते, पर साथ ही समझाने को और प्रेरित भी, "मगर मैं यहाँ न हुआ तो ?"

"कहाँ होंगे ?"

सीधे सवाल पर गिरधारीजी सिटपिटा के कह पड़ते, "क...कहीं भी, फ़रज़ करो, चला गया तो ?"

"ऐसा नहीं होगा। हम गाड़ी से आपको वापस लिवा लाएँगे।" बेटा और बहू नर्म लहजे में कहते।

"हाँ...मगर..." गिरधारीजी अंश भर कम परेशान लगते और फिर गंभीर आवाज़ में निकल आता, "कौन कह सकता है कब...बुदबुद..." अधूरा वाक्य लहराता छोड़ कमरे से तेज़ी से बाहर हो जाते।

किंतु उस रात के बारे में उन्हें लगा था कि आज चैन की घड़ी है, खूब नींद आएगी। पहली बात कि कमरे में अपने ही पलँग के पास उन्होंने बचवा ठाकुर के लिए खाट डलवा दी थी तो किसी के साथ का इत्मीनान था। दूसरी, बचवा ठाकुर को देख के उनके मन से चिंताओं के धागे, सुबह से ही, मानो कोई अदृश्य हाथ ऊन के गोले की तरह लपेटता चला गया था।

हुआ यों कि उस सुबह आँखें खुलीं तो देखा, कौन चले आ रहे हैं, गाँव

के पुराने बचवा ठाकुर चले आ रहे हैं।

"अरे कहाँ से ठाकुर ?" गिरधारीजी ऐसे पूछ पड़े गोया पूछ रहे हों इस जहान में वापस कैसे चले आए ठाकुर ?

बात थी भी निराली !

"अरे ठाकुर," गिरधारीजी की आँखों में खुशी नाच गई, "तुम तो एकदम्मे गबरू मर्द बने हुए हो।"

बचवा ठाकुर ने लाठी पर टेक लगाई और वहीं ज़मीन पर उकड़ू बैठ गए। पोपला मुँह पीछे को फेंका, बंद आँखें अंतरिक्ष की तरफ कीं और बिना आवाज़ के मगर जिस तरह गुलाबी मसूढ़ों को फाड़ के हिल-हिल हिलने लगे, वह हँसने के सिवा और क्या क्रिया हो सकती थी ?

"क्यों गिरधारी," सदियों बाद उनका सिर सीधी मुद्रा में लौटा, "तुम समझ लिये कि बचवा गए, ऊपरवाले की नज़र हो गए ? अरे गिरधारी अभी सौ बरस में सात साल बाकी हैं, फिर सोचेंगे चलें कि नहीं।"

यह कहके बचवा ठाकुर ने फिर डाढ़ फैलाए और सिर पीछे फेंक हिलना शुरू किया। इधर गिरधारीजी ने मन-ही-मन हिसाब लगा के आँखें फाड़ीं—तिरानबे वर्ष ! अचानक ही उनके अंदर राहत का वह गोला कोई अदृश्य हाथ लपेटने लगा। अभी 'क्यू' में वे पीछे हैं, आगे की कतार खाली हो तब न उनकी छलाँग की बारी आएगी !

बचवा ठाकुर को उठते देख उन्होंने दूसरी क़िस्म की छलाँग लगाई—फुरती वाली, ताकत से भरी। "अरे रे सँभल के ठाकुर, गिरना मत।"

उनकी सुबह की सैर का वक़्त था।

"चलते हो ठाकुर ? यहीं पार्क में ?" वे उमंग से बोले।

बचवा ठाकुर ने एक लोटा पानी पिया, फिर लाठी से नीम की डाल झुकाई और दातुन तोड़ी और इत्मीनान से उसे मुँह में दबा के गिरधारीजी के साथ हो लिये।

सुबह की सैर गिरधारीजी के अटल नियमों में एक थी। योगविद्या के अनुसार यही वह वक़्त था जब शरीर और आत्मा का मिलन सबसे गहरा होता है। वही किसी तरह गिरधारीजी बनाए रखना चाहते थे !

फाटक के बाहर सड़क पार करके पार्क का गेट आ जाता, गिरधारीजी तो हाथों से, आँखों से, पूरी काया से, और 'रुको, रुको' आदेश देते हुए,

उस ज़रा सी सड़क को पार करते, दो कदम बढ़े, रुके, चले, थमे। गाड़ियों, ट्रकों, बसों के बीच हँफहँफाते, जो अँधेरा फटने भी न पाता कि चलने लगतीं। साइकिल और रिक्शे अलग।

लेकिन बचवा ठाकुर दातुन चबाते, ठक-ठक लाठी के सहारे मंद-मंद डोलते चले आ रहे थे। "अरे हमसे अच्छा वो गाड़ीवाले देख सकते हैं, हम क्यों देखें ?"

उस पार तक गिरधारीजी की साँस फूल आई, पर पार्क में घुसने से पहले वे लंबी साँसें नहीं खींचना चाहते थे, धूल-धुआँ उड़ाती गाड़ियाँ, न जाने क्या ज़हर फेफड़ों को गला दे ? उनका बस चलता तो सड़क पर साँस ही न लेते, पर साँस न लेने का खयाल और व्याकुल कर देता ! जितनी धीमी हो सके नाक चलाते, जितनी जल्दी हो सके पग चलाते और अंदर पार्क में, वृक्षों के नीचे ऑक्सीजन के लंबे-लंबे कश खींचते, गंदी साँसों को दम लगा के बाहर झटकते कि भीतर ज़हर जमने न पाए।

लुत्फ़ आ गया था सुबह से ही बचवा ठाकुर के संग बेंच पर बैठ के आज की दुनिया को कोसने में। और इतना साफ़-साफ नहीं सोचा गिरधारीजी ने मगर अवचेतन में आस की नई किरण फूट चुकी थी कि आह, आज की रात बेफ़िक्री की बेला में कटेगी, प्यारी-सी नींद आएगी, जवानों की तरह हम भी सोएँगे, जवानों की तरह कल जागेंगे, बेशक।

इस तरह बचवा ठाकुर को देख के गिरधारीजी हौसलामंद हो गए थे। लौटते में ठाकुर ने घास के बीच से कोई दूधिया दूब तोड़ के आँखों में लगाई तो और खुश हो गए गिरधारीजी।

"चाहो तो बहू से कह दें, उसका भाई पास रहता है, डॉक्टर है, आ के देख लेगा।"

पर बचवा ने लाख पते की बात कही कि "देखो गिरधारी, होगा बहू का भाई, मगर है तो डॉक्टर, मर्ज़ बताएगा नहीं तो खाएगा क्या ? डॉक्टर से दूर रहो तभी भले-चंगे रहोगे।"

गिरधारीजी खुद पेट-वेट में दर्द हो तो छिपा जाते थे। ये बच्चे हैं कि उन्हें तो बस एक ही चीज़ सूझती है—डॉक्टर, और डॉक्टर है कि कहीं कोई बड़ा सा रोग निकाल दे तो रही सही नींद भी उड़ जाए !

मगन मन लौटे गिरधारीजी बचवा ठाकुर के साथ, जो आ के दूध

जलेबी की फ़रमाइश करके वहीं कुरसी पर पसर के ऊँघने लगे। ऊँघो-ऊँघो, मगर आज हमें ऊँघने की क्या ज़रूरत जब हमारी तो सुरीली रात आएगी, मानो गिरधारीजी की रग-रग में फड़क रहा था।

"खाओ ना।" बचवा ठाकुर ने गरम-गरम जलेबी गिरधारीजी की तरफ़ बढ़ायी।

गिरधारीजी टकटकी लगाए ठाकुर को अनवरत खाते देख रहे थे। अनायास ही उनका हाथ बढ़ गया और उन्होंने एक और छोटी सी जलेबी छाँटकर मुँह में डाल ली, मगर फ़ौरन ही जग्गू को आवाज़ दी कि "बहु रानी से कह दे करेला पीस के मेरे लिए रस तैयार कर दें।"

क्या छक के खाते थे बचवा ठाकुर ! उनकी बातों में भी अधिकांश तो खाने की होतीं ! उस जगह का घेवर, वहाँ की सोहन पापड़ी। दोपहर के खाने के साथ मीता ने काजू की बर्फ़ी भेज दी, तो पूरा प्रवचन सुना गए बचवा ठाकुर मिठाइयों पर।

"देखो गिरधारी, आज शहरों में औरतों के पास न बखत रहा, न हुनर कि अच्छी-अच्छी चीज़ें घर में बनाएँ," उन्होंने प्रवचन के अंत में कहा। "अब तो भइया बाजार ही है, जो कुछ है। पापड़, तो दुकान का, अचार, तो दुकान का। अब इन बच्चों को जब स्वाद ही नहीं पते तो वो क्या शौक मनाएँगे ? वो तो हम बूढ़न रोएँगे अपने दिनों को।"

"ठीक कहते हो ठाकुर," गिरधारीजी ने भी आह भरी। "धोखाधड़ी, मिलावट का ज़माना, मगर बच्चों को उसकी भी परवाह नहीं। मीठा हो तो वो ही उनके लिए मिठाई है, घी कैसा, खोया कैसा, क्या पड़ी ? जानते ही नहीं। बहू से कहता रहा होली पे पुए बना दो, मगर कहती है आता नहीं और दुकानवाले ने पुए का नाम भी नहीं सुना। मजबूरी है भई, नहीं आता तो कहाँ से बनाएगी ? गाड़ी चलानी आती है, पुए बनाना नहीं, गई गाड़ी चला के और ले आई दुकान से कोई मिठाई-विठाई। डब्बा इतना बड़ा, कागज़ यों चमकीला, अंदर चाहे जो हो।"

गिरधारीजी क्या-क्या दुखड़ा रोएँ ? कभी जो पुए, गुलगुले की फ़रमाइश कर दी तो वह तो दिया नहीं जाए, मीता करे क्या कि ले एक कटोरी दूध में दो चम्मच उबले चावल और चीनी छिड़क के रख दे। जैसे उतना काफ़ी न था, नरेश साथ में डाँट भी पिला दे, 'यही सब खाते हैं पापा, फिर

बदहज़मी होती है।' कैसे वे बतावें, नहीं, बेटे इस पनियल मीठे चावल से किसी को बदहज़मी नहीं होती, वह तो हो जाती है उन अधूरे वाक्यों से जो गले में फँस जाते हैं कि पुए, गुलगुले, गुझिया बना दो, एक बार खा लूँ, न जाने कब...बुदबुद...! जो उन्हें जतन कर-करके निगलना पड़ता है और बेटे ऐसे वाक्य हाज़मा बिगाड़ देते हैं।

"हैं रे ?" बचवा ठाकुर मुँह फिर भर के चकित हुए, "पुए खाने थे ? हाय मुझे पता होता तो मैं ले आता, इंदरभान की बहू ने बनाए थे, पर मैंने कहा, अरे वो लोग शहरी हैं पुए-वुए में का धरा है ?"

"बहू रे," उन्होंने हाँक लगाई।

"बहू रे," उन्होंने लताड़ा।

"हम बिना दाँतवाले नहीं खाएँगे नरम-नरम मिठाइयाँ, तो क्या तुम्हारे जवान लोगन की खाने की चीज़ हैं ? चलो, गुलगुले तो मैं फ़ौरन बनवाता हूँ और पुए रट लो कैसे बनाए जाते हैं।"

दोपहर का वक़्त। बचवा ठाकुर धोती का फेंटा बाँध के रसोईघर में बैठ गए और लगे 'ई कर' 'ऊ कर' करने।

"आप आराम कर लीजिए पापा, क्यों चौके में घुसे हैं ? गरमी में।"

पर गिरधारीजी देख रहे हैं बचवा ठाकुर ने आटे और गुड़ का घोल छनवाया, अब फट-फट-फट फिंटवा रहे हैं। वैसे भी अभी आराम क्यों करें गिरधारीजी जब उन्हें रोम-रोम में महसूस हो रहा है कि आज की रात आराम की रात होगी ?

"और और", बचवा ठाकुर ऐसे हिल रहे थे कि जैसे परात उनके घुटनों के बीच है, न कि जग्गू के और वे ही हाथ फुरती से चला रहे हैं। "अरे पकौड़ी तो बनाई होगी। वैसा ही करो, हलका हो जाए। तभी न पेट पर भी हलका पड़ेगा। हाँ एइसे बुलबुले पड़ें। और करो, अउर।"

मज़े में दबा-दबा के कड़ाही में गुलगुले तलने लगे। कुछ तर हो गए भीतर से गिरधारीजी। घरवाली के जाने के बाद आज पहली बार बन रहे थे गुलगुले।

"तुम्हारी भाभी के जाने के बाद आज पहली बार बन रहे हैं गुलगुले," गिरधारीजी ने गद्गद होकर कहा, "हमने तो उम्मीद ही छोड़ दी थी।"

"अरे काहे ?" बचवा ठाकुर ने तरेर के देखा। "देखो गिरधारी, मन

में कोई अरमान न छोड़ो। सब करो तब मरो।''

कह के बचवा ठाकुर तो पोपले मुँह की निःस्वर हँसी देने लगे और रसोई में जमा पिंकी, राजू भी हँस पड़े, मगर गिरधारीजी नहीं हँसे।

घबरा के जल्दी से बोले, "वो नहीं होगा...वो क्यों होगा...?" पता नहीं अधूरे अरमानों पर कि मरने पर !

फिर राजू, पिंकी को डाँट के भगाने लगे, "जाओ, यहाँ भीड़ करने की ज़रूरत नहीं है।"

अब आई बारी गुलगुले खाने की।

"बस एक ?" बचवा ठाकुर खुद तो चाँप के खा रहे थे। "इसी की इतनी ज़िद थी ?"

लेकिन गिरधारीजी गिरधारीजी थे, नपा-तुला खाना, फूँक-फूँक के चलना, उनका स्वभाव हो गया था। "तुम खाओ न ठाकुर तुम्हें देखकर हमारा भी मन तृप्त होवे है।" उन्होंने स्नेह से कहा।

छक के लूटा बचवा ठाकुर ने और फिर एक लंबी डकार ली। "बस अब और नहीं, सोने से पहले खौलता दूध पिला दो और कुछ नहीं चाही," वे बोले।

इसी सबमें अँधेरा हो गया था। जग्गू ने एक खाट गिरधारीजी के पास लगा दी और दोनों वृद्ध लेट के गपियाते रहे। नरेश और मीता के कमरे में बत्तियाँ भी ऑफ़ हो गईं, मगर इनकी बातें चल ही रही थीं। लंबी-लंबी जम्हाइयों और अँगड़ाइयों के बीच।

और रातों का ढंग था कि जब तक नरेश और मीता जगे हैं, तभी तक गिरधारीजी आधी-चौथाई झपकी ले पाते थे। वहाँ बत्ती ऑफ़ हुई और उनके अंदर बत्ती झक से ऑन हुई। धक-धक कलेजा, फिर चारों ओर सन्नाटा व्याप्त और किसी शैतान की चुनौती कि भइए काट लो अब रात तो जानूँ !

मगर उस रात की बात और थी। कम-से-कम सोचा यही था गिरधारीजी ने। किसी फ़िक्र में नहीं थे कि नींद आएगी अपने आप, इत्मीनान से। अभी तो कहाँ-कहाँ की बातें चल रही थीं—मुन्नू जो तब गोद में था अब नाना बन गया, चंद्रभूषण जो बरसों से आए नहीं, न किसी को घर-जायदाद बेचते हैं, न ही किसी को वहाँ रहने देते हैं और बटेसर लाला के पेड़े यों मुँह में

घुल जाते हैं।

जैसे पालने में झूलते-झूलते आँख लग गई दोनों की। नींद भी मीठी-मीठी। अब वह पलटा भी खा सकती है सोच ही नहीं सकते थे गिरधारीजी।

हुआ यों कि न जाने कौनो सपना-वपना आया कि कोई आवाज़ आ गई या कि कलेजा पुरानी आदत तोड़ न पाया कि अचानक गिरधारीजी हकबका के 'हैं-हैं' उठ बैठे। दिल वही जानी-पहचानी रफ़्तार से धक-धक धौंक रहा था, पेशानी से पसीना टपकने लगा। पर फर्क जो बात थी वह यह कि गिरधारीजी इसलिए नहीं उचक बैठे कि कहीं मैं ही तो...

बल्कि इसलिए कि अचानक उन्हें डर लगा कि बगल में पड़ा आदमी कहीं पड़े-पड़े न जाने कब...बुदबुद...

कुछ भी कहो, कोई आवाज़ गिरधारीजी के अंतरमन से उठी, तिरानबे की उमर कौनो मजाक तो नहीं है। कितना भी कड़ियल इनसान हो कोई, तिरानबे पर एक पैर तो उधर लटका ही समझो। कहीं दूसरा भी... बुदबुद...

हड़बड़-हड़बड़ गिरधारीजी उठे। अँधेरे में तकिया के पास रखी टॉर्च टटोली, भक् से जलाई और मारी उसकी रोशनी बचवा ठाकुर के चेहरे पे। हैं, कोई हरकत नहीं ? वे पास झुके।

कि तभी बचवा ठाकुर ने ढेर सारी साँस एक धकियाती कतार में बाहर उँडेली। जैसे गाड़ी के कारबोरेटर से एकदम से धप-धप करता धुआँ लंबी लहर बनाता बाहर को निकले।

झट टॉर्च बंद किया गिरधारीजी ने। लेटे, कलेजे को थामा, सहलाया पुचलाया, साँसों को ढाँढ़स की पटरी पर बिठाया और आँखें बंद कर लीं।

पर रात ने मानो करतब दिखाने की ठान ली थी। चारों तरफ निर्विकार अँधेरा और नींद न हुई गोया कैबरे डांसर हुई जो मचकती आई इधर से एक ठोंका लगा गई–'तिरानबे', गई लहराती पीछे और वहाँ से तान फेंकी–'न जाने कब,' फिर बढ़ी इतराती और कानों में फुसफुसा गई–'बुदबुद...'

साँसें फिर लड़खड़ाने लगीं। सिरहाने फिर हाथ बढ़ा गिरधारीजी का... टॉर्च-टॉर्च। अरे, कहीं बचवा ठाकुर को कुछ हो गया, राम खैर करे, तो फिर उनका रास्ता रोके कौन खड़ा होगा ? घूरा फिर उस चेहरे को टॉर्च के प्रकाश

में—बचवा ठाकुर की नाक से घुर्र-घुर्र साँस निकल रही थी।

'कमाल है,' गिरधारीजी के मन में कौंधा, 'ये कौन सी साँसें हैं जो लाइट फेंकने पर ही सुनाई पड़ती हैं ?'

बहरहाल टॉर्च ऑफ़ की। लेट भी गए। मगर हाल बेचैन। कोशिश बाकायदा करते रहे कि स्थिर पड़े रहें, तन से भी, मन से भी। मगर पाया कि झुके जा रहे हैं ठाकुर की खाट की जानिब, कानों में समा के, कि साँस है तो अँधेरे में भी सुनाई पड़ेगी। उसे सुनाई पड़ना पड़ेगा। है ? थी तो। झुके जा रहे हैं और बैलेंस गड़बड़ाए जा रहा है। अब गिरे, तब गिरे की मंज़िल नज़दीक है !

न जाने कैसे मज़ाक कर लिया गिरधारीजी ने मन-ही-मन कि ससुरा बचवा जाए न जाए मुझे ज़रूर कुछ कर जाएगा ! लेकिन वह 'कुछ' किसी हंटर की तरह उन्हीं के मुँह पे पड़ा और अगर वहाँ मुसकान खेली होगी तो एक बार में उसे झटक दिया, बाहर दूर !

मुँह और किस्म का, यानी घोर मुसकानरहित बना के लेट गए गिरधारीजी, किंतु नींद का हरामीपन बरक़रार रहा। आँखें जबरन बंद करें तो तरह-तरह की आकृतियाँ दिखती जातीं—खुली आँखें, चढ़ी पुतलियाँ, काठ-सा बदन, ज़बान बाहर को तिरछी लटकती, आदि आदि ! पट से आँखें खोल देते तो दिमाग तजुरबेकार आवाज़ में सुनाने लगता—'आखिर फ़लाने के संग क्या हुआ था, खरबूजा खाया और पेट चल पड़ा, सात दफे बाथरूम गया और फिर टोटल गया।' खाने के मामले में अपने बचवा ठाकुर हद करते हैं, दो-तीन बार दिन में गए भी थे, क्या मालूम पेचिश-वेचिश...? 'और ढमाका तो बाथरूम जा रहा था, रास्ते में ही ढेर हो गया, जबकि वो सत्तर का भी नहीं हो पाया था।'

बाथरूम ! घंटे की टंकार-सा बजा !

इतना बुड्ढा आदमी रात में एक दफ़े भी बाथरूम जाने को नहीं उठा ? मैं तो जगा ही हूँ, एक बार नहीं उठा ? गिरधारीजी स्वयं रात में चार-एक राउंड तो बाथरूम के ही लगाते हैं। उठे वे, पाजामा का नारा थामे, टॉर्च ठाकुर पे चमकाई, फिर दरवाज़े पर डालते हुए बढ़े, फिर 'उधर' चमकाई, बाथरूम गए, लौटे और टॉर्च फिर 'उधर'।

बाथरूम क्यों नहीं जा रहा ये ? हैं, अब तो नथुने भी नहीं चल रहे?

क्या करें, क्या न करें, वे भारी पशोपेश में पड़ते गए। हाथ बढ़ाया कि बचवा ठाकुर के कंधे को झकझोरें पर एकदम से डर के हाथ पीछे खींच लिया। लगा, कहीं 'उस' तरह का कंधा हो, कैसे छुएँ ?

सहा नहीं गया तो खड़े हो गए। हिम्मत की—देर तक टॉर्च की रोशनी में 'उस' चेहरे और तन का मुआइना करते रहे। हैं ! सच ही कोई हरकत नहीं, कोई आवाज़ नहीं। सिट्टी-पिट्टी गुम हुई जा रही थी गिरधारीजी की। वापस पलँग पर जाया भी नहीं जा रहा था। अकेले कमरे में न जाने 'किसके' साथ हैं ? कोई जानदार चीज़ या...?

एकदम से गिरधारीजी बाहर निकल गए। गलियारे की बत्ती मीता जला छोड़ती थी। 'मीता-नरेश,' वे बहू-बेटे के कमरे में घुस गए, बत्ती जला दी और फटी-फटी आँखों से उन्हें पहचानने की कोशिश करने लगे।

"क्या हुआ ?" हलकी चीख के साथ मीता उचकी। चद्दर कंधों पर डाल के पूछ रही थी तो गिरधारीजी के मुँह से कोई बोल ही नहीं निकला।

"पापा ?" नरेश भी उठ बैठा।

"ज़रा देखो...उन्हें..." गिरधारीजी धीमे से बुदबुदाए।

पीछे वे, आगे नरेश। बेटे ने बढ़ के कमरे की बत्ती ऑन की तो बचवा ठाकुर हैंऽ हैंऽ आँखें मलते उठ बैठे और गिरधारीजी भी आँखें मिचमिचाने लगे हैंऽ हैंऽ।

"क्या है पापा ?"

"सब ठीक है।" गिरधारीजी ने चुंधियायी आँखों को खोल के दिखाया।

बचवा ठाकुर फिर लेट गए। नरेश ने पापा को लिटाया। "सोइए, सब ठीक है," और बत्ती बुझा के जाने लगा।

"सब ठीक है।" गिरधारीजी ने बताया या पूछा।

कुछ देर शांत लगा। पर वह शांत नहीं था। तेज़ तूफ़ान में घूमता-थमता बवंडर था। यानी थमा हुआ।

जो फिर घूम पड़ा ! 'तिरानबे', गिरधारीजी के आसपास डोलता रहा, कान आवाज़ पाने की सुराग में फटने लगे, टॉर्च हाथ में ही था, ऑन-ऑफ़, ऑन-ऑफ़।

पता नहीं घंटा भर गुज़रा या कम ? या ज़्यादा ? गिरधारीजी इधर-से-उधर हिलने-डुलने लगे और जितना खुद हिलते उतना ही 'ना-हिलते' बचवा को

मानने लगते।

टॉर्च लिया और फिर झुक गए बचवा ठाकुर के चेहरे पर। नाक के आगे हाथ जो रखा तो गलती से नाक में लगा गया।

"ऐ क्याऽऽ" करके बचवा उठ बैठे। गंदी-सी गाली देनेवाले थे कि गिरधारीजी को पहचान के मासूम हो गए।

"कुछ नहीं।" गिरधारीजी बोले।

"बाथरूम तो नहीं जाना ? पानी-वानी तो नहीं पीना ?" तब बोले।

"नाहींऽऽऽ," गाते-से बोले बचवा।

"ओडोमोस ? इसे कहते हैं। मच्छर तो नहीं लग रहे ?"

"नाहींऽऽ" करके बचवा ठाकुर ने ली चद्दर और मच्छर से कि गिरधारीजी से बचने के लिए सिर तक तान ली।

गिरधारीजी ने देखा तो एक जिस्म सफ़ेद चद्दर में लिपटा-ढका 'रखा' था बगल में !

झिझक के मारे कुछ देर गिरधारीजी चुप साधे रहे। पर यह नई आकृति किसे भा सकती थी ? डर के पहले तो गिरधारीजी ने टॉर्च जलानी बंद की। फिर ली कमरे की बत्ती जला दी। फिर 'उधर' ने देखते हुए कुरसी पर जा बैठे। फिर 'उधर' ही कनखियों से देखते रहे।

बहू आई, हलके से बोली, "पापा, बत्ती क्यों जला दी ? तबीयत ठीक है ?"

"मेरी तो ठीक है मीता, मगर...देखो ज़रा 'उधर'...तब से वैसे ही पड़े हैं।"

"पापा," बहू ने हड़काया, "वो ठीक हैं।"

गिरधारीजी जल्दी से उठे और पास जा के "ठाकुर-ठाकुर' आवाज़ लगाने लगे।

"हैंऽ हैंऽ" करके बचवा ठाकुर उठे, लाठी के सहारे खड़े हुए, बाहर झाड़ी में जा के हलके हुए और लौट के आ के फिर सो गए। अब के चद्दर अलग पड़ी थी।

बेहद इत्मीनान से गिरधारीजी ने सारा मंज़र देखा "जाओ, बहू सो जाओ," सयाने स्वर में बोले।

"बत्ती बुझा रही हूँ।"

"हाँ" उन्होंने धैर्य से कहा।

बस बीच-बीच में टॉर्च जला देते। धीरे से अलग पड़ी चद्दर बचवा ठाकुर के पास से खींच के अपनी पलँग पे दबा ली। एक बार सँभाल के हाथ ले गए बचवा ठाकुर की नाक के नीचे। कैसे आती है साँस की छुअन ? ठीक समझ नहीं आया तो पहले अपनी नाक के नीचे रखा, फिर बचवा ठाकुर की नाक के नीचे। अपनी साँसों को धीमी-धीमी महसूस किया, फिर बचवा ठाकुर की नाक के आगे का अहसास लिया।

इसी सब में झपकी लग गई होगी, क्योंकि उठे तो चोरों की तरह काँप रहे थे। सब कुछ नए आवेश से दहाड़ता भीतर उठा। तिरानबे, तिरानबे, का नृत्य ज़ोरों से चलने लगा। टॉर्च झटके से जलाई तो ग़ज़ब—बचवा ठाकुर खाट की चौड़ाई में गिरे हुए थे, एक पैर ज़मीन की तरफ़ लटका हुआ, सिर दूसरी तरफ़ हवा में लुढ़का हुआ और मुँह भयानक मुद्रा में खुला-का-खुला ! मानो उठना चाहा था शायद बाथरूम जाने को। उठ भी न पाए थे कि गिर पड़े और...ग...गए !

धक-धक गिरधारीजी की नींद जीवन भर के लिए मिट गई। पता नहीं कैसे बत्ती जला पाए। एक बार और ग़ौर से 'उधर' देखा। ये ग़लतफ़हमी नहीं थी। अब के तो वाक़ई...

हृदय की गति तीव्र हो गई। पाँव लोहे-से भारी प्रतीत हुए, दिक्क़त से वह गलियारे तक पहुँचे और बेटे के कमरे की तरफ़ मुड़े। घुड़की के डर में अविश्वास से वापस आए। ठाकुर वैसे-के-वैसे। फिर बढ़े। अंदर।

धप से बेटे-बहू की पलँग के पायताने बैठ गए।

मीता की चीख दोबारा फूटी। "पापा, क्या है ?" नरेश जोरों से बोला। गया, उनके कमरे में झाँक के आया। "ठीक तो हैं। पापा आपको क्या हो गया है ?"

तब गिरधारीजी भी अपने कमरे में आए तो ठीक ? बचवा ठाकुर पलँग पर सीधे हो के लेटे थे, मुँह से हलके-हलके खर्राटे आ रहे थे, और सिर एहतियात से तकिया पर था, जिसे उन्होंने डबल मोड़ लिया था।

नरेश को देखकर गिरधारीजी को बचवा ठाकुर पर गुस्सा हो आया, पट्ठा मुझे बच्चों के आगे ग़लत साबित करता है ! अब होए जो होना है, पड़ा रहने दूँगा वहीं !

नरेश लौट गया, पर इतने कुछ के बाद गिरधारीजी बाहर बगिया में घूमने के सिवा कुछ करने लायक नहीं बचे। एक बार मीता आ के बोली भी 'पापा थोड़ी देर सो लीजिए।' मगर गिरधारीजी टहलकदमी करते, अंदर झाँक आते। पलँग पे बैठ लेते, झुक के 'ठाकुर-ठाकुर' आवाज़ लगा देते, 'हैंऽऽ' हरकत होती तो जल्दी से लेट के आँखें मूँद लेते, फिर उठते, देखते, कुरसी पे बैठ जाते, जाँचते, बाहर निकल आते।

यों हुआ कि उस रात तो नींद आ के ही ना दी, क्योंकि नींद-नींद नहीं, कोई पिशाचिनी नृत्यांगना थी जो आगे-पीछे लोटती, झटकती, अजीबोग़रीब समाँ बनाती गई।

जब चार-साढ़े चार बजे के बाद कहीं मुरगे ने बाँग दी और अँधेरे को चीरती अभी भी अदृश्य, उजास की लकीर आने लगी, तब जा के गिरधारीजी, जो चद्दर के तिकोने खेमे में पलँग पे पड़े थे, लुढ़क गए—सिर तकिया से अलग गिरा और मुँह खुला हुआ था, एक पैर नीचे को लटक गया था।

"पापा ! पापा !" नरेश और मीता उन्हें कस-कस के झिंझोड़ रहे थे।

"ठाकुर ! ठाकुर।" हड़बड़ा के गिरधारीजी उठ बैठे।

सामने खिड़की के बाहर, बगिया के बंबे पर, धोती रानों पे लपेटे, पीतल का लोटा बगल में रखे, राख से हाथ धो रहे थे बचवा ठाकुर !

सुबह हो गई थी। निवृत्ति-आवृत्ति का सिलसिला क़ायम हो गया था। सैर से लौटे गिरधारीजी तो बचवा ठाकुर दिन के कार्यक्रम के लिए तैयार बैठे थे। किसी चचाज़ाद भतीजे के घर दोपहर तक पहुँचना था, वहीं से गाड़ी में बैठ के गाँव को रवाना होंगे।

"आहिस्ता-आहिस्ता," वे जग्गू को समझा रहे थे। "जब रिक्शा आया नहीं तो क्यों अभी से झोला उठा रहा है ? टैम से पहले काहे खड़ा हो जाऊँ फाटक पर ? बहू एक गरम-गरम चाय पिला दो तब तक।"

सुड़-सुड़ चाय पी के बचवा ठाकुर तो चले गए। तब हुआ योंकि गिरधारीजी ने पीछे मुड़ के लगाई आवाज़—"बहू रे, जगुआ। रात भर मैं सोया नहीं, ज़रा गुलगुले बचे हों तो भेजो।"

दोनों बातों में क्या मेल है, किसी को समझ नहीं आया, मगर मीता ने जग्गू से नहीं भेजे, खुद गुलगुले ले के आई, और मुसकराती हुई ससुर के आगे प्लेट रख के उनके पास बैठ गई।

मैरी-गो-राउंड

उपेंद्रनाथ सिरोही को ऊँघने की आदत पड़ गई थी। कुरसी गई मानो सब कुछ गया। जिसने उन्हें सर्विस के दिनों में जाना था वह तो शायद अब पहचान भी न पाता। कहाँ गया वह डील-डौल ? कहाँ गए वे सूट-बूट और टाई ? कहाँ गई वह बुलंद अफसरी आवाज, जिसको सुनकर हर शख़्स अनायास ही तनकर खड़ा हो जाता था—'अटैंशन' ? अब तो जर्जर शरीर था। कभी बूढ़े पेड़ को देखा है ? उसकी कमज़ोर, टूटती टहनियों पर ढीली-सी, झुर्रीदार छाल ? वैसे ही हो गए थे सिरोहीजी। कपड़े-लत्तों से बेख़बर, शक़्ल सूरत से बेख़बर। मानो जीने से बेज़ार हों। अकसर तो पाजामे पर फटी हुई बनियान पहने ही बरामदे में बैठे रहते। पाजामे का इज़ारबंद लापरवाही से बँधा-सा रहता। एड़ियाँ फटी-फटी थीं और हाथ में एक धड़धड़ाता ट्रांजिस्टर होता जिसे वे बेकार में ही चला देते। और कोई अटपटा, वाहियात बंबइया गाना बज उठता—'मुझको ठंड लग रही है मुझसे दूर तू न जा...न जा ऽ...न जा ऽ ऽ ऽ..., आग दिल में लगी है, मेरे पास तू न आ...न आ ऽ...न आ ऽ ऽ ऽ...'

ऐसा नहीं था कि सिरोहीजी की उम्र हो गई हो। उम्र नहीं, 'रिटायरमेंट' हो गया था। तीन-चार साल पहले उनकी कमिश्नरी की उम्र पूरी हो गई। और उनके पैरों तले ज़मीन खिसक गई। फिर क्या था, आप धम से फिसल गए।

क़ायदे से यह दिन थे आराम से, पैर पसार के, दूर-दूर फैली हरियाली को निहारने के, पर यही उपेंद्रनाथ सिरोही न सीख पाए थे। उन्होंने तो बस इतना पाया कि उनका विशाल साम्राज्य सिकुड़कर इतना छोटा हो गया है कि नज़र ही नहीं आता। इतना खाली हो गया है कि धीमी सी फुसफुसाहट भी जैसे खंडहर में गूँज उठती है।

ऐसा ठहराव। हवा भी इस कोने में आना भूल गई है।

सिरोहीजी की एक ही ख्वाहिश थी—कि अंग्रेज़ों की बनाई शान-शौकत का बाल बाँका न किया जाए। पर ज़माने का फेर था—रिटायर्ड 'ह्वाइट' साहब और रिटायर्ड 'ब्राउन' साहब का फ़र्क बढ़ता ही जा रहा था। मँहगाई और बेइज्ज़ती का आलम, सिरोहीजी अपनी भूमिका अदा करें तो कैसे ? यह गर्व उन्हें ज़रूर था कि अपनी कुरसी का कभी नाजायज़ फ़ायदा नहीं उठाया—ज़मीन नहीं ख़रीदी, घर नहीं बनवाया, चाकर नहीं पाले। नतीजा—पेंशन और मध्यवर्गीय गरीबी। जो हर ग़रीबी से बढ़कर है, क्योंकि लगातार अपनी गुरबत को तराज़ू पर तौलती रहती है।

तो बस चार वर्षों में साहबियत का सामान एक-एक कर के लगातार घटता ही चला गया। बँगले के नाम पर ज़रा सी यह ईंटों की डिबिया थी, लॉन के नाम पर यह गुड़िया की कालीन बराबर जगह, और नौकरों के नाम पर यह सोलह साल का छोकरा जो कामगिरी कम और श्रीमती का सिरदर्द ज़्यादा करता था।

और पूछनेवाला कोई नहीं। कहाँ जी-हुज़ूरी करनेवालों का ताँता लगा रहता था, कहाँ अब बुलावा भेजो तो भी कोई नहीं आता। तब इसके लिए परमिट चाहिए, उसके लिए लाइसेंस चाहिए, कभी सीमेंट की बोरी चाहिए जो बाज़ार में ब्लैक में बिक रही है, कभी घी-तेल का ठेका चाहिए। वरना बस सिरोही को खुश रखना है कि न जाने कब, कौन सी क़यामत बरपे और साहब की ज़रूरत हो जाए। पर अब वही लोग सड़क पर मिलते हैं तो पहचानते नहीं।

और तो और नए साल पर घर ग्रीटिंग काड्र्स से भर जाता था, सिरोही साहब को देखने का भी वक़्त नहीं था। बच्चे जोश में आकर, काड्र्स सारे में सजा देते थे।—मेज पर, अलमारी पर, जहाँ देखो वहीं। अब उन्हीं बच्चों के काड्र्स आते हैं केवल !

सिरोहीजी घमंड से तन जाते हैं—'हमें किसी से मिलना नहीं है। हमें किसी को लिखना नहीं है। सब हमेशा हमें लिखते हैं। सब हमेशा हमसे मिलने आते हैं।'

उन्होंने बाहर जाना ही छोड़ दिया। कहते थे कि इतनी ऊँची नौकरी करनेवाले की भी कोई ज़िम्मेदारी है। इन ऊँचे पदों की इज़्ज़त रखनी है।

एक बार बड़े पदाधिकारी होकर इन सड़कों पर चले हो, इन दुकानों में गए हो, इन पब्लिक हॉल्स में 'इनऑगरेशन' का फीता काटा हो और जलसों में भाषण दिए हों, तो फिर एक आम, अनजान इनसान की तरह उन्हीं राहों पर नहीं लौट सकते। यह उस कुरसी की तौहीन है, जिस पर ऊँचे लोग बैठते हैं।

कालोनीवाले भी ऐरे-गैरे हैं। कोई मामूली वकील है, कोई छोटा-मोटा अध्यापक, और एक-दो तो व्यापारी हैं। सिरोही साहब किसी से मेल-जोल नहीं बढ़ाते। त्योहारों पर भी आना-जाना नहीं होता।

बस, एक कोने में कट रही है।

पर टेलीफ़ोन है। दिन में एक बार फ़ोन ज़रूर घुमा लेते हैं सिरोही साहब।

—'हैलो...अमीन हज़रत हैं...हाँ बुला दो...मैं सिरोही साहब बोल रहा हूँ...हैलो....हल्लो...शिवशंभू ! शिवशंभू...कहो यार कहाँ रहते हो...अजी मत पूछिए...जिंदा हूँ...तो आओ इधर, बेहतरीन कॉफ़ी पिलाऊँगा...कहाँ शिमला ...ठीक-ठीक...लौट आओ तब मिलेंगे...चियर्स-चियर्स।'

पिछले वर्ष सिरोही साहब भी गरमियों में बेटे के पास राँची गए थे। तब लौटकर जिसे हो सका, उसे बताया—'अजी गरमियों में हिलस्टेशन चला गया था।'

सच, अब कट ही रही थी। जिसके लिए चौबीस घंटों का दिन छोटा पड़ता था, उसे अब पल-पल भारी पड़ता है। किसी तरह दिन से रात होती है और फिर रात से दिन। बहुत कोशिश की उपेंद्रनाथ सिरोही ने कि अपनी साहबियत क़ायम रखें। हार गए। बगल में बजते ट्रांजिस्टर को बंद करने के लिए आवाज़ दिया करते थे, पर जब कोई है ही नहीं तो बुलाएँ किसे ? श्रीमती हैं तो आएदिन किसी बात पर आँखें तरेर देती हैं। कभी कि—'खाने के अलावा तुम्हें कुछ सूझता है ?' कभी कि—'सुनो ज़रा अपने भी हाथ-पाँव हिलाओ।' और कभी पति की साहबी गार्डनिंग पर—'अब यह लो, सारी झाड़ी काट दी कि सड़कवाले ठीक घर में झाँक सकें।' या 'पानी के अलावा भी पौधा कुछ माँगता है कि नहीं ? तुम हो कि पानी डालोगो तो दे पानी, दे पानी।' और तो और, श्रीमती सिरोही पति की कितनी ही माँगें एकदम अनसुनी कर देती हैं।

पहले वे गुस्सा हो जाते थे–'अब तुम भी मुझे कुछ नहीं समझती, मेरा अपमान करती हो।'

इस पर धर्मपत्नी आँखें मटकाकर फटकार देतीं–'वाह ! अब घर में कमिश्नरी चलेगी !'

तो पतिदेव मौन धारण कर लेते हैं। समय के साथ-साथ थोड़ा तो बदलना ही पड़ता है।

लेकिन एक किरण है जो इस सुनसान स्याह को आलोकित कर देती है–सिरोहीजी का एकलौता बेटा, दीपक। उसका बड़ा सहारा है। वह सीनियर अफ़सर है। उसके कारण सिरोही साहब को अभी भी कभी-कभी, अफ़सरी की भरपूर महक मिल जाती है।

बेटा बाप का बहुत मान रखता है। आएदिन फ़ोन करता है, बुला लेता है। जब 'डैप्यूटेशन' पर लंदन गया था तो माँ-बाप को यूरोप की सैर भी करा दी। सिरोही साहब ने कहकहा लगाया था–'अजी, इनको देखिए, हमारी श्रीमती को; घर की चाहरदीवारी के बाहर पैर रखा भी तो सीधे विलायत जा पहुँचीं।'

उसके बाद दीपक का तबादला अंडमान हुआ। सिरोही साहब जिससे बोलते उसी से कुछ कहते-कहते यह ज़रूर कह देते–'मेरा बेटा ...अफ़सर है...गवर्नमेंट सर्विस में है...लंदन में था।'

लंदन में आपको एक मर्ज़ लग गया था–टॉयलेट पेपर इस्तेमाल करने का। देश लौटे तो रोग साथ लाए। टॉयलेट पेपर का सिलसिला जारी रखा। पर भूले-भटके आपने टॉयलेट पेपर खरीदा हो तो पता होगा कि यह कोई सीधा सपाट नुसखा नहीं। मँहगा जो है सो है, कम-से-कम दो बार दिन में उसकी ज़रूरत पड़ती है। तिस पर कोई मेहमान आ जाएँ तो वह भी शौकिया अंग्रेज़ियत छाँट आएँ। तब सिरोहीजी ने एक होम्योपैथिक इलाज ढूँढ़ निकाला–पुराने अख़बार का नया इस्तेमाल ! पर इससे जमादार का खर्च बढ़ गया। और आज म्युनिसीपालिटी को फ़ोन करो–'फ़्लश ब्लौक हो गया है'–तो तीन दिन से पहले कोई आता नहीं। आख़िर श्रीमतीजी ने धरना कर दिया। ऐसा वे कम ही करती थीं। जब करतीं तो सिरोही की एक न चलती। क़िस्सा वहीं ख़त्म हो गया।

असल में साहबियत का मर्ज़ ही अंग्रेजियत में सना हुआ है। और कुछ

नहीं तो सिरोही साहब को अंग्रेज़ी खाने की ही याद सताती है। वे ईसाई और मुसलमान खानसामे, जिन्होंने अपनी जवानी में असली अंग्रेज़ अफ़सरों के यहाँ रसोईगिरी की थी, तब सिरोही जैसों के यहाँ दावत बनाते थे। ताज़ा मुरग़ा, मछली काटते और सारे तामझाम के साथ फ़िश मेयोनेज़, रोस्ट चिकन, सलाद, कटलेट, पुडिंग आदि एक लंबी मेज़ पर सजाए जाते थे।

श्रीमान सिरोही की तलब भड़क उठती है। श्रीमती के पीछे पड़ जाते हैं–'सारे दिन रसोई में घुसी रहती हो फिर भी इतना बदमज़ा खाना मिलता है। सीधा सादा अंग्रेज़ी खाना बनाओ। सेहतमंद अलग, आसान अलग।'

ज़्यादातर पति की यह तमन्ना भी पत्नी को नाग़वार गुज़रती है।–'न सीधा है, न सादा है।'

पर कभी-कभी मुलायम पड़ जाती हैं, तब बड़बड़ाते हुए कुछ हिंदुस्तानी ढंग का अंग्रेज़ी खाना बना देती हैं। मछली के कटलेट, सब्ज़ी का स्ट्यू, सूप, सलाद और सॉस। काँटा, छुरी उठाकर, नेपकिन बिछाकर, अपनी फटी बनियान में सिरोही खाने बैठते हैं। खा लेते हैं।

पर अपनी जड़ों को कौन तोड़ पाया है ? जैसा कि कहते हैं कि आप उन्हें देहात से निकाल सकते हैं पर देहात उनमें से नहीं निकाल सकते ! चाहे वे 'ब्राउन' साहब ही क्यों न हों, जो अपने को हिंदुस्तान में बचा आखिरी अंग्रेज़ समझता हो। दो घंटे बाद 'स्टोर रूम' में खटर-पटर होती है और गुड़ का ढेला हाथ में ऐसे झुलाते जैसे कुछ है ही नहीं, सिरोही दबे पाँव निकल जाते हैं। या फ्रिज खोलकर धीरे से दूध पर जमी मलाई ही चाट जाते हैं। तृप्ति भी कोई चीज़ है कि नहीं ?

पर इसे क्या पल भर को तृप्ति का भ्रम कहें ? क्योंकि तृप्ति का सामान तो बीते हुए युग में रह गया है। उपेंद्रनाथ सिरोही का समय अधिकतम बरामदे में बैठकर–या ऊँघकर–गुज़रता है। सर्विस के दिनों में सब कुछ मिला, वक़्त के सिवाय। संगीत, किताब, किसी के लिए फुरसत नहीं थी। अब जब वक़्त है पर और सब गया तो सिरोहीजी अपंग हो गए हैं। करें तो क्या करें ! चौंसठ-पैंसठ का होकर कोई दोबारा जीना सीखेगा ?

सवेरे से बरामदे में बैठे रहते हैं। वही फटी बनियान, वही ढीला पाजामा, वही जापानी ट्रांजिस्टर, और वही ट्रांजिस्टर की तरह घड़घड़ाती आवाज़। उठते हैं तो बागवानी की छटा कुछ सँवार आते हैं। वरना बैठे-बैठे

बनियान का कोना ही चबाने लगते हैं। कोई आ जाए तो कुछ बोल लेते हैं।

'...ओई जमादारिन, कहाँ ग़ायब रहती है...कल क्यों नहीं आई...देख कितनी धूल जमा हो गई है...तुम्हारे आदमी से कह दूँगा...उसे घर पर बिठा मटरगश्ती करती है...इसी झाड़ू से पीटेगा।...हो हो हो...।'

जमादारिन भी लजाते हुए, 'नहीं साहब...का साहब...' करते हुए हँस देती है।

कोई फलवाला सड़क पर गुज़रता है तो सिरोही फिर ज़बान हिला लेते हैं।

'ओए अमरूद' या 'ओए खरबूजे' या 'ओए आम'।

फिर–'इधर ला...देखें तो तेरा फल कैसा है...कैसे दिया...धत् इतना महँगा देता है...अच्छा चल, पहले काट के खिला...मीठा है तभी तो लेंगे ...चल दिखा...नहीं यार बेकार है...क्या बात करता है, एकदम खट्टा है...।'

चार से चखने के बाद पाँचवें से शायद खरीद लेते हैं।

इन सर्विस के सिरफिरों की लंबी दास्तान है। जो एक तना हुआ जामा पहनकर चार रोज़ सीधे खड़े थे। जिनका जामा एक दिन उतर गया तो वे वहीं 'फिस्' से ढेर हो गए। क्योंकि अपनी ताक़त के बल से नहीं, ओढ़े हुए जामे के खिंचाव से तने खड़े थे।

लोहे का जामा। अफ़सरी का जामा।

जामा गया ।

पाजामा रह गया।

और फटी बनियान।

अब तो सिरोही साहब सोचते भी हों तो अचेतन मन से। ज़्यादातर।

रोज़ की तरह बरामदे में औंधे पड़े, पीली-पीली आँखों से पेड़-पौधों पर घिरे सन्नाटे को देख रहे थे।

अचानक उठकर बैठ गए।

उनकी काली फ़ियट फाटक पर रुकी।

–"अजी सुनती हो, सुनती हो, दीपक आया है...आइए...आइए...हन्नू बाबा आ गया...दादा के घर आ गया।"

मानो बरसों से बंद कमरे की सारी खिड़कियाँ खोल दी गईं। हर तरफ़ से मनोरम हवा उसमें बहने लगी।

"अरे भाई, दीपक आया है, हन्नू बाबा आए हैं, अच्छे भोजन का इंतज़ाम करो।"

चुटकी भर में मंज़र बदल गया।

बाप और बेटे अफ़सरी के नए नमूनों की खाल उधेड़ रहे हैं। हन्नू दादा की गोद में बैठकर आइसक्रीम की फ़रमाइश कर रहा है। सरला सास के संग रसोई में फैले काम को समेट रही है। चहल-पहल...चिल्ल पों...।

घर के सामने वह काली फ़ियट खड़ी थी, जिसे सिरोही साहब ने पच्चीस बरस पहले खरीदा था और जिसे लेकर बाप-बेटे में दो साल पहले ज़बरदस्त लड़ाई छिड़ी थी। बेटे का तबादला राँची हो गया था। अंडमान में तो चल गई। वहाँ सभी कम-से-कम सामान से काम चलाते, इस बेसब्री में कि जल्दी कालापानी से जान छूटे, पर राँची में ऐसी कोई बात नहीं थी। वहाँ तो सारे अफ़सर जोड़-तोड़कर शानदार चीज़ें लाते और एक-दूसरे को मात करने में लगे रहते। सरला और दीपक को लंदन के तबादले ने शान की हर चीज़ दी थी। बस गाड़ी का जुगाड़ नहीं हो पाया था। ऐसा नहीं है कि कोई अफ़सर बस में न चलता हो, पर दीपक की होड़ उनसे थी जिनके नौकर बस में जाते थे। फिर गाड़ी से हर तरह़ की सहूलियत होती।

शायद सरकार से कर्ज़ लेकर गाड़ी आ जाती, अगर सिरोही साहब ने अपनी इस गाड़ी को 'म्यूज़ियम पीस' न बना डाला होता। यहाँ तो यह आलम था कि सवेरे स्नान-ध्यान के बाद सिरोहीजी एक दफ़ा गाड़ी में चाभी घुमाते और इंजन चालू करते। जूँ...जूँऽऽ...हवाई जहाज़ की तरह गाड़ी झन्ना उठती और दीपक के बाप उसमें अंदर बैठे-बैठे चोक खींचते, क्लच मारते और गाड़ी के धुआँदार झटकों के साथ खुद भी उछल-उछल जाते। हफ़्ते में एक बार पास के 'जनरल स्टोर्स' से गाड़ी में ही अंडे, रोटी, मक्खन का ढेर मँगवा लेते।

अब इस आध किलोमीटर की हफ़्ताई दौड़ के लिए हाथी जैसी गाड़ी की क्या ज़रूरत ? दीपक बाप को सोच-समझकर बोलने की हिदायत देता। उन्हें वाक़ई ज़रूरत होती तो वह क्यों लेने लगता ? अरे, उसे तो गवर्नमेंट

हाथोंहाथ गाड़ी देगी, पर आख़िर सिरोहीजी के पास पड़ी ही तो है। और राँची में हर तरह की ज़रूरत लगी रहती है।

जवान खून के आगे सिरोही भी अपनी गाड़ी की तरह जूँ...जूँ...थर्राएँ और हार गए। चलिए, साहबियत का एक और निशान चलता बना। अब क्या फाटक के बाहर रिक्शे पर निकलेंगे ? और कौन समझाए, गाड़ी की ज़रूरत उनके मन को थी, तन को नहीं।

गाड़ी को सामने देखकर सिरोही का जी लालायित हो उठा। बेटे से बोले—"लाओ, चाभी दो, देखें क्या सत्यानाश किया है।"

दीपक ने भी भौंहें चढ़ाईं—"सत्यानाश ? सत्यानाश तो आपने कर रखा था। जिस गियर में चाहा चलाया, पानी कभी डाला, कभी नहीं डाला...। सर्विसिंग तो कभी भी नहीं कराई। मैंने तो गाड़ी नई कर दी है। ज़रा सँभालकर हाथ लगाइएगा।"

"हो हो हो हो।" हँसते हुए सिरोही बरामदे से नीचे उतरे। गाड़ी का दरवाज़ा खोला तो बड़े-बड़े फूलोंवाला नया सीट कवर देखा—"क्या ! साहब क्या कवर चढ़ाए हैं ! अफ़सर क्लास का टेस्ट ही बिगड़ गया है। निहायत घटिया।"

दीपक ने फिर, बिना बुरा माने, झट जवाब दिया—"रहने दीजिए। आपको कुछ खबर ही नहीं है। इन कवर्स को देखकर लोग पूछते हैं कि क्या लंदन से लाए हैं ?"

"हो हो " करते हुए सिरोही ने अपना बटुवा माँगा।

—"लाओ पेट्रोल भरा लाऊँ।"

कितने प्यार से सिरोहीजी ने गाड़ी सड़क पर निकाली। फिर पुरानी शान से पेट्रोल पंप पर हाँक लगाई—"लड़के"। आवाज़ में पहली-सी बुलंदी का अवशेष, आँखों में पुरानी अफ़सरी के तेवर—"दस लीटर डाल।"

"बड़े दिनों बाद दिखाई दिए साहब"—लड़के ने प्रणाम किया।

"हाँ-हाँ"—सिरोही साहब खुश होकर बोले—"गाड़ी बेटे को दे दी है। इन दिनों आया हुआ है। राँची में बड़ा अफ़सर है।"

घर लौटे तो दीपक टेलीफ़ोन करने में मशगूल था। यह उसका पुराना तरीक़ा था। आया नहीं कि शहर भर को ख़बर करने में लग गया।

आ हा ! अफ़सरों का आना-जाना शुरू होगा। कोई खाने पर आएगा,

कोई खाने पर बुलाएगा। सिरोही इन सब के बुज़ुर्ग थे, तजुरबेकार अफ़सर थे, इन नए बच्चों को नसीहत देने से कभी न चूकते थे। ज़ोरदार, सलीकेदार शासन क्या होता है, बड़े मन से समझाते। दीपक को अंदर जाकर माँ से कहना पड़ता–'अम्मा, उन्हें बुला लीजिए। अब हम लोग ड्रिंक करना चाहते हैं।' श्रीमतीजी की दस-एक पुकार के बाद पति महोदय मन कड़ा करके महफिल छोड़ने पर राज़ी हो पाते। तब वे पत्नी की झिड़की अनसुनी कर देते कि–'क्या बच्चों के बीच घुस जाते हो। उन्हें अपने में ही अच्छा लगता है।'

उधर दीपक अपने दोस्त प्रमोद को अपनी प्रमोशन की ख़बर सुना रहा था। प्रमोद ने झट फ़रमाइश कर दी–"ऐसे नहीं, अब तो जश्न मनाना होगा।"

देखते-ही-देखते शाम का बंदोबस्त हो गया।

दीपक ने सब को बता दिया–"आज शाम प्रमोद व परिवार के संग खाना खाने चलेंगे कहीं बाहर।"

प्रमोद शहर का एस. पी था। पिछली बार जब दीपक आया तब वह कई बार आया-गया। फिर दीपक को स्टेशन तक छोड़ने सिरोही उसी की गाड़ी में गए थे। लौटने पर प्रमोद ने हाथ जोड़कर कहा था–'पापा जब कोई काम हो मुझे याद कर लीजिएगा, मैं भी आपका बेटा हूँ।' आज फिर प्रमोद से भेंट होगी।

शाम आने में देर ही कितनी थी। श्रीमती सिरोही का सिर चकराने लगा। अचानक इतनी दौड़धूप। पति की काली पैंट निकालो। निकालो तो देखो, कि सिलाई उधड़ गई है। सरला को सिलने थमाकर, चाय-नाश्ते का ज़िम्मा लो। दीपक के लिए बैंगन की पकौड़ियाँ तलनी हैं। रसोईए के पीछे लगो–"जल्दी हाथ चलाओ...जल्दी... ।"

साढ़े सात बजे सिरोहीजी तैयार थे। काली पैंट, क्रीम रंग की कमीज़, चमकते काले जूते। दीपक ने अपनी मैरून टाई बाप के गले में बाँध दी।

जँच रहे थे सिरोही साहब। आम की टहनियाँ कपड़ों में छिप गई थीं। आँखों में हलका सा ग़ुबार था। हाथ में बढ़िया छड़ी थी। मन में छाया सुरूर उनकी शख़्सियत को रूहानी बनाए जा रहा था।

"हन्नू बाबा गाड़ी की चाभी माँग लाइए।"

और दादा-पोता सज-धजकर गाड़ी में जा बैठे। दादा 'स्टीयरिंग व्हील' पर, पोता उन पर कुछ लदकर। कुछ देर बच्चे से मीठी बातें हुईं। फिर बेसब्री का दौर शुरू हुआ।

"वक़्त से कभी आप लोग तैयार नहीं होते। उधर कोई भलामानस इंतज़ार कर रहा होगा।"

हॉर्न बजाया। आवाज़ दी। फिर हॉर्न बजाया।

तो अंदर से दीपक चिल्लाया—"ओफ ! इंजन डाउन करे बग़ैर आप मानेंगे नहीं !"

आख़िरकार अपने-अपने समय से बाक़ी सिरोही खानदान भी गाड़ी तक आ गया। उधर श्रीमती को आख़िरी पल तक रसोइए के लिए आदेश सूझ रहे थे। इधर दीपक ने बाप की तरफ़ का दरवाज़ा खोला—"खिसकिए"।

"तुम बैठो, मैं चलाऊँगा।"

"नहीं, आप खिसकिए। अँधेरा हो रहा है। आप अभी नहीं चला पाएँगे।"

दीपक गाड़ी चला रहा था, सिरोहीजी पोते को सँभाले बगल में बैठे हुए थे।

प्रमोद का घर भी आ गया। सिपाही ने बंदूक तानी और मरियल आवाज़ में पुकारा—"थाम, कौन आता है ?"

दीपक ने हाथ फहरा दिया—"दोस्त।"

प्रमोद झट निकलकर आया और श्रीमान-श्रीमती सिरोही के लिए दरवाज़ा खोल आग्रह करने लगा—"आइए पापा, कुछ देर अंदर बैठिए।"

"आप लोग तैयार नहीं हैं ?" सिरोहीजी ने ऐतराज़ फ़रमाया। "उतरना क्या, हम यहीं रुके हैं, आप जल्दी आइए।"

"नहीं, नहीं, हम तैयार हैं, पर आइए, दो मिनट सुस्ता लीजिए।"

"चलिए, उतर लीजिए"—दीपक ने गाड़ी से पैर नीचे किया। उसी पल प्रमोद की पत्नी हैंड बैग झुलाती घर के भीतर से निकल आई। उतरने-उतारने का मसला इस तरह हल हो गया।

हन्नू और मिसेज़ प्रमोद पीछे बैठ गए और प्रमोद आगे आ गया। ज़िक्र छिड़ा कि जाएँ कहाँ !

मिसेज़ प्रमोद ने खिलखिलाकर कहा—"भाई साहब, कंजूसी नहीं

चलेगी। हमें तो स्टाइल में खाना है।''

दीपक ने गरदन रोब से झटकाई और कुछ उस लहजे में मज़ाक किया जो एक सफल देशी अफ़सर की रोज़ बढ़ती तरक्की की निशानी है–''देखिए, स्टाइल में खाना है तो एक जगह है, स्टाइल का खाना है तो दूसरी जगह है और स्टाइल से खाना है तो तीसरी है। इसलिए अपनी बात का स्पष्टीकरण करिए। वैसे भी यह 'स्टाइल' बड़ा पेचीदा मुद्दा है। आज का असल स्टाइल, इन 'स्यूडो इंटलैक्चुअल्स' का स्टाइल तो ढाबे में, ट्रक ड्राइवरों के साथ, चने की दाल और तंदूरी रोटी खाने का है !''

''अजी, नहीं, नहीं'' सिरोहीजी ने गंभीर मुद्रा में कहा, ''यह ढाबा-वाबा मत चलिए। आप लोग तो सर्विस का नाम डुबा देंगे। सर्विस की इज़्ज़त नहीं घटानी चाहिए।''

दीपक ने और छेड़छाड़ की–''लीजिए, पापा शुरू हो गए।''

''नहीं, नहीं'' सिरोहीजी गंभीर से गंभीरतम होकर बोले,–''मज़ाक नहीं है। समझना चाहिए। इन बातों को हलका-फुलका नहीं बना देना है। ऊँच-नीच का मसला नहीं है, पर अफ़सरों और दूसरों में कुछ-न-कुछ दूरी रखनी ही पड़ेगी, वरना आपको कोई कुछ समझेगा ही नहीं। मैं तो सोशलिज्म का हिमायती हूँ, पर आपको ख़बर होगी कि बहुत ही कट्टर अफ़सर था। डिसिप्लिन कोई मामूली चीज़ नहीं है। क्योंकि मैं ख़ुद काम का, हर बात का इतना पाबंद था, मेरे जूनियर्स भी हमेशा सतर्क और मेहनती रहते।...''

श्रीमती सिरोही ने भी हँसी ली–''कहाँ की बात कहाँ पहुँचाते हैं !''

पर सिरोहीजी को अपने दिनों की सर्विस पर घोर विश्वास था–''आज वह बात कहाँ रही ? आज का अफ़सर बेईमान है, लापरवाह है, आलसी है। आज उसे कौन पूछता है ? पहले कोई सिर उठाकर अफ़सर से बात नहीं कर सकता था। आज तो जिस दुकान से आप रोटी खरीदते हैं, उसी से आपका नौकर भी खरीदता है। अब तो उनके बच्चे भी आप के बच्चों के साथ स्कूल जाते हैं। अरे साहब, यह भेदभाव मिटाने की क्रिया नहीं है, यह तो अफ़सरी पद का स्तर गिराने का अंजाम है। और इसके ज़िम्मेवार हैं आप लोग...आज के अफ़सर...।''

किसी ने बात बदली–''जल्दी तय करिए कि चलना कहाँ है !''

"देखिए, मैं बताता हूँ"—सिरोहीजी ने तजुरबेकार आवाज़ उठाई—"बेहतरीन मुग़लई खाना आपको 'मुग़ल-ए-नूर' में मिलेगा। वहाँ के वेटर तो आज तक मुझे पहचानते हैं। जब मैंने इस ज़िले का चार्ज लिया था, तब हर साल इन गुप्ता इंडस्ट्रियलिस्ट की दावत में यहीं 'मुग़ल-ए-नूर' ही आना पड़ता था। बहुत ही ज़ायक़ेदार मुरगा और..."

"पापा"—दीपक ने उनकी बात काटी, "आप बीते ज़माने की बात कर रहे हैं। 'मुग़ल-ए-नूर' में अब सब बक़वास मिलता है।"

"हो सकता है, भई" सिरोहीजी ने कुछ दबकर कहा, "पर नहीं, भई, नहीं हो सकता...। वहाँ के कबाब तो बस इतने उम्दा..."

दीपक ने वर्तमान युग की पसंद सुनाई—"क्यों, 'मैरी-गो-राउंड' कैसा रहेगा ?"

"हाँ-हाँ" दोनों जवान पत्नियाँ बरबस उछल पड़ीं।

"ठीक, फिर वही रहा, 'मेरी-गो-राउंड'।" दीपक ने गाड़ी एक तरफ़ उद्‌देश्यपूर्ण मोड़ दी।

"अरे भाई, कहाँ जा रहे हैं आप लोग, यह 'मैरी-गो-राउंड' क्या चीज़ है, इसका तो नाम भी नहीं सुना ?" सिरोहीजी ने चिंतायुक्त स्वर में पूछा।

"पापा"—प्रमोद ने समझाया—"यह एक डिस्को-रेस्तराँ है। अभी हाल में ही खुला है। डांस-फ़्लौर 'मैरी-गो-राउंड' के आकार का है, इसलिए यह नाम रखा है।"

"अ रे रे रे रे वह नहीं" सिरोहीजी अचकचा उठे। "डिस्को-विस्को भले लोगों के जाने की जगह नहीं है। फिर लेडीज़ साथ हैं। इससे अच्छा तो 'क्वालिटी' चलो। डीसेंट जगह है। सीधा सादा खाना मिल जाएगा।"

"पापा देखिए तो। यह जगह आपको जँचेगी। शायद किसी डिस्को डांसर का प्रोग्राम भी हो। बिलकुल डीसेंट डांस होता है, बड़े-बड़े कलाकार आते हैं।"

"कहाँ ले आए हैं आप लोग," सिरोहीजी ने तेज़, दमकती बत्तियों पर झुँझलाकर कहा।

"चलिए भी।" पत्नी ने समझाया—"बच्चों का मन है। ठीक है।"

"अब बताइए क्या खाना है" दीपक ने 'चाइनीज़ रूम' की तरफ़ रुख करके कहा। "इस हिस्से में चाइनीज़ खाना मिलेगा, उस तरफ़ देशी।"

"जिधर भी चलो" प्रमोद दंपती एक साथ बोले।

उन्हीं के संग सिरोही ने अपना राग अलापा—"कहाँ...देशी किधर... उधर चलो।"

"ठीक, फिर इधर आइए।" दीपक ने चाइनीज़ रूम का दरवाज़ा खोला।

"अरे भाई मैं यहाँ क्या खाऊँगा ?" सिरोहीजी ने शिकायत शुरू की।

"ठीक है।" पत्नी ने फिर समझाया, "कुछ-न-कुछ तो मिलेगा ही।"

"हाँ-हाँ, चलिए।" सिरोहीजी की आवाज़ में मायूसी दबी पड़ी थी। फिर पोते को थपथपाते हुए बोले—"हन्नू बाबा क्या खाएगा ? हन्नू बाबा चाइनीज़ खाएगा।"

अंदर लाल मेज़पोश और लाल कुरसियाँ पड़ी थीं। वेटर भी लाल लिबास में थे। स्टेज पर बैंड कुछ बजा रहा था। दो चार जोड़े, भोंडे ढंग से कमर मटकाकर, हाथ झटकाकर, डिस्को डांस कर रहे थे। स्टेज की अगली तरफ़ सिरोहीजी की पसंद का रेस्तराँ था। वह ठीक सामने एक वेटर, ट्रे में नान और कोफ़्ते की डिश लिये, किसी की खातिरदारी में लगा हुआ था।

सब लाल-लाल माहौल में बैठ गए।

"हो हो" सिरोहीजी ने ख़ास हँसी हँसी, जो कुछ हार-मानी भी थी, कुछ बेईमान भी थी—"यह भी कोई जगह है ? वल्गर टेस्ट देखिए। बिज़नेस क्लास के अलावा यहाँ कौन आएगा ? भले घर के लोग... ।"

"अरे सब आते हैं" दीपक ने टोका "बड़े ही घर के लोग आते हैं। और कोई नहीं।"

"हाँ ऽ" सिरोहीजी ने अनमने मन से स्वीकारा।

"वेटर" उन्होंने शहंशाही अंदाज़ से उँगली उठाई। "मैन्यू कार्ड लाओ।"

सब मैन्यू देखने लगे।

"क्यों भई, आप लोगों ने तय किया क्या खाएँगे ? मेरे लिए तो एक चिकन सूप और एक प्लेट फ्राइड राइस काफ़ी है। कुछ है ही नहीं यहाँ खाने लायक़।" खेद प्रकट करते हुए उन्होने सिर हिलाकर कहा। फिर अफ़सरी अंदाज़ में उँगली उठाकर आवाज़ दी—"वेटर"।

वेटर ने मुड़कर देखा। दो कदम उनकी तरफ़ बढ़ा। और एक झटके से दीपक के पास पहुँच गया।

दीपक ने भी इशारा किया था।

दीपक ने पड़ापड़ चीनी खाने के अजीबोग़रीब नाम लेने शुरू कर दिए–"पाँच तालूमीन...पापा, यू ट्राई इट, आपको अच्छा लगेगा...दो चिकन फ्राइड राइस, दो पोर्क चाऊमीन, दो पोर्क स्वीट एंड सावर, एक प्लेट डंपलिंग और एक प्लेट हक्का नूडल्ज़...। ठीक ?" उसने फ़ैसला कर के सबकी तरफ़ नज़र घुमाकर नाहक सवाल किया।

"हूँ" सिरोहीजी ने कुछ लाचारी से हामी भरी और रेस्तराँ में बैठे सज्जनों को ताकने में जुट गए। स्टेज पर कुछ हलचल थी। दो विदेशी लड़कियाँ बदन लचका-लचकाकर ओ-ओ ऊ-ऊ चीखती हुई कोई गाना गा रही थीं। जनता इर्द-गिर्द थिरक रही थी। या केवल मेज़ के नीचे अपने जूतों से ताल ठोंक रही थी। और चकाचौंध बत्तियाँ, जलतीं-बुझतीं, फिर जलतीं, फिर बुझतीं, मानो नाच का साथ दे रही हैं। सिरोहीजी की कान बंद कर लेने की इच्छा होती थी, पर क्या चारा था ? ज़बान पर ताला डाले बैठे रहे।

खाना भी आ गया था। सिरोहीजी मौन बैठे खा रहे थे। इस नए युग के रंगीन भड़कीले शोरगुल ने उनके अंदर चुप्पी भर दी थी। वे वह खाना खा रहे थे जो अफ़सरों की शान के ख़िलाफ़ था, वहाँ बैठकर खा रहे थे जहाँ आलतू-फ़ालतू बिज़नेस क्लास आता था। उनका ज़माना ही और था। वैस भी होटलबाज़ी नया शौक़ है। तब तो घरों में दावतें होती थीं। वैसी ही जैसी अंग्रेज़ अफ़सर के यहाँ हुआ करती थीं। खानसामों की ट्रेनिंग ही अंग्रेज़ों द्वारा हुई थी। आ हा-हा-हा-हा, क्या दिन थे वे भी।

और अब ? अब तो श्लील-अश्लील में फ़र्क ही नहीं रहा। पूरे देश की सभ्यता का गज़ब नाश हुआ है। आज का अफ़सर कल के अफ़सर के पाँव की जूती के बराबर है। कहाँ गई वह तमीज़-तहज़ीब, कहाँ गई वह वफ़ादारी ? आज भी कोई बूढ़ा 'रिटायर्ड' चपरासी मिल जाए तो जो शाइस्ता ज़बान रखेगा, वह आज के दिग्गज अफ़सर नहीं बोल सकते।

सब ज़माने का फेर है। सिरोहीजी के मन में अफ़सोस उठा। इस मुल्क़ को आज़ादी मिलनी ही नहीं चाहिए थी। डिसिप्लिन, इज़्ज़त, शऊर–सब गवाँ दिया यहाँ के लोगों ने।

सिरोही साहब को अपनी बेकारी का अहसास हो रहा था। अब तो घरवाले भी उन्हें कुछ नहीं समझते।

"और लेंगे पापा ?" दीपक ने कोई प्लेट बढ़ाई।

"न, न बस" सिरोहीजी ने हाथ से उसे रोका। "आई एम थ्रू।"

प्रमोद कोई क़िस्सा सुना रहा था। हाल में कहीं दौरे पर गया था। उसके बॉस को आना था और सब उन्हीं की बाट जोह रहे थे।

—"यह समझिए कि सारी पुलिस लाइंस ही अटैंशन पर खड़ी थी। घंटों। मैं जैसे ही सोचूँ कि बैठ लूँ, यह डर लगे कि उसी पल वह दनदनाता हुआ आ धमकेगा। उसका टेढ़ा मिज़ाज तो मशहूर है ही। बस, फिर क्या था, कार्टूनों की तरह हम तने खड़े रहे। वे मेहरबान आए पैंतालीस मिनट देर से..."

"कौन महानुभाव हैं यह, किनकी बात हो रही है, क्यों ?" सिरोहीजी की जिज्ञासा भी तब जगी जब क़िस्सा अंत के करीब था।

"जी" प्रमोद ने जवाब दिया "वह, मेरे बॉस, आई. जी. साहब की बात बता रहा था।"

"व्हाट ? कौन ? हू साहब ?"

"जी...यादवेंद्र साहब। आजकल इस डिवीज़न के आई. जी. हैं... यादवेंद्र साहब...।" प्रमोद थोड़ा चकित हुआ।

अनजाने में मानो कुछ चटक गया। चट्-चट्-चट्-चट्-चट्-चट् फूट गया।

सिरोही साहब बिलबिला के उछले—"क्या बकते हैं आप ? 'साहब' ? किसे कह रहे हैं 'साहब' ? कुछ ख़बर भी है ? यादवेंद्र, वह दो टके का आदमी ? मैं नहीं जानूँगा उसे ? हुज़ूर जब मैं उरियाला में कलक्टर था तब वह वहाँ डी. एस. पी. था। ऐसा-वैसा लुच्चा है ? अव्वल दर्जे का पाजी है। मुझसे पूछिए उस टुच्चे के कारनामे...। एक भिंडी भी अपने पैसे से नहीं खरीदी।...हर क़िस्म की लूटखोरी।...उसे तो सस्पेंड कर देना चाहिए था। ...उसे आप 'साहब' कहते हैं ? अरे आप तो गज़ब कर रहे हैं...उस टुटपुँजिए को 'साहब' कहेंगे...?"

"पापा" दीपक भी विस्मित हो गया था। बात सँभालने की कोशिश करने लगा।—"आजकल वह आई. जी. हैं...और प्रमोद के बॉस हैं...।"

"बॉस हैं तो क्या ?" सिरोही साहब की आवाज़ ज़रूरत से ज़्यादा ऊँची हो चली। "उसे साहब कहेंगे ? आज के दूषित वातावरण में ऐसे ही

लंपट तो अफ़सर बनेंगे।''—प्रमोद से आँख तरेरकर बोलने लगे—''आप लोग तो गुलाम बन गए हैं, तलवे चाटने को तैयार हैं। जिसे हुआ उसे ही आसमान पर चढ़ा देंगे।...तुम्हारी भी कोई नैतिकता है।...कमाल ही करते हो। अजी, 'साहब' नाम की चिड़िया नहीं बची है इस दुनिया में। जब 'साहब' चलता था तो वह रोब था जो मुग़ल बादशाह का रहा होगा। मुझसे पूछिए हुज़ूर।...मैं भूल से कहीं पहुँच जाऊँ कि लोग बिछ जाते थे। एक बार किसी तहसील में मेरी गाड़ी फँस गई, दशहरे के मेले में। यही काली फ़ियट थी। एक सिपाही—नया था—नासमझी में गाड़ी रोक रहा था। जनाब, पहले कि मैं कुछ बोलूँ, उसके पास खड़े सिपाही ने उसे कस के धक्का दिया और लगा मेरे हाथ-पाँव जोड़ने। वह बेचारा नादान सिपाही थर-थर काँपने लगा।...अजी 'साहब' के बारे में...''

''क्या उलजुलूल बक रहे हैं ?'' श्रीमती सिरोही ने झेंप और चिंता व्यक्त की। ''खाइए और चलिए। हन्नू बेटे, यह खत्म करो...।''

''हाँ-हाँ'' सिरोहीजी कुछ धीमे होकर बोले। ''यू सी माई ब्वॉय, ज़माना बहुत बदल गया है। सर्विस बरबाद हो गई है। अंग्रेज़ों को तो हमने निकाल दिया है, पर उनसे अच्छे 'एडमिनिस्ट्रेशन' का सबक नहीं लिया। अब तो सरकारी अफ़सर एक से बढ़कर एक बेईमान हैं...।''

''वेटर'' दीपक ने दृढ़ता से मौका सँभाला। अब तक वह भी सकते में आ गया था। ''बिल लाओ।''

''हाँ-हाँ वेटर...'फ़िंगर बोल' लाओ...चलिए खाना हुआ। चलिए... आइए हन्नू बाबा हम लोग चलें।''

सिरोही साहब ने हथेली दीपक की तरफ़ की !

दीपक ने जेब से चाभी निकालकर उन्हें थमा दी।

लौटते वक़्त सिरोहीजी गाड़ी चला रहे थे। पर प्रमोद को छोड़कर उन्होंने दीपक से ड्राइव करने को कह दिया।

रसोइए ने फाटक खोला। श्रीमती सिरोही ने सब ताले खुलवाए। पति के लिए गरम दूध भिजवाया, नाइट सूट लाकर दिया और उनका बिस्तर बिछवाया। पलँग के पास मेज़ पर पानी का थरमस रख दिया।

सिरोही साहब ने तकिए पर सिर रखा। नींद के झोंके में एक धुँधला-सा ख़याल आया कि शायद वे ज़्यादा 'टची' हो गए हैं...।

अरे गोपीनाथ !

एक अरसे से गोपीनाथ नहीं मिला। इसलिए अचानक चिंता होने लगी। आख़िर अकेला रहता है और हर क़िस्म की बदपरहेज़ी करता है। बीमारी उस पर ख़ास मेहरबान रहती है। कॉलरा, टायफ़ायड, जॉनडिस, क्या नहीं हुआ है उसे ! पेचिश और सर्दी-बुखार तो ख़ैर उसके नॉरमल होने की निशानी हैं।

दरअसल गोपी की ख़बर भी नहीं मिली। वरना स्थानीय अख़बार में आएदिन कहीं कोने में दबी-छिपी दो लाइनें मिल जाती हैं।—'इसी शहर के समाजसेवक ने यह अभियान चलाया है। उनका मत है कि अगर प्राइमरी लेवेल की स्कूली पुस्तकों से ही यह सिलसिला शुरू होगा कि लड़कियाँ गुड़िया खेलती दिखाई जाएँगी और लड़के पेड़ चढ़ते, तो फिर सरकार का यह दावा कि वह सामाजिक-आर्थिक बराबरी चाहती है, सरासर खोखला है।' या 'जनसेवक गोपीनाथ ने इस आदिवासी जाति की कला की प्रदर्शनी-कम-वर्कशॉप आयोजित की है।' या कभी ऐसा भी कि 'श्री गोपीनाथ व अन्य नेतागण पूरे प्रदेश में पदयात्रा करेंगे और जंगल काटने के भीषण दुष्परिणामों से अवाम की वाकफ़ियत कराएँगे।' गोपी के बारे में कुछ भी सुना जा सकता था। कभी पढ़ूँ कि एवरेस्ट की चोटी पर उसने एक ढाबा खोल लिया है और चढ़नेवालों को चाय और पकौड़े खिलाता है तो भी चकित होने से रहा !

पर महीने भर से न वह, न उसकी ख़बर। यहाँ तक कि नाश्ते पर सुषमा भी बोल पड़ी—'भई पता करो।' सुषमा में सहनशीलता नाम का तत्त्व ख़ासी कम मात्रा में पाया जाता है। और गोपी जैसे मानस यही गुण बहुत बड़ी मात्रा में माँगते हैं, पर वह भी उसके बारे में परेशान हो गई।

ऑफ़िस से लौटते वक़्त मैं गोपी की गली की तरफ़ मुड़ गया।

उसका एक घर है। गली के छोर पर। ज़ीने से चढ़कर, किसी और की छत लाँघकर, वहीं छज्जे से सटा ढाई कमरों का मकान। एक संडास को छोड़कर सारे कमरे हमशक़्ल हैं। कपड़े, बरतन, किताब सब जगह। कुछ इस तरह फैली हैं चीज़ें कि न ढूँढ़ने पर ही मिलती हैं।

बाहर की चमकती धूप के बाद पल-दो पल आँखें चौंधिया गईं। जब भीतर फैली कुछ अतिरिक्त छाँव से अभ्यस्त हुईं तो चौंक गईं। सामने चटाई पर साम्राज्यवाद की तरह फैलती एक तोंद, उस पर टिकी किताब जिसका शीर्षक है 'हाऊ टू रिड्यूस द ईटिंग वे' और किताब के पीछे छिपे चेहरे के सिर पर एक गोटे-शनील की हिमाचली टोपी !

" 'बिफ़ोर द ट्रीटमेंट' की यह तसवीर।" मैं हँसने लगा। " 'आफ़्टर द ट्रीटमेंट' की कब दिखाओगे ?"

गोपी हड़बड़ाकर उठ बैठा—"अरे...आओ...बड़ी लंबी उमर है तुम्हारी... आज ही याद कर रहा था।...हाँ यार अब हाई प्रोटीन डायट पर जाने वाला हूँ। जितना अंडा, मछली, मांस, दूध गटक जाओ, उतना अच्छा। प्रोटीन को पचाने में शरीर की सारी एनर्जी खर्च हो जाए और बस देखते-ही-देखते..."

"दिखाई पड़ना बंद कर दोगे !" मैंने चटखारा लिया।

"वही समझो। सींकिया जाऊँगा। देखना।" पर अपने साथ यह दुर्बल रूप संभावना के भी क्षेत्र में जोड़ना उसे कुछ इतना हास्यास्पद लगा कि वह भी अलमस्त अंदाज से हँस पड़ा।

मैंने कुछ ये और वो खिसकाए और फूँक मारकर बैठते हुए बोला—"क्यों कहाँ छिप गए हो ? ख़ैर तो है ?"

"ख़ैर ही समझो, बाल-बाल बच गया। दंगोंवाले इलाके में काम कर रहा था। सरकार को वहाँ कुछ असामान्य नहीं दीखता। हाल यह है कि जिधर देखो उधर औरतें और बच्चे बस नज़र आते हैं। वहीं से लौटा तो खाट पकड़ ली। एक सौ चार, एक सौ पाँच बुखार। उतर के ने दे। डॉक्टर को दिखाया तो उसने कई गोलियाँ थमा दीं, टायफ़ायड हो तो इससे ठीक होगा, मलेरिया हो तो उससे ! यह कवर ड्रग्स की ग़जब की नीति चल पड़ी है। पर बुखार था कि किसी ज़ालिम का पंजा ? आज ठीक तो कल फिर धर दबोचे। मैं तो वसीयतनामे की फ़िक्र करने लगा। आख़िर बासू ने

ज़बरदस्ती फैल्सीपेरम का टैस्ट कराया। वही निकला।"

"धत्।" मैंने अविश्वास में सिर झटकाया। "पागल, फ़ैल्सीपेरम तो सैरेब्रल मलेरिया होता है..."

"हाँ हाँ, वही हुआ था।" गोपी ने ज़ोर दिया।"

"अमाँ बको मत। जानते भी हो क्या कह रहे हो ? इस मलेरिया से बचना मुश्किल है।"

"जानता हूँ, अच्छी तरह से। पर गोपी यूँ मरने लगा तो कब का चल बसा होता। अस्सी गोलियाँ क्वीनीन की निगल डालीं, बीस दिन ऐसे पड़ा रहा कि ज़िंदा हूँ या मुर्दा ख़बर नहीं। यह दवा भी इतनी टॉक्सिक है कि मैं तो घबरा गया, कहीं नीला तो नहीं पड़ रहा ! पर बच ही गया। अब बस कभी-कभी पैर डगमगा जाते हैं।"

मैं धक् से रह गया, कुछ पल आँखें फट पड़ीं। "अरे गोपी," मैं घबरा के बोल बैठा—"यह मर्ज़ तो दिमाग़ में असर कर देता है।"

"और क्या।" गोपी ने अभिमान से कहा। "इसके कीटाणु दिमाग़ में पहुँच जाएँ तो फिर बचाना मुश्किल है।" फिर अट्टहास के साथ बोला—"मुझे शक़ है कि मेरे दिमाग़ में घर बना ही लिया था इन्होंने ! ऐसा सिर में दर्द उठता। और पता है मुझे क्या इच्छा होती ? कि उठकर नाचूँ, पागलों की तरह !"

मुझे बहुत बुरा लगा। "यार इतने लोग हैं आसपास, फ़ोन नहीं करवा सकते थे ? किसी के संग घर आ ही जाते। तुम्हारी तीमारदारी तो क़ायदे से हो जाती।" मोटापे के बावजूद वह मुझे पीला-पीला लगने लगा।

गोपी ने बिन गिलाफ़ के तकिए पर टेक लगाई। "ऐसी कोई परेशानी समझ में नहीं आई। पड़ोसी तो थे ही, खाना-वाना पहुँचा देते थे।"

"फिर भी।" मैंने प्रतिवाद किया। "अकेले...ऐसी हालत में...तुम्हारे यहाँ तो पानी भी भर के रखना पड़ता है।"

"अरे वो तो महरी करती है।"

"तो भी यार। दरवाज़ा ही खोलने-बंद करने मरीज़ खुद उठे..."

"वह तो मैंने खुला ही छोड़ रखा था।"

"फ़िस्" मैंने झिड़का। "तुम्हारा भी जवाब नहीं। यह कौन सा अंदाज़ है जीने का ? पिग हो रहे हो। घर को पिग स्टाई बना रखा है। यहाँ नहीं

आएगी बीमारी तो और कहाँ ? चद्दर भी लगता है वही मलेरियल चल रही है।"

"नहीं" उसने सफ़ाई पेश की। "यह और पहले से लगी है। लेकिन तौलिया बदल दिया है...हाँ भई..." उसने मेरे चेहरे को देखकर आश्वासन दिया, "कल ही निकाली है, धुली हुई।"

"सुअर कहीं के।" मैंने गाली बकी। "ठीक कैसे रह सकते हो ? ताज्जुब तो यह है कि मोटापा फिर भी बरक़रार है।"

"नहीं दोस्त" गोपी ने उमंग से कहा। "पूरे तीन किलो वज़न घटा है, यही तो एक फ़ायदा हुआ है। अभी ही पड़ोसी के यहाँ देखा था। मुझे लगता है उनकी मशीन कुछ गड़बड़ है, ज़्यादा दिखाती है।"

"मुझे नहीं लगता।" मैंने बेरहमी से टोक दिया।

असल में मुझे बहुत ही बुरा लग रहा था। कॉलेज का यार है अपना। हालाँकि जितना ही मैं सीधा चलता हूँ, उतना ही यह आड़ा-तिरछा, गिरता-पड़ता चलता है। पर कुछ भी हो दोस्त है। शुरू से ही प्रपंची राम है यह। छात्र यूनियन, यूनीवर्सिटी जरनल, कॉलेज नाटक मंडली, इन सब के फेर में ज़्यादा, पढ़ाई के चक्कर में कम। फिर भी साला इम्तिहान में मुझसे बहुत पीछे तो नहीं आता था। पर मन उसका दूसरी ही उड़ानें भरता। तीन बार इलेक्शन भी हारा और एक बार तो केवल दो वोट से। पर पछाड़ खाने के दूसरे ही क्षण उसी गरमागरम उत्साह से फिर उछल पड़ना, यह तो उसकी मोटी चमड़ी का ही कमाल होगा। जितना ही पिटता है उतना ही कूदता है। तभी से ! आएदिन कोई-न-कोई बखेड़ा—हॉस्टल में बेहतर खाना हो, लड़कियों के संग बदतमीज़ी बंद हो, नेताओं के बच्चों के संग रियायत क्यों ? टी. पी. पार्क में तो कितने भाषण हुए हैं इसके। माइक का भी जोड़ नहीं था—इसकी आवाज़ कम, आवाज़ की गूँज ज़्यादा आती।

पर दोस्ती अपनी क़ायम है इस जन्मसिद्ध बखेड़िया से।

दोस्त को सैरेब्रल मलेरिया जैसा मर्ज़ हो जाए और ऐसे वक़्त भी मैं उसे कुछ आराम न दूँ यह कितनी बुरी बात है। गोपी पर गुस्सा आ गया, मुझे पता तक नहीं होने दिया।

सच तो यह है कि गुस्से के साथ-साथ कुछ अपराधभाव भी था। मन में बड़ी सावधानी से छिपे इत्मीनान पर, कि चलो अच्छा हुआ तब पहुँचा,

जब ख़ास कुछ करने को बाकी नहीं रह गया है। तभी ऐसे खुलकर डपट रहा हूँ।

बीमारी के दौरान इत्तेफ़ाक़न पहुँच गया होता तो घर ले ही जाता। चार रोज़ बाद ही जनाबा सुषमा शुरू हो जातीं—'गोपी को लाने को कहा था, उसके घर को नहीं।' यह गोपी की हवा ही कुछ ऐसी है कि जहाँ जाती है अपनी एक आँधी ले आती है। गोपी कुरसी पर बैठेगा तो उसका रुख इधर-से-उधर कर देगा, पलँग पर बैठेगा तो पलँगपोश मोड़ देगा, तख़्त पर लेटेगा तो तकिए को फुटबॉल बनाकर उसकी टेक लगाएगा। हर चीज़ यहाँ की वहाँ, वहाँ की यहाँ फेंक देगा। चुटकी भर में हौला-जौली का वह मंज़र होगा कि देखकर ही सिर घूम जाए—अस्त-व्यस्त फ़र्नीचर, मुड़े-तुड़े बिछावन, तौलिया, कुरता, रूमाल, किताब, गिलास, प्याला, छिलका, यहाँ-वहाँ कहीं भी। और श्री गोपीनाथ खुद मेहमान कमरे को छोड़कर हर कमरे में !

फिर भी बुरा लग रहा था कि यों मन-ही-मन चैन की साँस ले रहा हूँ। सुषमा पर भी गुस्सा आ गया। उसके संग मेरा अधैर्य और बढ़ जाता है। वरना क्या इतने साल नहीं झेलता था गोपी को ?

पर पिछले जाड़ों में गोपी ने नाक में दम कर दिया था। नज़ला-बुखार था और मैं उसे घर ले आया था। हाय-हाय कराहता रहता, हाथ दबवाता, पैर सहलवाता, सिर में तेल ठुँकवाता। रोनी आवाज़ में किसी-न-किसी को सिरहाने बैठाए रखता। बड़ी मायूसी से जो गरिष्ठ थे उन्हीं पकवानों की माँग करता। कुछ दिन तो हमें बेचारे पर बहुत तरस आया—कितनी तक़लीफ़ में है, आँसू नहीं रोक पाता। लेकिन एक दिन कहीं से लौटने पर खिड़की से देखा, गोपी बैठक में टी. वी. के सम्मुख बैठा किसी कॉमेडी पर भर-भर के मुसकरा रहा है। घंटी बजाई। नौकर ने खोला। अंदर आए तो गोपी बाबू नदारद—बैठक में भुतहा सन्नाटा, टी. वी. पर ढेर-ढेर ख़ामोशी ! देखा, आप मेहमान कमरे में रज़ाई में दुबके, बैड लैंप की मद्धिम रौशनी में हाय-हाय तड़प रहे हैं !

सुषमा के तो तेवर ऐसे चढ़े कि बस। उसके संग जो मरीज़ी रियायत की थी कि वह चप्पलें पहनकर बैठक में जा सकता है, फ़ौरन बंद कर दी। बहुत कुनमुनाए गोपी राजा, पर सुषमा ने एक न मानी। कह दिया कि जगह-जगह कालीन है, उस पर पैर रखो। ज़मीन पर डालने की ज़रूरत नहीं

है। 'पर सुषमा, मैं नंगे फ़र्श पर एक कदम भी रखूँगा तो पुनः बीमार पड़ जाऊँगा।' सबूत के तौर पर गोपी ने क्षण भर ठंडी ज़मीन पर नंगा पैर रखा और छींक दिए—'देखा'—हठी स्वर में बोले। पर सुषमा टस-से-मस न हुई।

है तो गोपी नमूना ही। फिर भी सुषमा पर क्रोध आ गया। बात-बात में चिढ़ना। मरीज़ के साथ भी मुरव्वत नहीं ? इसी बात पर खुश होगी कि चलो बीमारी टली तब सामना हुआ।

ऐसे में मैं काफ़ी जज़बाती हो जाता हूँ। आवाज़ भावुकता से लुजलुजाने लगती है।—"क्या यार ?"—मैंने उसके कंधे पर हाथ रखा। "दोस्त भी नहीं समझते ?" और न जाने कहाँ से आँख नम हो गई। "अब भी आ जाओ। कुछ दिन आराम कर लो। स्वस्थ हो के लौट आना।"

उस दिन तो गोपी ने मना कर दिया—'अरे अब आराम करूँगा तो डूब जाऊँगा। इतने दिनों से कुछ नहीं किया। एक रिपोर्ट तो फ़ौरन ही रवाना करनी है। आऊँगा...ऐसे ही किसी दिन...मिलने...रुकूँगा नहीं, पर हाज़िरी लगा जाऊँगा।'

पर मैं भी गोपी को कॉलेज से जानता हूँ। इतवार को दोपहर में घंटी बजी, मैंने सुषमा को आँख मारी, दरवाज़ा खोला और साक्षात् प्रभु के दर्शन पाए ! हू-ब-हू गोपीनाथ, द नेता, द समाजसेवक, द फ्री लांसर, द...!

"आइए, आइए, हमारे अहोभाग्य, हमारे पिछले जन्म का पुण्य, हमारे ज़हे नसीब, गुरुदेव स्वयं पधारे हैं !"

"अरे गोपी।" सुषमा आगे आई। "बदतमीज़, बेशरम, निकाल दूँ इसी वक़्त ? यहाँ नहीं आ सकते थे ? हम कोई नहीं ?"

गोपी ने इस कान से उस कान तक दाँत निपोरे। "ओ सुषमा। अब और न डाँटो। हो गई गलती, माफ़ कर दो। आइंदा कभी जो ऐसा किया।" उसका हाथ थामा—"और तुम कैसी रहीं ? बाल चेहरे की तरह गोरे क्यों कर रही हो ? इतना कलर कॉम्पलेक्स ? मेरी क्लास टीचर हुआ करती थीं एक, ऐसी ही। हम बच्चों से गाना गवाती थीं कि 'मेरी गुड़िया गोरी, प्यारी... तेरा कुत्ता बुद्धू, काला'। पहली लाइन मुसकरा के, दूसरी मुँह चिढ़ा के। तब मैंने टीचर से कह दिया कि मैं तो काला पाउडर लगाता हूँ।"

हँसकर सुषमा ने गोपी को अंदर खींचा। "चलो बैठो। गप्पी। चाय

बनाती हूँ। पर माफ़ नहीं करूँगी। ख़बर भी नहीं की। इतनी बार कहा एक पोस्टकार्ड ही डाल दिया करो। उससे तो आपकी शान में फ़र्क नहीं आ जाएगा।"

मैंने चुहल की–"इसे अपनी ख़बर खुद हो, तब तो दूसरे को दे। अभी बोलेगा कि कल निकल जाना है तो महीने भर टिक जाएगा; कहेगा कि यहीं पड़ा रहूँगा तो रात में ही रफ़ूचक्कर हो जाएगा।"

गोपी ने मुस्की मारी–"अभी बतलाता हूँ तुम्हें, मसख़री करता है ? पर चाय पी लूँ पहले, साँस लौट आए।"

जाती हुई सुषमा को हाँक लगाई–"ओ सुषमा कोई टीम-टाम मत करने लग जाना। सिर्फ़ चाय पिऊँगा, कुछ खाने की ज़रूरत नहीं है। हाँ, बना बनाया कुछ रखा हो...दालमोंठ या कोई और नमकीन तो वह भले ही दे देना, पर बनाना मत कुछ। और यह लो...अरे मेरा झोला कहाँ है...यह कलाकंद लाया हूँ...चखो ज़रा, बताना इतनी नायाब चीज़ कभी खाई है ?"

सुषमा ने पुराने तजुरबे से कहा–"तुम आराम से बैठो, मैं देखती हूँ क्या है ! वरना टोस्ट-वोस्ट बनाने में कौन सी देर लगती है ?"

"वाह" गोपी हठात् ही चिहुँक उठा–"टोस्ट इज़ बेस्ट। वाह-वाह, वाह-वाह। टोस्टर अब मुझको भी ले ही लेना चाहिए। साथ में ज़रा टमाटर और हरी मिर्च भी काट देना तब। या उबले अंडे हों तो वह।" फिर मानो ज़मीर खटका हो। "लेकिन अपने लिए भी लाना, सुनो, वरना नहीं, यह समझ जाओ !"

मैंने सिर पकड़ लिया–"शुरू हो गया न पोंगा महाराज ? तुम्हें तो ब्राह्मण पैदा होना चाहिए था।" मैंने तोंद की ओर संकेत किया।

"नहीं यार।" गंभीर हो के गोपी बोला। "बिलकुल सीरियस हूँ अब के। हाई प्रोटीन डायट। प्रोटीन को पचाने से जितनी कैलरीज़ खा के नहीं आतीं उनकी दूनी जल जाती हैं।"

मैंने ठहाका लगाया, "तभी मेरी याद आई। अब यहाँ अंडा, मछली, मांस का सफ़ाया होगा। चालबाज़, कंजूस, मुफ़्तख़ोर।"

"तुम्हारे ब्लैक की खपत करा रहा हूँ , शुक्र मान।" गोपी ने भी परिहास किया। "पर सच मुझे तो काम करना है यहाँ, देखा नहीं, टाइपराइटर साथ लाया हूँ ?"

"देखा है, देखा है।" मैंने हँसते हुए हाँ किया। "पहले भी देखा है।"

चाय आ गई। सुषमा ने प्यालियों में उँडेली। "कितनी चीनी ?"

"बस इतनी कि चम्मच खड़ा हो जाए।" अलग़रज़ अंदाज़ में गोपी ने कहा। "आजकल मैं एक नए प्रोजेक्ट में लगा हुआ हूँ। दो महीने में पूरा कर के दे देना है।"

"अब किस अचरित भूमि पर आपके कदमों के निशान बनेंगे ?" मैं हमेशा से उसकी इन योजनाओं का मज़ाक उड़ाता रहा हूँ। कॉलेज से ही वह ऐसा है—धुरीहीन, कभी इसमें डोलता, कभी उसमें मँडराता। हर चीज़ वह—कलाकार तो, योगशास्त्री तो, पाकज्ञानी तो, समाजसेवक वह, लेखक वह, बुद्धिजीवी वह। कोई ज़िक्र छेड़ दे और गोपी धकापेल बोलने लगता जैसे सर्वदर्शी, सर्वज्ञानी हो। कम जाने तो, ज़्यादा जाने तो। उसे खुद भी नहीं मालूम रहता कि कब बड़ी सटीक बात कह गया, कब निरा उल्लू रह गया। बस, उसका भाव नहीं बदलता कि हम-हैं-जानकार। हम भी घबराए रहते कि कब अपने संग हमारी भी फजीहत कराएगा और कब हम भी उसकी दमक में कुछ चमक उठेंगे।

रोहित 'आबशार' जी अपने नए उपन्यास की चर्चा कर रहे थे, तब यह जनाब बारंबार अपनी धुन छेड़ दें।—'बस अब तो मैं भी नॉवेल छपा डालूँगा। मुझे तो कुछ करना ही नहीं है, बस, उन पहाड़ियों से जो किस्से-अनुभव सुने—जाने हैं उन्हें ले के पन्नों पर उतार भर देना है। ऐसी-ऐसी बातें हैं। हाँ, भाषा पर ज़रूर ख़ास तवज्जुह दूँगा। अंग्रेज़ों ने हमारी भाषा का ऐसा ध्वंस किया है, ऐसे उखड़ गए हैं हम अपनी रंगीन मुहावरों-कहावतों की ज़मीन से कि बस ठस्स खिचड़ी ज़बान ही बोल पाते हैं अब। नहीं... इसका तो सुधार मैं करूँगा...।' बार-बार हम 'आबशार' जी की तरफ़ मुख़ातिब होते, पर वे हैं सरल इनसान, चुप हो जाते और गोपीजी रेलगाड़ी की तरह...।

पर कामिल की इसने केवल नब्ज़ देखकर उनके रोग का निदान बतला डाला। वह आज भी गोपी की बखानते नहीं थकते।

वैसे ज़्यादातर तो मेरे बिज़नेस कॉलीग आते हैं। उनमें गोपी की लंबी-चौड़ी 'थ्योरीज़' और आयँ-शाँय पड़ती उसकी ऊँची-ऊँची लफ़्फ़ाज़ी कि 'ऑरगैनिक इंटलैक्चुअल है कोई' और 'इससे उसकी ऐटीट्यूडिनल

ऐंबीवलेंस झलकती है' और 'यही कमज़ोरी है पौज़िटिविस्ट अपरोच की' आदि, खूब रंग जमातीं !

और भी एक बात है। ऐसी महाफ़िलों में सुनता कौन है ? इस ताक में रहते हैं सब कि कब बोलनेवाले का हलक सूखे और वह पल भर जो रुके कि फिर उसकी बोलती न खुलने दें !

तो अब की पारखी गोपीनाथजी किस पर एकदम अभिनव काम करने चले ?

पता चला कि अब के आज़ादी के बाद से एक अकाल-पीड़ित प्रदेश के मौसमेहाल पर बहुत माल जुटा लिया है और उसी के आधार पर रिपोर्ट टाइप करनी है। अकालों की क्या वजह है, किस हद तक आदमी खुद ज़िम्मेदार है, सरकार हस्तक्षेप करती है तो कहाँ और क्यों, अकाल पीड़ितों की गुहार कौन सुनता है, क्या मदद की जाती है, लोग अकाल से कैसे जूझते हैं, अकालों से किनको फ़ायदा हुआ है, किनको नुकसान हुआ है, अलग-अलग तबकों पर क्या प्रभाव पड़ा है, पैसिफ़िक में उठती हवाओं का इस मुल्क के मौसम से क्या ताल्लुक है, ख़ास औरतों पर क्या असर हुआ है यानी अकाल की वजह से उनका शोषण बढ़ा है क्या, ज्वायंट फ़ैमिली टूटी हैं क्या, माडर्नाइज़ेशन देश को तबाह कर रहा है क्या ? मतलब कि बेतरतीब हिसाब से राजनीतिशास्त्र, भूगोल, अर्थशास्त्र, समाजशास्त्र, इतिहास, धर्मशास्त्र, दर्शनशास्त्र, अनेक शास्त्रों के औज़ारों का इस्तेमाल करके न जाने कितने सवालों के जवाब देने हैं !

"चुप-चुप !" मैंने हाँफ़ते हुए कहा। "थक गया मैं !"

अब बोलूँ भी तो साफ़ से .ज्यादा साफ़ क्या बोलूँ ? महीने-दो महीने में कितना हो सकता है, इसकी मुझे भी कुछ समझ है !

"उफ़ गोपी। बाज़ नहीं आओगे। यह भी करोगे, वह भी करोगे...। किसी एक बिंदु पर नज़र केंद्रित करो...।"

"वही-वही।" गोपी ज़रा भी विचलित नहीं हुआ। "पर उसके चारों ओर बहुत कुछ जोड़ना है।"

"गोपी तुम भी !" मैंने खीजकर कहा। "जोशोख़रोश से हर तालाब में कूद पड़ते हो। समझते हो, मगर पकड़ के लाओगे, पानी उछालकर चले आते हो। फिर भी कभी नहीं चेतोगे !"

कैसे कोई सही शुरुआत करके एकदम से संतुलन खो बैठता है और धड़ाम से गिर पड़ता है जिससे जो गर्द लग गई थी, वह तक झड़ जाती है, इसकी जीती-जागती मिसाल है गोपी।

"अभी सुनना, तब बोलना।" गोपी मज़े में बोले चला गया। "सुषमा तुम्हें भी सुनाना पड़ेगा। फ़ाइनल ड्राफ़्ट तो तुम्हारे सुझावों के बाद ही होगा।"

मैंने माथा पीट लिया। सब होगा—पहला ड्राफ्ट, इधर-उधर घसीटी कुछ लाइनें, आते-जाते तर्क—सब होंगे। बस, शायद फाइनल ड्राफ़्ट ही नहीं होगा।

बहरहाल इन दिनों ड्राफ़्टों की नौबत नहीं आई। बक़ौल सुषमा के 'तुम्हारा दोस्त टाइपराइटर को छोड़कर सब जगह मँडराता रहता है।'

मैं तो ऑफ़िस में खटता। लौटता तो सुषमा मुँह फुलाए मिलती। जानता कि न पूछूँ तो सूजन बढ़ेगी, इसलिए एकांत पाते ही पूछ डालता—"आज क्या किया उन्होंने ?"

वही—हर कमरा उसका कमरा लग रहा है, कुरसी लॉन में ले जाता है और वहीं धूप में दिन भर पड़ी रहती है, आदि आदि। आजकल पकाने की धुन सवार है। या यूँ कहें पकाने में दखल देने की। अब बावर्ची ने शिकायत शुरू की है—'बाबूजी से कहिए। हर वक़्त मैं बरतन धोता हूँ और रसोई साफ़ करता हूँ। बाबू साहब सूखे मसालों में गीला चम्मच डाल देते हैं, तेल के हाथ फ्रिज पर लगा देते हैं...।' गोपी को भी बावर्चीखाना खूब रास आया, जब देखो, तब वहीं घुस जाएगा—'क्या बना रहे हो ?...थोड़ा सोंठ भी डाल दो...क्या सोंठ नहीं है ? मसाले भी पूरे नहीं रखते...ऐसे नहीं महीन-महीन काटो...अरे चाकू तेज़ कर लो, घिस के...थोड़ा धनिया पत्ती दो... तो ले आओ चवन्नी का, नाके पे सब्ज़ीवाली अभी होगी...दूर कहाँ है, बस जाओ और आओ।'

इस सब के दो नतीजे होते। पहला यह कि आएदिन आम भोजन के साथ कोई-न-कोई नई मज़ेदार चीज़ भी होती। कभी खीर, कभी हलुवा, कभी भाजा, कभी चीला। दूसरा यह कि सुषमा रोज़ गोपी से कहती—'भई तुम टाइप करो, आराम करो। उसे पकाने दो। हम भी मुटा रहे हैं तुम्हारे साथ।'

पर गोपी ने गोपीपन न छोड़ा।

संतप्त भाव से मैं कह पड़ा—"होगे तुम महान् कुक, पर उस प्रोजैक्ट का क्या हुआ ?"

"पक रहा है, बस।"

"कब तक पकेगा ?" मैंने आजिज़ आकर कहा। "तुम तो कहते थे, सब पका-पकाया है ?"

"हाँ-हाँ वही बात है। बस, लिखने की देर है। शुरू करने को दो शब्द मिल जाएँ फिर तो दो दिन का काम है।"

"तो कब आएँगे वह दो दिन ?"

"आएँगे यार, अच्छे दिन भी आएँगे।" गोपी का वही मस्ताना अंदाज़। "और सुषमा तुमने बताया ही नहीं कि सालन कैसा पका है ? खास आपके लिए तो हम बनाते हैं, आप हैं कि घास नहीं डालतीं।"

"हम्म, बहुत बढ़िया।" सुषमा की कुढ़न भी खाते वक़्त काफूर हो जाती है ! कम चटोरी नहीं है वह !

"अरे अभी तो देखिए, क्या-क्या आपकी ख़िदमत में पेश करता हूँ। सच एक दिन मैं एक होटल ज़रूर खोलूँगा। कम दाम और लज़ीज़ खाना। पता नहीं कोई ऐसा क्यों नही कर पाया आज तक ? या तो फ़ाइव स्टार में जाएँ या फिर कचड़ा खाएँ। मैं दिखा दूँगा कैसे..."

"अरे चुप कर" मैंने डाँट लगाई। "यहाँ की दूध, मछली चाँपे जाओ, अकाल पर लिखने के बजाय यहीं पर अकाल ले आओ।"

"हा हा" गोपी खिल उठा "भुगतने पर ही तो दर्द उमड़ेगा। हृदय विदारक रिपोर्ट तभी तो बनेगी !"

शाम को टी. वी. के आगे फिर शुरू हो गया—"यार यह एक्टर मुझे कभी समझ नहीं आया। तीन के बाद चौथा भाव नहीं है इसके पास, पर आप लोग कहते हैं यह ऑल टाइम ग्रेट है। हमारी ही समझ खोटी होगी, पर अपने तो पल्ले पड़ता नहीं इसका कोई कमाल। फ़िल्म भी देखिए, इसे आप आर्ट फ़िल्म कहते हैं, कितना घटिया फ्रेम है...और वह कॉम्पोज़िशन देखिए, इधर काम में फँसा मज़दूर, उधर गोल-गोल घूमता पंखा...बहुत ही बनावटी है...। अब मैं अपनी फ़िल्म बना ही डालूँ। कुछ लोगों से बात भी हो गई है। एक परदेसी...और आदिवासी...उनकी स्वच्छंद आज़ादी...परदेसी की असहज बनावटी आज़ादी...नंगा समझकर नंगा होना...परदेसी उनकी

कला को शहरवासियों के 'कैदखानों', यानी गैलरीज़ में लाता है...तो उस सहज उन्मुक्त कल्पना का क्या होता है..."

"ओ भाई साहब" मैं चिढ़ गया। "अकाल का क्या हुआ ?"

"हो रहा है, हो रहा है।"

"सो तो है।" मैंने जैसे बड़ी गूढ़ बात कही।

दो हफ़्ते हो चले। रिपोर्ट अब आई, तब आई। टाइपराइटर शांत, सारा घर अशांत। हँसी, स्नेह, खिजाहट, इन सब का मिला-जुला मौसम था।

सुषमा कहती ही है कि 'दोस्ती में क्या संभव है ? तुम खुलकर कह दो, वह खुलकर हँस दे। इसके आगे क्या कर सकते हो ?'

आलम यह कि मैं कहना शुरू ही करता–"अरे गोपीनाथ !..."

और वह चल पड़ता–"वही कर रहा हूँ यार। हर वक़्त रिपोर्ट ही मेरे दिमाग़ में गोते खा रही है। कुछ भी करता हूँ, भीतर उसी पर मनन चलता है।" फिर मुझे ही लताड़ने लगता।–"तुम तो अटके रिकार्ड हो गए। मेरा ख़याल है तुम ही लिख दो, इस तरह उसमें निरत हो कि ज़रूर अच्छी बन जाएगी !"

शाम को बोला "चलो ज़रा ताज़ी हवा खा लें। सोचते-सोचते दिमाग़ भन्ना गया है।"

हम काफ़ी दूर निकल गए। टी. पी. पार्क जा पहुँचे। वहीं झाड़फानूस के नीचे बैठ गए। पेड़ से गिर बड़े-बड़े सुर्ख फूल इधर-उधर बिछे थे और ऊपर शाखों पर लंबे, लौकीनुमा सूखे फल झूल रहे थे। सूरज गुरुब हो चुका था और झाड़ियों की आड़ में बैठे जोड़े अर्धनारीश्वर की छवि का आधुनिक प्रतिबिंब लग रहे थे।

ऐसा ही एक जुड़ा–माफ़ी, जोड़ा !–अचानक यों छिटककर अलग हुआ जैसे खौलते तेल में पानी की बूँदें। उनकी ऊँची उठती आवाज़ों में घोर आक्रामकता उमड़ पड़ी।

"देख रहे हो ?" गोपी का दिमाग़ दौड़ने लगा। थ्योरी गाँठने का उसे परम शौक है। "यह है हमारे समाज की श्लील-अश्लील की परिभाषा। किसी तीसरे के आगे बीवी या महबूबा का हाथ पकड़ लीजिए या दूर से ही प्यार जतला दीजिए तो आप जैसा बदतमीज़ कोई नहीं, हम शरीफ़ यह गंदी हरकतें बरदाश्त नहीं कर सकते। पर भरी सभा में चीखिए, चिल्लाइए,

वह जायज़ है।"

कि तभी तड़ाक का एक ज़ोरदार विस्फोट हुआ और आदमी ने औरत के गाल पर कस के एक चाँटा रसीद कर दिया।

मैं तो किसी को डगमगा के गिरते देखता हूँ तो भी झेंप के गरदन फेर लेता हूँ, यहाँ तो एकदम ही सकपका उठा। फ़ौरन ही आँखें विपरीत दिशा में मोड़ लीं और निकल चलने को हिला।

कि पता चला गोपी तो मेरे बगल में है ही नहीं। या खुदा ! वह तो उधर ही...

एक पल में सब कुछ एक साथ घटित हो गया—मेरा कलेजा मुँह को आया, उस आदमी ने उस औरत का झोंटा खींचकर उसे घास पर गिरा दिया और गोपी ने उस आदमी की मारने को उठी लात को झटके से खींचा कि वह आदमी मुँह के बल वहीं गिर पड़ा।

देखता हूँ कि कुछ वह आदमी खुद उठा, कुछ उसे गोपी ने उठाया और लगा उसके मुँह पर मुक्के मारने। "बेशरम...लुच्चे...गुंडागर्दी करता है ? तुम जैसों को प्यार से बैठकर कुछ भी समझाना नामुमकिन है। एक-दो दाँत तुड़वाए बगैर तुम्हारी अक़्ल ठिकाने नहीं आएगी। लिफ़ाफ़े की तरह फाड़कर चिंदी-चिंदी कर दूँगा। समझता क्या है, कोई गेंद-गुब्बारा है औरत कि जैसे चाहा उछाला-लुढ़काया ? इ-स्साले अभी सिखाता हूँ कैसे रहना चाहिए, औरत को क्या समझना चाहिए।..."

मैं तो कब का निकल गया होता, इस गोपी ने तो जहाँ कुछ नहीं था, वहाँ इतना बड़ा बवाल मचा दिया।

तभी हवा की तरह सनसनाती हुई वह औरत लपकी और उछलकर उन दोनों के बीच पहुँच गई—"हटो..."—गोपी को धक्के मारे—"छोड़ो...बदतमीज़...आप होते कौन हैं कानून बघारनेवाले ? यह हमारा निजी मामला है।

गोपी कुछ इतनी अचानक रुका कि मैं लड़खड़ा गया ! पल भर पहले लट्टू की तरह फिरकता और अगले ही पल एकदम स्थिर ! पर चेहरे पर स्तब्धता न थी। संयम था। दृढ़ संयम।

"देवीजी," उसने भद्रता से कहना आरंभ किया। "बीच आबादी में कुछ भी घटे तो वह पब्लिक मामला है। और सच मानिए कुछ बातें प्राइवेट

में घटें तो भी निजी नहीं हो जातीं। जैसे औरत को जलाना-मारना। यह सलूक हमारे समाज का कोढ़ है। हम सब की ज़िम्मेदारी है कि इसे रोकें। घर के बाहर या घर के भीतर अन्याय तो अन्याय है, हम चुप बैठें तो वह पाप है। आपको भी ज़ुल्म को इस प्रकार शह नहीं देनी चाहिए। आपको लड़ना है। इसे आड़ दे रही हैं, यह आपकी कमज़ोरी है। स्वार्थी समाज ने आपको यह ग़लत सीख दे रखी है, जिससे आप खुद ही अपने शोषण में सहयोग करें। यह डर उन्होंने अपने हित के लिए ही आप में भर दिया है। यह सब मान लेना आपका अपराध है। आप कमज़ोर नहीं हैं। आप सबको मिलकर इनके अच्छे अच्छों को ठीक कर देना है। बेज़ुबानों की ताक़त का इन्हें अभी अंदाज़ नहीं है।...''

उसकी आँख में शरारे बन के कुछ चमका। मैं भौंचक्का, कुछ लज्जित—खुले में यह मार-धाड़, तमाशा।

गोपी विनम्र वाणी में भाषण देता रहा। नारी काँपते हाथों से बहते काजल को पोंछती न सुन रही थी, न ही सुन नहीं रही थी।

उधर वह आदमी सँभला। उसके हताहत अहं ने उसे धिक्कारा। वह तिलमिलाया। पगलाया। पास पड़े एक ख़ासे बड़े पत्थर को उठा, आँखों में ख़ून उतार, गोपी के सिर की तरफ़ कूदा।

गोपी ने बिना कौमा, विराम, के अपना उपदेश जारी रखा, बोलते-बोलते 'ख़ूनी' की तरफ़ मुड़ा, हिक़ारत से उसे देखा और मानो मच्छर उड़ाकर उसे भूल गया। निगाहें वापस स्त्री की तरफ़—''नमस्कार बहनजी। बुरा न मानिएगा, सँभलना आप ही को है।''

अनायास पत्थर उठाए हाथ नीचे लटक गए और पत्थर किसी कंकड़ की तरह क्षीण पकड़ से छूटकर लुढ़क गया !

''चलो चलें।'' गोपी घूमकर ऐसे आया कि जैसे अभी-अभी अठन्नी में खरीदी मूँगफली का आख़िरी दाना 'पट' से तोड़कर हवा में उछाल मस्ती से मुँह में 'कैच' कर लिया और अब पैंट झाड़ के घर लौटने को खड़ा हो गया ! मैं कठबुद्धी-सा उसके साथ-साथ चल दिया।

जैसे-जैसे मेरी चेतना वापस लौटने लगी वैसे-वैसे मेरी दहशत बढ़ती गई। मानो अब जा के भलीभाँति समझ पाया हूँ कि क्या हो सकता था। वह आदमी आपे में नहीं था, पत्थर से सिर फोड़ ही देता तो, कहीं उसके

पास चक्कू-छुरी होती तो ? वह अकेले दो का झगड़ा न होकर पूरे हुजूम का पागलपन होता तो ?

मेरा संतप्त मन थर्रा उठा। क्योंकि मैं जानता था तब भी गोपी इसी तरह जान-माल के खतरे के प्रति सहज बेपरवाही के साथ बीच-बचाव करने कूद पड़ता।

पिटता तथा और उछलता।

एक धुरीहीन व्यक्ति का मनमाना आवेश नहीं था यह, बल्कि लंबे अनुभव से हासिल हुआ परिपक्व साहस था।

"गोपी..." मैंने मुँह खोलना चाहा, पर डर से घिग्घी बँध गई थी।

घर पर सुषमा ने काफ़ी कुछ वह सब कहा जो मेरे गले की चीख में अटक गया था।–"बेवकूफ़। कुछ हो जाता तो ? शेख़ी बघारना ज़रूरी है ? करना-धरना कुछ नहीं..."

मुझे लगा कि शायद करने-धरने की बात हम तो नहीं ही कर सकते।

"पागल कहीं के..."–सुषमा भी घबरा गई थी–"ज़रा सोच-समझकर क़दम रखते तो आज तक..."

"तुम्हारे मियाँ की तरह ब्लैक मार्केटियर होता न ?" गोपी मगन था।

"कुछ तो बन ही गए होते। यहाँ तो बस..."

और मैं सोचता जा रहा था, सोचता जा रहा था। कि एक होता है समतल रास्ता जिस पर चिर-परिचित मोड़ आते हैं। जो स्वाभाविक लगता है, सही भी लगता है। किस क़दर नंगा हो जाता है वह शख़्स दुनिया के आगे, जो इस जानी-पहचानी राह पर न हो। उससे ऊँचे काम की कितनी कड़ी माँग होती है। साधारण होना भी उसकी बदनामी का कारण बन जाता है। किस आसानी से वह जीवन असफलता में ग़र्क़ होता मान लिया जाता है। क्योंकि सफलता माने सधे-पहचाने मुक़ाम–अफ़सर, प्रोफ़ेसर, रईस...।

"देखने की बात तो यह है कि क्यों औरत पिटना सहज मानती है और लड़ना-बचना शर्मनाक ? कौन सी यह घबराहट है कि पढ़ी-लिखी औरत भी पति की क्रूरता सहने में वह अपमान नहीं समझती जो उससे लड़कर अलग होने में देखती है। उसकी यह मानसिकता ही उसे ले डूबती है। बाहरवाला एक बार बचाएगा बार-बार तो नहीं। और वह फिर

उसी तरह अपमानित होती रहेगी...। सोचता हूँ, अब मैं इस पर लिख ही डालूँ...। नोट्स तो बने रखे हैं। बस, लिखने की देर है। अब जुट ही जाऊँगा...इसी साल के अंत तक इस विषय पर किताब छपा डालूँगा...।"

गोपी शुरू हो गया था !

खीज, सस्ती दारू की तेज़ी से, मेरे मन-मस्तिष्क पर एक बार फिर चढ़ने लगी !

पिलाकी माने फय

मैंने कहा मुझे संपादक महोदय से मिलना है। 'नहीं भई, अभी दो अपॉयंटमेंट। तब से कितने तो फ़ोन मिला चुका हूँ आपके ऑफ़िस में। यह भी नहीं होता कि बात न हो पाएगी तो फ़ोन एनगेज्ड मिले। कम-से-कम पैसा तो न लगे। लेकिन फ़ोन उठेगा ज़रूर और फिर कि संपादक की लाइन बिज़ी। पता नहीं आपको लोकल कॉल का पैसा लगता है—एक रुपए का सिक्का ?'

"पता नहीं आपको", मैंने पूछा।

पता है सैक्रेटरी बोली, "लेकिन फ़ोन पर अपॉयंटमेंट देना मना है। आप आइए, अपॉयंटमेंट मिल जाएगा।"

"आऊँ ! क्या खूब कही ! यानी जाऊँ—दो रुपए बस का भाड़ा। अपॉयंटमेंट लूँ। फिर आऊँ—दो रुपए बस का भाड़ा। फिर जाऊँ अपॉयंटमेंट दूँ—दो रुपए बस का भाड़ा। और मिल के आऊँ—दो रुपए बस का भाड़ा।"

"चूना हुआ ना आठ रुपया ?"

"जी", वह बेरहमी से बोली, "यह 'सरस्वती' का ऑफ़िस है, जिनका वाहन हंस है, मोती चुगे जाते हैं यहाँ, जाइए नहीं तो कागा-कबूतरों के पास।"

हाय रे, यह कैसे हो सकता है ? चिंतित हो गया। 'सरस्वती' के फ़ोन नंबर को पेंसिल से खींच के घेरेबंद किया कि बाक़ी नंबरों में मिल न जाए। (फ़ोन पैड—इधर-उधर से जुटाए कागज़ के टुकड़ों को एक में बुन दिया था मिसेज़ ने—के ऊपर के पन्ने पर अभी एक इंच कोना खाली था तो फाड़ना मना था।) सोचा, मान लो आठ रुपयों की मशक़्क़त के बाद बात बन जाए तो फिर मिलेगा पाँच सौ रुपए माइनस आठ, बचे चार सौ बानबे। जेब वज़नदार लगने लगी और मैंने हाथ उसके ऊपर हवा में यों रखा जैसे भरे-भरे बटुवे को ढका हो। चलो ले लेते हैं 'रिस्क', पैसे का

मामला है आख़िर।

पर मिसेज़ को कैसे समझाएँ कि पैसों के संग थोड़ी सट्टेबाज़ी करनी चाहिए। वह तो यों दबा देती हैं पैसा जैसे धर्मपत्नी नहीं, बुलडोज़र हैं। मुझ ही से लेकर। कमानेवाला मैं, लेकिन हाथ में कानी कौड़ी नहीं मेरे।

तभी तो कल्पनाशक्ति की धार घिस-घिस के पैनी करता रहता हूँ। इधर आठ आने बढ़ा, उधर एक रुपया बढ़ा, जुगाड़ कर ही लेता हूँ दस-बारह रुपए की। कोई-न-कोई आइडिया लगा ही लेता हूँ।

मानता हूँ, ये वाला आइडिया राजू से मिला। उसी ने बताया कि 'सरस्वती' पाँच सौ रुपए देती है। बाक़ी तो अव्वल देते नहीं, देते हैं तो लाख इसरार-इबादत के बाद, महीनों बाद सौ-डेढ़ सौ पकड़ा देते हैं। अधिकतर तो डायलॉग देते हैं, राजू ने सुनाया, कि अजी पैसे भूल जाइए, आपकी कृपा से तो हम ज़िंदा हैं, वरना पत्रिका आज बंद, कल बंद, अब आप दग़ा न दीजिएगा और यह राशि ऐसी भी नहीं कि उसके बिना आप घर से सड़क पर जा लुढ़केंगे, न ऐसी कि उसे पा के आप ग़रीब से लखपति बन जाएँगे !

तो बताइए, यही डायलॉगी खाने जाऊँ कागा-कबूतर के पास ? नहीं जी, अपने लिए तो यही होंगी, नीर-क्षीर अलग करनेवाले हंस पर विराजमान देवी। जय सरस्वती !

हाँ, अंग्रेज़ी में लिख पाता तो इतना फ़र्क नहीं करना पड़ता। न फ़ोन और बस पर इतना सोच-विचार करना पड़ता। ब्रिटिश राज गया, पर राज गया ? देखिए, अंग्रेज़ी की कीमत—बंसल साहब का बेटा अंग्रेज़ी के अख़बार में ऐरे-गैरों से भेंटवार्त्ता छाप देता है और एक बार के एक हज़ार। (मैंने एक बार लंच टाइम में शब्द गिने थे, पूरे हज़ार थे। समझे बात कि एक अंग्रेज़ी शब्द, मूल्य एक रुपया ? सोचकर गुदगुदी होती है।)

किंतु मैं बहुत बचपन से राष्ट्रवादी हूँ और राष्ट्रभाषावादी भी। कक्षा नौ के बाद से तो याद है, हूँ ही। उसी कक्षा में मेरी एक ग़मगुदाज़ कविता की टीचर ने खिल्ली उड़ाई थी और भरे क्लास में पढ़ के सुनाई—

'फ़ॉग-फ़ॉग, वैरी फॉग
इन माई हार्ट इज़ सो वैरी नाइट'

उन्होंने मेरे अहं को बिलकुल 'स्मैश' कर दिया।

पर उसी 'स्मैशिंग ईगो' की बदौलत मैं आज इस मिट्टी का सच्चा सेवक हूँ। सही है कि दमन का फ़ायदेमंद पहलू भी होता है। मैं नौवीं कक्षा से अंग्रेज़ और अंग्रेज़ी को उनके लायक़ हिक़ारत से देखता हूँ। डॉलर-पाउंड के लालच में उनका हिमायती कोई हो जाए, मैं नहीं। मुझे आप नहीं खरीद सकते।

लेकिन 'सरस्वती' की अपनी शान है। जब से राजू ने बताया मेरा जी डोल रहा है कि भई राष्ट्रभाषा और साहित्य की सेवा हो जाएगी। लगे हाथ कुछ पैसे भी बन जाएँगे। और मिसेज़ भी खुश हो जाएँगी कि हिरोइन चुनी गईं।

लेकिन पहली मुश्किल तो हल हो—'सरस्वती' पहुँचने के लिए बस का भाड़ा ? अपनी अंटी में हैं रुपिल्ले तीन और पैसे साठ। बाक़ी बिल्ली के पेट में। सो जैसा कि कहते हैं ना कि है मामला संगीन, कौन बाँधे बिल्ली के गले में घंटी ?

पर आख़िर अपनी कल्पनाशक्ति भी ऐसी कि कल्पना कम हो सके, शक्ति नहीं ! सही है मूल आइडिया राजू का था। उसी ने कहा था कि भाभीजी आप तो जीती-जागती कहानी हैं और मैं ज़रूर लिखूँगा जिसे कभी। पर आइडिया भर से क्या होता है ? उसी दिन मैनेजर साहब कह रहे थे किसी से कि आइडिया डज़ नॉट अकर इन वैक्यूम, माने कहीं परिवेश से ही 'अकर' करता है। सब वहीं से लेते हैं। हुनर तो अब है कि कौन मिट्टी ले के पलीद करता है, कौन मूर्ति गढ़ता है।

कहा राजू ने, पर उठाया किसने ? मैंने। और मन-ही-मन जोड़ा 'सरस्वती' से। भाभीजी, माफ़ी, मिसेज़ को, जो जीती-जागती कहानी हैं। सोचा, बच्चू, तुम लिखोगे जब लिखोगे, पहले तो पाँच सौ आएँगे यहाँ। यों संपादक उछालेगा, यों मैं लपक लूँगा—कैच ऑफ़ दी ईरा !

असल में एक और आइडिया भी राजू ने ही दिया था। हुआ ऐसे कि जब वह रौनकपुर गया था तो मैं भी साथ था, जहाँ वह बच्चा मिल गया जो खेल रहा था चिल्ला-चिल्ला के—

'पिलाकी माने फय
ढिलक न अफय

अफय मोरी गुइयाँ
गुइयाँ ने मारी अफय'

और एक मार के गेंद उछाल देता।

राजू एकदम से थम गया। देर तक उसे दिलचस्पी से देखता रहा। फिर पास बुला के जेब से मूँगफली निकाली और पूछने लगा, 'यह खेल है क्या ?'

मेरे पल्ले तो खेल पड़ा नहीं बच्चे के समझाने पर भी। न मुझे, सच पूछिए तो, कोई रुचि ही थी उसे जानने में। राजू को उसकी संस्था ने गाड़ी में रौनकपुर की ड्रेनेज सिस्टम पर शोध करने भेजा था—यानी जो नहीं है उस पर रिपोर्ट लिखने—और मिसेज़ को खरल चाहिए था जो रौनकपुर के पास पत्थरवालों की हाट में ढाई रुपए सस्ता मिलता था। मैं तो गाड़ी में सिर्फ़ इसलिए जा बैठा कि बस का भाड़ा बच जाएगा, बल्कि मैं झुँझलाने लगा कि फय-वय का नालियों से क्या जोड़ ? उधर बच्चा मूँगफली पाकर और इतराने लगा—कभी राजीव गाँधी बन के हम जीतेंगे या लूजेंगे करता, कभी धर्मेंद्र बन के मौसी गोइंग जेल एंड चक्की पीसिंग एंड पीसिंग करता, फिर पिलाकी माने फय करके गेंद उछाल देता। दोनों यारी-यारी में हँसे जाएँ, मूँगफली फिर टॉफ़ियाँ खाएँ। समय और पैसे की बरबादी !

लेकिन जब राजू ने कहा कि पट्ठे, कहानियाँ ऐसे ही उठाई जाती हैं और लिया वरबेटिम एक बालिग एक बच्चे की वार्त्ता छाप दी कहानी कह के और 'सरस्वती' से पा गया रुपए पाँच सौ, साथ में 'धुरंधर' कहानी की प्रशंसा, तो मेरा भी मन 'पिलाकी माने फय' करता उछला।

फिर क्या था—जब वह बोला 'सरस्वती' वाले पाँच सौ देते हैं और बोला भाभी आप कहानी हैं और उस शाम 'भाभी' ने मेरी जान साँसत में डाली आधा किलो पेड़े की खातिर और फिर लुटाने चलीं घर का घी और मेवा सुठौरे बनाने, तो मेरी कल्पनाशक्ति उछली पिलाकी माने फय, यों लिखते हैं पाँच सौ रुपए, माफ़ी कहानी, असल को जोड़ो, बुनो, कतरब्योंत हो कहानी तैयार। पॉकेट भी, कल्पना भी फूली-फूली !

लेकिन अभी चाहिए आठ रुपए। अपने जेब ख़र्च को नए कामों में लगाना मुझे मंज़ूर नहीं। रफ़ीक़ से माँग लूँ तो वह भी तो जेब ख़र्च से ही

लौटाना होगा। पान, सिगरेट, चाय पर कटौती यानी कि...।

मिसेज़ कपड़ों के मामले में तो ख़ूब समझती हैं कि रुतबा बढ़ाने के लिए ऊपरी चमक-धमक ज़रूरी है। मेरे नाप के महँगे सफ़ारी सूट ले रखे हैं कि फटे जाँघिया-बनियान का ऊपर अता-पता न मिले। अपने लिए भी कहती हैं, इतनी साड़ियाँ तो हों कि अदल-बदल के पड़ोसियों को भुलावा दे पाएँ कि एक और नई, हर बार नई। पर पान, सिगरेट, चाय खिलाने-पिलाने से भी मेरा कच्छा-बनियान छिपता है वह नहीं मानतीं। ऊपर की कमाई भी नहीं हो पाई है, क्या करूँ ?

कल्पना देवी, मैंने चिरौरी की।

येल्लो इतनी आसान बात न सूझी, कल्पना देवी ने प्यार से एक बोसा मारा। इसी कहानी—जिसे मैं शब्दशः उठाऊँगा और शब्दशः उतारूँगा—का वह दृश्य जब राजू बोला, भाभी आप कहानी हैं और दमक उठा 'भाभी' का चेहरा। वही कहो, दमकाओ मिसेज़ के चेहरे को। और बढ़ा दो हाथ।

'क्याऽऽऽ ? सच्ची-मुच्ची की कहानी ? मुझ पर आप लिखोगे ?' चमक गया 'हिरोइन' का चौखटा।

"हाँ रे। तुम तो जीती-जागती कहानी हो।" मैंने रुपयों और पैसों को जल्दी से जेब में ग़ायब कर दिया। "तितली-सी रंग-बिरंगी, रुपयों-सी कड़कड़ाती, सिक्कों-सी खनखनाती। लिखना क्या, बस वरबेटिम उतार दूँगा तुम्हें पन्ने पर और देखना जेब में..."

या खुदा ! ऐन पल पर ज़बान काट ली अपनी। पता चले जिस लिए इतनी क़वायद कर रहा हूँ, वह सारी मेहनत खुद ही गुड़-गोबर कर बैठा। मिट्टी पलीद, न कि मूर्ति ! पाँच सौ उन्हें ही थमाने थे तो फिर जो तनख्वाह पाता हूँ उसी से कौन कम मालामाल हूँ ?

अब सुनिए, धुरंधर कहानी तैयार है, पर संपादकजी मिसेज़ से भी बड़े तीरंदाज़ हैं। जिस दिन गया अपॉयंटमेंट लेने, उसके बारह दिन बाद का दिया ! नाम और रूप ऐसा कि मैं तो डर गया। श्रीमान धस्माना और लहीम-शहीम ! मैं अदना-सा मुलाज़िम एक बैंक की फ़ाइलों में अटका पड़ा, वे छपाक-छपाक इधर पत्रिका में ईस्टमैनकलर में चमकते, उधर टेलीविज़न पर प्रकट होते, कभी अख़बार से रुआब मारते।

पर महँगाई भी तो ऐसी कि हम मध्यवर्गीय बेचारे हिम्मत खो बैठें तो

क्या नहीं खो बैठते ? इसलिए मैंने फैलाई लकदक मुसकान, कुछ अपने मैनेजर की तरह और किया ऐलान मुझे एक कहानी देनी है।

बोले, "दीजिए।"

मैंने कहा, "अभी कच्चा मसौदा है, पर आश्वासन तो दीजिए कि लेंगे।"

"लिखिए तो।"

मैंने रंगीन चटकदार आवाज़ बनाए रखी और कुछ 'हम रोज़ कुँआ खोद के पानी पीते हैं, हो हो, कहना शुरू ही किया।

कि वे बोले—"अच्छी होगी बिला शक़ छापेंगे। आप लिख तो लाएँ। नैक्स्ट।"

मैं एकदम हड़बड़ा गया। मानो कच्छा झाँक पड़ा सफ़ारी सूट के पीछे से ! कोई बात नहीं बनी, कोई वादा नहीं, फिर शुरू से...? शब्द मुँह से फूट पड़े—बैंक के एक अदने मुलाज़िम की आवाज़ में—"क्या फिर अपॉयंटमेंट लेने के लिए चार रुपए लगाऊँ और फिर...?"

वे हँसने लगे—'कम इन, प्लीज़ टु सिट।' बोले, "सैक्रेटरी को नाम बता दें, मैं कह दूँगा फ़ोन पर अपॉयंटमेंट दे दे। इनका नाम नोट कर लो। हाँ जी कहिए।"

मैं थोड़ा मायूस हो ही गया था। उस शाम भटकता हुआ राजू के पास पहुँचा—"क्यों राजू बाई गॉड तेरी कहानी को हाथोंहाथ उठाया जा रहा है ?"

बोला वह—"देख मुझे कोई झूठा घमंड तो है नहीं। मैं जानता हूँ किस तरह की कहानी की आज माँग है, उसी हिसाब से कलम रगड़ता हूँ।" बोला, देखो, कहानी अगर दलित वर्ग पर हो—मैं मायूस हो गया—या नेताओं की उधेड़ती—मैं मायूस—या ब्रज या अवधी या भोजपुरी से भरी—मैं मायूस रहा—या सांप्रदायिक तनावों पर—वही मायूसी—या औरत के... मैं मायूस नहीं रहा, पूरा सुना भी नहीं, उछला पिलाकी माने फय, औरत, औरत। न आदमी, न जनखा, औरत तू ही तो है मेरी कहानी की जान !

मेरी जान, मैंने बीवी को गले लगाना चाहा। अब डरना क्या ?

पैसे का खेल सट्टेबाज़ी तो है ही। थोड़ा 'रिस्क' लिये बग़ैर कैसे चलेगा ? खुद पर विश्वास हो तो 'रिस्क' भी क्या ? मुट्ठी में है तक़दीर हमारी।

और मैं जुट गया उस दिन का शब्दशः ब्यौरा लिखने।

उस दिन

जिस दिन मिसेज़ ने मेरा ब-मुश्किल हासिल माह खर्च ज़ब्त कर लिया; क्योंकि मैं उन्हीं के कहे मुताबिक वह पेड़े लेने गया जो फिर उन्हीं की नई हिदायत मुताबिक नहीं लिया, लेकिन जो इस बीच उन्हें तेनसिंह और हिलेरी की तरह साँस ऊपर-नीचे करनी पड़ी, उसकी भी कोई कीमत है कि नहीं ? जिस दिन फिर डाँट के बोलीं, 'लाए नहीं पेड़े, जाओ अभी' और मुझे अपने ही पॉकेट मनी से रिक्शे का पैसा चुकाना पड़ा, उन्हीं पेड़ों के लिए जिनके आते या न आते मेरा माह खर्च ज़ब्त हो चुका था।

उस दिन हमारी मिसेज़ ने राजू और उसकी मिसेज़ को खाने पर बुलाना था।

खाने पर जाने-बुलाने का हमारे यहाँ पाई-पाई हिसाब चलता है। बड़े तो बड़े, बच्चों का भी।

जैसे हमारी बेटी सिल्की की 'हैप्पी बरडे' में उसे ही बुलाया जाता है जिसने बेटी को बुलाया था। उस दिन हमारी खाने की मेज़ के ऊपर रंग-बिरंगे पतंगी कागज़ डोर पर लटकते हैं जो साल-दर-साल 'बरडे' के दिन ही निकलते हैं, गुब्बारे टँगते हैं, केक बनता है और उस पर मोमबत्तियाँ (वर्षों से वही एक पैकेट) सजती हैं। बेटी प्रेजेंट पाते ही मुझे दे देती है, मैं देनेवाले का नाम न हो, तो फ़ौरन पूछ के उस पे लिख देता हूँ और पार्टी के बाद मिसेज़ प्रेज़ेंट देखती हैं, जैसा जिसका वैसा उसे मिलेगा। कुछ तो ऐरो निकल आते हैं कि उन्हें ही किसी और के लिए तय-बंद कर देती हैं—अब बिस्कुट का पैकेट क्या खोलना, दे देना किसी की 'बरडे' में और ये तो चार-पाँच साल के बच्चे के लिए है, सिल्की, तुम तो बड़ी हो, अग्रवाल आंटी के बाबा को दे देना।

जो जैसा दे वैसा पाए। जैसी करनी वैसी भरनी। राजू की मिसेज़ ने क्या खिलाया, उसी टक्कर का हम खिलाएँगे। डालडा को डालडा, देशी घी को देशी घी।

ये कंजूसी नहीं, किफ़ायत है मिसेज़ आँख तरेरती हैं, और ये न करूँ तो जो इने-गिने नोट माह के माह पकड़ा देते हो उसमें ये लिविंग स्टैंडर्ड

न बन सकने का।

इसी किफ़ायत का करिश्मा कि हमारे यहाँ कोई चीज़ फिंकती नहीं जब तक कि बाक़ायदा बूँद-बूँद कतरा-कतरा न निचुड़ जाए। मंजन की ट्यूब देख लें, बात साफ़ हो जाएगी। जैसे गरमागरम लोहा कपड़े पर चला दिया हो। अभी भी फिंकने का दिन दूर है। अभी ट्यूब फाड़कर खोला जाएगा और टूथब्रश उस पर रगड़-रगड़ के मंजन के कण बटोरेगा।

फेंकने से दुश्मनी है मिसेज़ को। भाजीवाले की लारी से गिरी-फिंकी हरी मिर्च, धनिया पत्ती, कभी एक भिंडी भी, इस्तेमाल कर ली जाती है। माचिस की तीली तक बार-बार काम में लाई जाती है, यों ही दन से फेंक नहीं दी जाती। जी नहीं, कान साफ़ करने के लिए नहीं, खाना पकाने के लिए। एक तीली से गैस जलाई, उसी से दूसरी तरफ़ जलाया, उधर बुझाने के पहले फिर उसी तीली से इधर जलाया, फिर-फिर उसी से इधर-से-उधर जलाया। तीली एक काम अनेक।

एक ही में अनेक काम कर लेना इस घर का धर्म जानिए। रोटी सेंकी तो गरम तवे पर कल की सब्ज़ी फैला दी—बिना गैस लुटाए सब्ज़ी गरम। कड़ाही में कुछ पकाया तो जो घी लगा रह गया उसमें दाल गरम कर ली। मिसेज़ तो गैस भी खत्म होने के बाद, सिलिंडर उलटा करके ठोंक बजाकर दस मिनट और खींच लेती थीं, पर गैसवाले ने डाँट दिया कि इसी तरह सिलिंडर फटते हैं और दुर्घटना में हम बदनामी पाते हैं। तब से केवल हिल-हिल हिलाती हैं और दो मिनट और निकलती पीली-पीली लौ पर गरम चीज़ सूत भर और गरम कर लेती हैं।

धोवन का भी हमारे यहाँ खास चलन है। क्या धोवन नहीं जानते ? ऐसे खर्चीले ज़माने में ? जब कुकर में से कोई चीज़ उठा के फ्रिज में रखनी हो तो जो पेंदे में लगा रहा जाता है आख़िर कैसे निकालेंगे ? धोकर ही ना ? कटोरी भर पानी डालिए, हर तरफ़ से माँज-माँज के धोइए, और जो हलदिया जल है, जिस पर कुछ कण तैर रहे हैं, उसे बाकी के साथ फ्रिज में सहेज दीजिए। और वह जो दाल पर सफ़ेद थक्के हैं, दूध है—आठ रुपए किलो। जिस बरतन में दूध था उसी में दाल रख दी, ताकि खुरच आए सब माल।

अब खुरचन कहिए या धोवन कहिए या किफ़ायत कहिए या जी में

आए तो कंजूसी ही कह दीजिए, हम इसी के किए इज़्ज़त का जीवन बसर कर पा रहे हैं।

ज़ाहिर है उस शाम का 'मैन्यू' भी नाप-तोलकर तय हुआ। मीठा क्या रखा जाए मिसेज़ ने पूछा तो मैंने कहा जो गाजर का हलुवा रखा है। चढ़ बैठीं–चार किलो दूध पका-पका के बनाया है, गाजर भी खरीद की है, केवल शीरा उन गुलाबजामुनों का है जो फूल काका ले आए थे। और राजू के यहाँ क्या मीठा मिला था–श्रीखंड ! दही का दही ! ज़रा सा बादाम कतर के डाल दिया तो हमारे खोए से मुकाबला लेंगे ?

बोलीं वह पेड़े ले आओ, श्रीखंड भी तो बाज़ार का ही था।

सुबह से घर व्यस्त हो चला। महरी के सिर पर सवार हो के मैलामाइन का डिनर सेट अलमारी से निकला, धुला, पुछा। मेज़ पर कटवर्क का विदेशी प्लास्टिक मेज़पोश बिछा। यों तो हमारा ड्राइंग कम डाइनिंगरूम हमेशा सजा-सजाया रहता है, (मेरे सफ़ारी सूट की तरह !) पर उस दिन खास लकदक लाई गई। और कच्छा, बनियान, माफ़ी, अंदर के कमरों, पर भी तवज्जोह दी गई, क्योंकि कोई बाथरूम जाना चाहे तो भीतर आना ही होगा। बाथरूम में वही बैंगनी फूलोंवाली नर्म रोंएदार तौलिया टँगी, जो कल सुबह मिसेज़ खुद नर्मी से धोकर अंदर कर देंगी।

सब तय–फ़िट। मैं चला काम पे कि लौटते में पेड़े ले आऊँगा।

अब आप ही बताइए मुझे कहाँ से खबर हो जाए कि मेरे निकलते ही मिसेज़ को किचन की खटर-पटर में वह अमूल पाउडर मिल्क का डब्बा मिल जाएगा, जो बड़के भइया अपनी बेटी स्वीटी के लिए लाए थे और भूल से छोड़ गए। होली पर हमें उनके पास जाना था, पर गए नहीं सो डब्बा न लौटा, न इस्तेमाल के लिए याद रहा।

पहली चीज़ मिसेज़ ने देखी वह थी एक्स्पाइरी डेट–ठीक हफ़्ता भर पहले तारीख निकल चुकी थी। इतना सारा, इतना सारा दूध फिंक जाएगा ? न, न फूलबतिया को ही दे दूँगी, घोल के बच्चों को पिला दे।

दूसरी चीज़ मिसेज़ ने सोची कि ऐसे भी नहीं होती होगी एक्स्पाइरी कि आज की तारीख है तो रात बारह का डंका बजा नहीं कि दूध ज़हर हो गया ? तारीख का मतलब होगा कि बस अब और देर न करिए।

हाँ-हाँ और क्या मिसेज़ ने दूसरी चीज़ और ज़ोरों से सोची और चुटकी

भर पाउडर मुँह में डाल के उसके ज़ायके पे झूम उठीं।

तीसरी चीज़ सोची...कि होश गुम होने लगे। कि क्यों न इसी से आज शाम के लिए खीर बना दूँ ? खीर ? हाय पेड़े ऽ ऽ ऽ!

दौड़ाया महरी को बस स्टॉप, रोको उन्हें, पैसा फुँक जाएगा, पर मैं तो जा चुका था।

बताती हैं कि उनका दिल यों धक-धक-धक-धक करने लगा और दिन भर करता रहा। कि अब बैठा, तब बैठा ! कि हाथ-पाँव सुन्न पड़ गए, अब गिरीं, तब गिरीं ! और तो भी वह गईं धड़धड़ाती हुईं बाहर कि पाँच रुपए रिक्शे की दूरी पर पेड़ेवाले को ही आगाह कर आएँ।

दुकान अपनी थी इस लिहाज़ से कि वहीं से पेड़े लेते रहे थे। बोल आईं न देना हमारे मिस्टर को पेड़े और ये चिट्ठी हमारी दे देना। लौटते में इस अचानक आन-पड़ी फ़िज़ूलखर्ची की वसूली के फेर में एक शीशे का बयाम ले आईं, क्योंकि हमारे यहाँ नींबू के छिलके भी फिंकते नहीं—बयाम में चीनी, नमक, मिर्ची में डूब के अचार बन जाते हैं।

लौटीं, पर जो डर से कलेजा उछला था एकदम सही जगह लौटने में भी वक़्त लेगा ही। फिर बात भी ऐसी ही थी—मान लो खीर बना डालें और दुकानदार भूल जाए या मैं संदेश न समझूँ, मैं हूँ इसलिए, और पेड़े भी आ जाएँ तो...। उनका दिल फिर डरावनी रफ़्तार से कूदने लगा। अब हो देरी और बढ़े काम, पर खीर तो मेरे आने पर ही बनेगी पेड़े वाकई न आएँ तो ही।

जैसे-तैसे यह तय किया कि एक और खयाल कौंधा। कहीं मैं पाँच रुपए बचाने के लालच में, अपनी कंजूस-प्रवृत्ति के अनुसार रोबी दा के सस्ते पेड़े न लेने की ठानूँ ! सुना उनका हार्टअटैक मुँह को आ गया, (तभी बेशक हार्ट बच गया !)—यहाँ दर्द उठा और खड़ी हुईं तो अँधेरा छा गया।

किसी तरह फ़ना होती रूह को पकड़े रखा और फूलबतिया को बेनिगरानी में दोबारा छोड़, (कलेजे की बात तो यह थी !) किया फिर रिक्शा (यह भी) वहीं के लिए क्योंकि दोनों पेड़ेवाले पास-पास थे।

रोबी दा से निवेदन किया कि जानते हैं ना, वह गंजे हैं, मोटा चश्मा पहनते हैं, चारखाने का नीला सफ़ारी सूट पहने होंगे, चमड़े का बैग होगा ? मना कर दीजिएगा पेड़े नहीं।

ऐसे कैसे हम जानें ? दुकानदार क्षुब्ध हुआ।

बहुत आसान है, मिसेज़ हाँफ पड़ी, थोड़ा नाक से बोलते हैं और बात-बात पर नाक की नोक जो गोल है, यों दबाते हैं, उन्होंने उँगली से मेरी तरह दबाया।

पर दुकानदार के चेहरे पर यकीन नहीं आया।

बोलीं मुझसे—तुम कभी सोच पाते, करा देते चूना, देखो, मैं कैसे बचवा गई उससे यह मनवाके कि लेने के घंटे भर में लौटा दें तो प्लीज़ लें लेंगे वापस ? और देखा तुम्हें लौटाना भी नहीं पड़ा।

जब लाया ही नहीं तो...।

दहाड़ीं वह—सब मेरी सूझ-बूझ है।

खीर तब जाकर चढ़ा पाई थीं और यह इत्मीनान कर कि पेड़े नहीं मेरे हाथ में, तर्जनी हिला-हिला के चीख रही थीं—कितना परेशान कर देते हो मुझे, मर न गई एक दिन तो कहना। लाओ दो बटुवा, यह क्या कि तुम्हारी करतूतों का भुगतान भरूँ मैं ?

दो लीटर गाढ़ा दूध बना। एक कटोरी चाय-वाय के लिए निकाला, ताकि रोज़ आनेवाले दूध की मलाई उस रोज़ और मोटी हो ले।

फिर आए राजू और उसकी मिसेज़।

"कानों में असली पहने है।" मिसेज़ फुसफुसाईं। "कितना पैसा है छी-छी इन गुजरातियों के पास। मार्केट में ऐसा ही इमिटेशन में मिल रहा है, आधे दामों पर, लेकिन तुम मक्खीचूस से क्या उम्मीद करूँ ? पर मुझे चाहिए भी नहीं। सब दिखावा है, पड़ोसी को जलाने के लिए, छी।"

खाना भी हो गया। खीर के लिए कटोरी चम्मच रख मिसेज़ फ्रिज से खीर निकालने उठीं तो मैं उसे आख़िरी सीन समझ रहा था। कि तभी राजू ने अपनी मिसेज़ को छेड़ा कि पहले मीठा छूती न थीं, अब हर दम मीठा, लगता है तीसरा मुझ पर जा रहा है !

ऐं ऽ ऽ ऽ, मिसेज़ मेरी लट्टू की तरह घूम गईं।

इससे कब का कहा है, राजू मेरी तरफ़ देख के बोला, तूने बताया नहीं ?

मैं धँस गया। भूल गया था, इतनी खास बात लगी भी नहीं थी।

हाय-हाय मिसेज़ खुशी से गद्गद हो गईं। माँ-सास कौन आ रहा है ?

एक थीं नहीं, एक गुजरात में कहीं खाट से लगी थीं।

कोई नहीं, हम तो हैं। हमारे लिए इनकी अम्मा आईं और दिक ही करती थीं। पर...और वे फुलझड़ियों-सी नसीहतें बरसाने लगीं।

दोनों औरतें किसी पुलक-भरे लोक में, हम दो आदमियों को कहीं परे ढकेलकर।

"वह खीर..." मैंने कटोरी उठाई।

झड़प के बोलीं—"पेड़े दे क्यों नहीं रहे ?"

"पेड़े ?" मैं याद दिलाने लगा—"तुम्हीं तो..."

कि उन्होंने ऐसे काटा जैसे मैं सुपारी वह सरौता—"भूल गए ? कमाल हो ? तभी मैं सोचूँ दिख क्यों नहीं रहे। अभी जाएँगे आप, फ़ौरन लाइए, देर से बंद करता है वह। फ़ौरन।"

मैं दंग। एक नज़र राजू पर डाली जो दयाभाव से मुझे देख रहा था, एक नज़र कटोरी-चम्मच पर डाली कि पेड़े खाने की यह नई तहज़ीब है क्या, और लँगड़ाता चला।

पेड़े लाया तो कहीं छिपा के रखी—मुझसे भी—काजू की बर्फ़ी निकल चुकी थी और गाजर का हलुवा चाँपा जा रहा था।

पेड़े प्लेट में लगाती हुईं दाँत पीसकर मुझसे रसोई में बोलीं—"शर्म नहीं आती, माँ बननेवाली को दोगे ? डब्बा उठाओ, देखी एक्स्पाइरी डेट ?"

खीर न निकली, सब निकला और मेरा ज़ब्त किया बटुवा जो निकला तो निकला ही रहा !

और राजू, नहीं आ रहीं सास तो क्या ! मेरे पास निरा घर का घी है, उसमें बनाऊँगी सुठौरे, ले जाना, कह दिया ना।

तो राजू बोला भाभीजी आप तो कहानी हैं।

जो लिखी मैंने। शब्दशः उतार के।

दोबारा धस्मानाजी के पास।

वे बोले क्या, पता है? बोले-'रिजैक्टड'।

हाय-हाय हार्टअटैक मेरे भी मुँह को आया, कहानी नहीं है क्या यह ?

सो हो सकती है, बोले, पर नया क्या है, हर मध्यवर्गीय गृहिणी की कहानी है।

औरत की। मैंने समझाया। गृहिणी औरत है।

नहीं चलेगी। मेरी मानिए।

कैसे मान जाऊँ ? लुटा-पिटा मैं। इधर भी, उधर भी और कहानी 'धुरंधर' राजू की ?

तो मैंने फिर कल्पनादेवी को याद किया। हाय, उन्होंने प्यार की एक दुल्लत्ती लगाई!

फिर सुनिए जीता कौन ?

मैं।

रही बात कि कैसे तो देखिए यह गुर तो राजू सिखा ही गया है कि वरबेटिम लिखो, शोषित पर, नेताजी पर, औरत पर, तो क्यों बयान बेकार करूँ ? कि धस्माना और मैं किस तरह....?

कहूँगा, अगले पाँच सौ रुपए में वह ! तब तक वे खुश, मैं भी, और मिसेज़ भी, जो कहती हैं कि एक ही तो काम करा इन्होंने, 'सरस्वती' में एक कहानी लिख गए, पर लिखवाई किसने और उसे क्या मिला ?

रिश्ता

बोलना तो ख़ैर मेरे लिए हमेशा से दुश्वार था। मुँह मिला तो है बराबर, पर भक् से खुला रह जाने के लिए। या फिर पीकदान बनकर बेटी को मामा देने के लिए। इसलिए लिखकर कुछ गूढ़ बातों का इज़हार करूँगा। और जब गूढ़ बातें यों ज़ारो-क़तार निकल रही हैं तो समझ लीजिए कि मैं नीम के छतनार पेड़ के नीचे बैठा हूँ, और झूल, झूल, झूल रहा हूँ और मेरी गंजी चाँद पर पट-पट पकी हुई निमौड़ियाँ गिर रही हैं। (अब इस पर ऐतराज़ मत करिए—लिखने का तो अतिशयोक्ति से रिश्ता हइए है !) इसलिए कि गौतम बुद्ध भी बोधिवृक्ष के नीचे थे, जब तीन सत्य उनसे आ टकराए, आदि। जहाँ तक रिश्तों का सवाल है तो अब यह डर लगा ही रहेगा कि जैसे मुँह का बोलने से रिश्ता नहीं रहा, कोई क्या जाने क़लम का लिखने से रहा कि नहीं ? आँखों से नहीं, पर मन से देख रहा हूँ कि क़लम का अकसर चबाने से रिश्ता रह गया है और टुकुर-टुकुर खिड़की के बाहर ताकने से। वही बताने जा रहा हूँ कि जैसा सरल आप समझते रहे हैं कि इन-इन चीज़ों का इन-इन चीजों से रिश्ता, वह इतना सरल नहीं है। अभी बताता हूँ कि असल में किन चीज़ों का किनसे रिश्ता है।

हालाँकि यह भी सवाल है कि इरादे का नतीजे से कितना रिश्ता है ? लेकिन सवाल का जवाब से रिश्ता ही कौन तय है तो इसे बीच अधर में टँगा रहने दीजिए।

आगाह करे देता हूँ कि हमारे इस सारे जहां से निराले हिंदोस्तां में रिश्तों का मसला कुछ घोर असमंजस में डालने-पटकनेवाला है। जैसे इस पल माँ-बाप ने हमारे बचपन में घुड़का 'मत करो, बच्चे हो' और अगले 'करते क्यों नहीं, बच्चे तो रहे नहीं ?' या कि सत्रह बरस से अजनबी पाँच

दिन मिलकर फिर हमसे जीवन भर न मिले, पर हमारी ही बेटी का मामा हो जाए !

अब आपने भी सुना होगा कि ख़ून का रिश्ता पानी से गहरा होता है। मैं गवाह हूँ 'पानी' का रिश्ता इन सब को पीछे छोड़ सकता है। यानी बरसात के पानी से किसी और क़िस्म के 'पानी' द्वारा नींव पड़े रिश्ते की इमारत और पुख़्ता होती है। यह मत समझिए कि कोई आप पर थूक दे तो आप उसका गला ही घोंट देंगे।

ऐसा नहीं होता है। यह मैं अर्ज़ कर रहा हूँ। अपने इस 'बोधि' वृक्ष के नीचे। संखेड़ा का इनैमल कामवाले झूले पर बैठा। चेहरे पर फ़र्ज़ानगी पुती है। क़लम के निब को चबा रहा हूँ। गूढ़ नज़रों से ताक रहा हूँ।

गला घोंटना तो दूर, मैं थूक की बात ही भूल गया, जब दन-दनादन पड़ती बरसात ने रिश्ता गहराने का ज़ोरदार निश्चय कर डाला और लगा उन्हीं से कहने कि 'ओ भाई हो तो गए हैं हमें यहाँ रहते पूरे सत्रह बरस, पर दो गुजराती आदतों के हम आज तक आदी नहीं हुए हैं, पहली, गुजराती की आँ ऊँ—रहित तपाक जवाबी कि हाँ पिएँगे और हाँ खाएँगे जब उनसे पूछ लीजिए चाय दें, खाना दें; और दूसरी,

बच्चे बूढ़े जवान
औरत आदमी हिजड़ा
सबका
कभी भी कहीं भी
न दाएँ देखना न बाएँ
न सोचना न समझना
बस दन से
सब जगह सारे समय
पान भरा भी नहीं
फिच्च मुँह में भर के थू...

कि तभी मेरी बीवी ने मेरी गाती आवाज़ में अड़ंगा मारा, मेज़ के नीचे छिपा के मुझमें एड़ी गड़ा के।

और तभी उन्होंने न आँय देखा, न बाएँ, न सोचा, न समझा, बस दिया

फिच्च से एक थुक्का हमारी ही खिड़की की सलाखों को छींटते हुए, हमारे ही गुलाब की झाड़ को झुकाते।

'हाँ क्या ?' वे मुक्ति पाकर बोले।

बीवी की ज़बान का लड़खड़ाने से कोई रिश्ता नहीं। चट बोलीं, 'हाँ और झूला। हर समय झूले पर बैठने की गुजराती आदत। खाना-पीना-सोना—सब वहीं। हमारा वकील तो मुवक्किलों से भी झूले पर मिलता है।'

'हँ हाँ जी हाँ,' वे हँसे। 'हिचका।'

तब तक बरसात को गिरते दो-तीन दिन हो चुके थे और मेरी सुबह की 'वॉन्डरिंग' बंद थी, हालाँकि उनके घर और अपने घर के बीच जो लगातार 'वॉन्डरिंग' हो रही थी, छतरी पर वर्षा का तबला बजाते, वह कम नहीं थी। इस 'वॉन्डरिंग' की वजह सीधी-सादी थी—कम-से-कम रिश्तों के मसले की बनिस्पत—कि झूला झूलने उनके यहाँ जाते, खाना खाने हमारे यहाँ आते।

खाना भी ऐसा वैसा ! बीवी ने तो उत्तर भारत की अस्मत का ठेका ले लिया था। सवालों की ही तरह उन पराठे, कचौड़ियों, कोफ़्ते, भाजे, रबड़ी, सँवेइयाँ के भी जवाब नहीं ! उनके हर ख़त में आधे-एक पेज का क़सीदा होता है किसी एक पकवान की खुशबूदार याद के नाम। पिछले हफ़्ते बेटी ने भी लिखा है, मम्मी आई एम डेस्पेरेट, रेसिपी भेजो, मामा रोज़ फ़रमाइश करते हैं कि बनाओ वैसे मूली के पराठे, मटर का निमोना, बैंगन का भाजा..।

आप खुद बताइए अमरीका और बैंगन के भाजे में रिश्ता आप जोड़ सकते हैं ? पर बेटी का कहना है कि अमरीकी डॉलर तो हर चीज़ से रिश्ता बना लेता है—करेला, टिंडा, बंदर छाप काला दंत मंजन और बलिया-गोंडा छाप राब और सत्तू से भी।

इतिहासकार होता तो बताता कि ये कुछ-का-कुछ फ़र्जाम और क्या-से-क्या रिश्ता पहले से था या आज का ही भारत महान् है ? इतिहासकार का ढंग है कि पीछे जाओ तो पता चलेगा कि ये हुआ तो ये हुआ, वो न होता तो वो न होता। मैं भी जुटा हूँ 'कि' और 'तो' का रिश्ता ढूँढ़ने में और स्पष्ट देख रहा हूँ 'कि' गर मेरी बीवी अपने मायके फ़ैज़ाबाद की शान में रोज़-रोज़ खाना न खिलातीं 'तो' बेटी के मामा की आँखों में वे जुगनू न झिगमिगाने

लगते जो हवाई अड्डे पर छलक पड़े, 'कि' जिनके छलकने की नौबत न आती, क्योंकि खीर न बनती गर हम हाँडवा न खाते, 'कि' जो न खाते अगर आइसक्रीम की तलब उस दिन न लग के दो दिन पहले लग जाती 'तो' तब 'तो' पोंछा खरीदा न होता, 'तो' हम सिटी जाने को बस न लेते जो 'कि' न लेते 'तो' फिर किस्सा ही क्या होता तमाम करने को ?

पर पोंछा उसी दिन आया। जब बारिश नहीं, झन्नाटे की हवा चल रही थी कि बिलकुल रेगिस्तानी आलम हो, अरीब-करीब झाड़-वाड़ कुछ न हो और वह बेरोक-टोक सिरों से टकरा सके। मैं था कि थका-हारा,—जिसका बटुवे के घटे वज़न से रिश्ता है—ले बैठा ज़रा सी झपकी—बेफ़िक्री की नींद की बात सब करते हैं, पर इस वाली का नाता था फ़िक्री-परे-पस्ती से—और अपनी बस हवा से ले रही थी लोहा और वे दो सीट आगे बैठे थे, दिए अपने झख सफ़ेद बालों को गुजराती झटका और मारा अपने झख सफ़ेद दाँतों के बीच से फिच्च से भरपूर फ़व्वारा, ठीक उस पल जब अल्लाह मियाँ ने हवा की गश्त में एक अदद घोड़ा छोड़ा जो उठा के लाया उनकी पीक को नचाता-थिरकाता और सीधे मेरे मासूम खुले मुँह पर ठोंक गया फ़र्शी सलाम !

पर उछलकर जिसका कॉलर आपने दबोच लिया हो, गर उसके बाल झख सफ़ेद हों और दाँत भी झख सफ़ेद और अभी ही आप लौटे हों वह पोंछा खरीदकर जो गोरी चमड़ी जितना 'फोरेन' दीखता हो, इसलिए ऊँचे दाम का हो जिस लिए बटुवे के साथ-साथ बटुवेवाले को निचोड़ चुका हो तिस सब पर बीवी पीछे से बाँह खींचे कि 'क्या करते हो जी ये तो अपने मोहल्ले के हैं', तो हाथ कॉलर से खुद-ब-खुद फिसल जाते हैं। और भिंचें होंठों पर चुगद मुसकान आ जाती है।

मैं मुसकराया तो वे भी मुसकरा दिए जो जान बस गवाँ नहीं गए थे उसके प्रति निरीह बेगानेपन से—"जी हाँ हँ हाँ।"

"आप हमारे पड़ोसी हैं।" बीवीजी ने उन्हें सूचित किया और हमारी उछलाई को निर्दोष करार दिया।

"जी हाँ हँ हाँ। तुम बी-पाँच के मानस हो।" उन्होंने हमें बताया।

अब ग़ौर तलब बात है कि क्या जो सत्रह बरस से भी पहले से इस मोहल्ले में रह रहा हो और जिसका घर हमारे घर के सामने के दो छोड़कर

हो, जिसे कभी-न-कभी तो हम देखते रहे हैं दूध के 'बूथ' पर, बस अड्डे पर, टूटी मीनार के पास सुबह या शाम की 'वॉन्डरिंग' के दौरान, तो उसके बाल झख सफ़ेद हमेशा तो नहीं रहे होंगे, चाहे दाँत झख सफेद शुरू में भी हों ? लेकिन क्यों हमें याद है कि सत्रह बरस की यह झख-झख है ? वही ना—भूलना, याद करना, देखना, इनके आपसी रिश्ते ऐसे टेढ़े-तिरछे हैं कि सीधा करने चलूँ तो बाक़ी क़िस्सा टँगा रह जाएगा ! बस इतना जान लीजिए कि झक़ाझक सफ़ेदी में वह सिफ़त है कि अपने बीते रंगों की स्मृति मिटा दे।

गुजराती की आदत, वह थू...करने वाली की स्मृति मिटा दे जो मैं उन्हें ही बता रहा था, जब बीवी ने लात मार के रोक दिया, जिन्होंने मुझ पर ही मार दिया था थू...जब हम ले के लौट रहे थे खड़े होकर लगानेवाला पोंछा।

मेरी बीवी की दरियादिली अलग उपन्यास है। उसके हृदय उदार में एक बार आ जाए कि हममें से किसी को, घर के, बाहर के, को फ़लानी चीज़ की चाह या ज़रूरत—जिनका रिश्ता आप बेशक जानते होंगे, कोई पक्का नहीं है और यहीं पर यह भी जोड़ दूँ कि हमारी समझ से बीवी की समझ का रिश्ता भी तय नहीं है—तो बस वे फ़ौरन आँचल कमर में खोंसतीं और हाथ से आटा-बेसन जो लगा हो धोकर तुल जातीं कि 'चलो, मैं दिलाती हूँ' और मुझे ज़हमत बस तब उठानी होती जब बिल उठाना होता।

इस पोंछे का, आप सोच रहे होंगे, ताल्लुक है पोंछा लगाने से। ग़लत। अपनी जो दक्षा बेन आती हैं उन्हें हमारी दुबलाती जेब से जितना कम सरोकार है उससे भी कम इस पोंछे से है। यानी नहीं के बराबर। इक भूली नज़र इसे नहीं इनायत करेंगी वह ! मामला ढेर सारी अलमारियों और लोहे के संदूकों का है, जिनसे हमने अपने घर को भरा-भरा बना रखा है और जिन्हें कपड़ों से ढक-ढुककर कहीं तो जो हैं वही रहने दिया है, कहीं मेज़, कहीं पार्टिशन, कहीं दीवान, कहीं शेल्फ़ बना दिया है। और इन झालरदार लिबासों में कुछ इतने हसीन हैं ये कि गुजरात की शाहाना हवा इतरा-इतरा के इन्हें धूल के तोहफ़े देती रहती है। जिन्हें वे इतनी मुहब्बत से बटोरते हैं कि नीचे देखिए तो कंजूस के खज़ाने-से ढेर मिलेंगे। जहाँ केवल दक्षा

बेन का हाथ और उसका तलवार-सा शूँऽ शूँऽऽ करता पोंछा पहुँचता है। जिसका इस ऊँचे दाम और डंडेवाले स्पंज लगे पोंछे से दूर-दूर का रिश्ता नहीं !

पर है ही यह इस देश की खूबी कि जिन बातों का आपस में दूर-दूर का रिश्ता नहीं है पास-पास का हो जाता है। बेटी ने भी लिखा है कि पापा विदेशी मित्रों के संग दिवाली पर मामा के घर गई तो वे मान के न दें कि मैं तो मामा से यहीं अमरीका में मिली, गोद-वोद में उनके नहीं खेली।

झूठ नहीं कहती बेटी। वह पूरे बचपन भर अपने दादा-दादी के साथ रही, दूसरे शहर में, और जब उसके मामा पैदा हुए तो वहीं थी, पंद्रह की। बेटा अलबत्ता साथ था, पर उसकी उम्र तीन की थी और उसे हमारी बेटी के मामा में दिलचस्पी नहीं थी, सिवाय अपनी बहन के खाने पर उँगलियाँ चाटकर उनके तृप्त डकार लेते वक़्त।

मैं होता कौन हूँ उस भोले बच्चे के संबंधों में खलल डालनेवाला ? मैं तो बस उसे एक तरफ़ लटका के, झोला दूसरी तरफ़ लटकाता और मोहल्ले के बाज़ार से सब्ज़ी-भाजी ले आता। जब से उसने वहाँ भैंस देख ली तब से एक बाज़ू झोला लटकाने का संबंध दूसरी बाज़ू खुद लटकने से जोड़ लिया। और जब उनकी डकार सुनी तो खुश होकर सामने दौड़ा आया, बोला—'भैंऽऽस !' फिर बोला—'औल बोलो।' मैं क्या जानूँ कि उसके लिए आवाज़ का आवाज़ से रिश्ता था कि शक़्ल का शक़्ल से ? मुझे तो इतना पता है कि उसने उन्हें भैंस माना।

पर बेटी ने मामा माना जब वह अमरीका गई और उन्होंने उसे स्पॉन्सर किया बिना उससे कभी मिले, सिर्फ़ इसलिए कि पानी का रिश्ता ख़ून के रिश्ते से बढ़कर है।

बेटी की बात दीगर थी।

पोंछे की भी।

जो आया था मेरी बीवी के लिए उन चंद रोज़ के लिए जब हो सकता है किसी कारणवश दक्षा बेन न आएँ और बीवी बिना कमर झुकाए, यानी सीधी सतर खड़े-खड़े आराम से डंडे का लीवर उठाएँ और दबाएँ, ताकि 'स्पंज' से अतिरिक्त पानी चू जाए और पोंछा लगा दें। जो न आज, न बीते

कल, न आनेवाले कल में होना था।

पर यह भी आपका ख़याल ग़लत है कि जो चंद रोज़ कभी नहीं आएँगे उनकी उपस्थिति नहीं होती। उनका भारी भरकम अस्तित्व होता है, लहीम-शहीम व्यक्तित्व होता है। लंबा-चौड़ा इस देश का मध्यमवर्ग कोई पागल है जो आज कटौती करते हैं कल कर पाएँ खर्च इसलिए ! आज मरते हैं कल बच पाएँ इसलिए ! आज भूखे रहते हैं कि कल खाने को हो जाए ! चाहे कल आने तक खाने की ताकत न रहे ! ये दूसरी तरह के रोज़ तो आते हैं, चले जाते हैं, खत्तम; पर वे कल-आएँगे चंद रोज़ हरदम सीने पर सवार रहते हैं। मुझे मालूम है क्योंकि पोंछा मेरी बीवी ने खरीदा है। उसके–पोंछे के–डंडे पर विदेशी दीखता हैंडल/लीवर है जो बड़ी तोप चीज़ है, क्योंकि दबाइए तो नीचे स्पंज से पानी के संग कूड़ा-करकट निचुड़ जाता है और न भी दबाइए, बस एक तरफ़ उसके प्लास्टिक 'रैपिंग' में खड़ा रहने दीजिए तो भी मेरा बटुवा निचुड़ जाता है।

कुछ मेरा कलेजा भी निचुड़ गया था और जिस देश में ज़िंदा रहने का दम खान-पान से नहीं, कलेजे से आता है वहाँ क्या ताज्जुब कि मैं बस से उतरकर गिरता-पड़ता हो रहा था। 'अँ हँ,' बीवी ने घुड़का, 'पोंछा बचा के,' तिस पर मैंने अपने अस्थिपंजर भुलाकर खरीद सँभाली और वे मुसकरा दिए–'लाओ मैं पकड़ दूँ'

बात वहीं रद्द हो सकती थी कि बस में मुझ पर थूककर बस से उतर के पोंछा पकड़ के मोहल्ले में साथ-साथ आए। अगर बीवी की तलब पहले या बाद में आती, जिसका ज़िक्र कहीं कर चुका हूँ। ग्रहों का चक्कर होता होगा जो हर पल तभी आता है जब आता है। (चाहें तो ज्ञानियों-माननीयों के कथनों की सूची में जोड़ लें कि यह भी कहा गया है कि हर पल तभी आता है जब आता है।) तो खाना परोसने की ललक दो दिन बाद लगी, उसके दो दिन पहले आइसक्रीम खाने की और उसके एक दिन बाद हाँडवा खा डाला।

फिर जैसे एक मंच पर चलते नाटक में ऐन बीच गिर पड़े, किसी अदृश्य डोर के झटके पर, बिना आगा-पीछा के, बिना ज़रूरत के, बिना उस भूमिका की कोई पूर्वकल्पना के, एक नया नायक और लगे हवाई अड्डे पर मार रोने-बिछुड़ने का सीन करने !

सत्रह बरसों में न जाने कितनी बार आइसक्रीम का प्रोग्राम रहा, पर कभी तो अपनी चाल की लय नहीं अटकी—अपनी गली पार की, पुरानी मीनार का चक्कर कटा और आ गए बड़ी सड़क और वाडिलाल के पास। लेकिन उस दिन तो वह पोंछा लिया था जिसे उन्होंने घर तक पहुँचाया था तो उनके घर के सामने कदम अटकने लगे और आँखें सहल उनकी नेम-प्लेट पर गईं—जयंती भाई शाह—और कान हिचके की चूँ-चूँ पर रुके।

"केम छो बेन ?" उन्होंने हमें रँगे हाथों पकड़ लिया।

"मजा मा," मेरी हाज़िर-जवाब बीवी ने कहा और यह भूल कि गुजरात में केम-छो-मजा-मा ऐसे मौक़ों पर वही होता है जो बेटी कहती है पश्चिम में गुड-डे-इज़ंट-इट होता है और उत्तर भारत में मेहमा़न को फाटक तक बिदा करते हुए और-बैठते-अभी-कुछ-चाय-शाय-होती-पकौड़े-शकौड़े-होते, होता है, मेरी बीवीजी लय-बिगड़े कदम से एकदम ठहरे-कदम हो गईं।

"झूला झूल रहे हैं ?"

'नहीं, पेड़ पर उलटा लटक रहा हूँ', या 'नहीं, अंगारों पर नाच रहा हूँ' या 'नहीं, झूला मुझे झूल रहा है' कहने के बजाय वे बोले—"जी हाँ हँ हाँ।"

"वाह !" बीवी बोलीं। "क्या मज़े आ रहे हैं।"

"जी हाँ हँ हाँ" वे दोबारा बोले। "आओ झूलो" पहली बार बोले।

"चलें ?" चलती हुई बीवीजान मुझसे पूछती हैं और आइसक्रीम खाई सही मगर देर से।

बरामदे में झूला था। जिस पर बैठे ही होंगे कि बरसात की झड़ी लग गई।

शुरुआत 'पानी' से। उस पर और पानी। ग़ैबी इशारा न हुआ ?

हो सकता है जब उन्होंने आमंत्रण दिया तो एक चुनिया-मुनिया-सी बूँद बीवी पर गिरी हो और वह इसीलिए अंदर बढ़ लीं। या मुझ पे भी गिरी हो वह बूँद, ताकि मैंने उसके पूछने पर कि 'चलें,' उस दिन भी मुँह को जिस लिए आप समझते हैं, होता है, नहीं होने दिया और चुपचाप पीछे हो लिया। अख़बार में ज़रूर था कि हवा को बारिश मात करेगी, पर उसकी मान छाता ढोते-ढोते हम आजिज़ आ चुके थे।

पर यह भी तो हो सकता है कि उसी दिन छाता न लेना बेसबब नहीं था ? कि वह बूँद एक संकेत ही थी ? कि यारों यह हिंदोस्तां है जहाँ रिश्ते ख़ून के दो-चार सीधे-सादे कतरों भर के नहीं होते ? जहाँ हवा बेवजह उड़ के मुँह पर गीला सलाम ठोंक के बदतमीज़ी के लिए मुक़दमा—या कम-से-कम मुक्का-दमा—दायर करवाने के बजाय ऐसा रिश्ता दायर कर सकती है जिसके आगे यह ख़ून-वून की बातें पनियल पड़ जाएँ।

इसलिए कि उस लिए, हुआ वही जो होना था। चल गई पानी से तराबोर बातें जिनमें जयंती भाई का छः बरस का एकाकी विधुरपन था, बेटे-पोतों के ज़िक्र की तरलता थी; जिसमें शामिल हो गई तरोताज़ा ख़बर कि बेटे के इसरार ने उन्हें 'एमिग्रेट' करने पर राज़ी कर लिया है, और सारे कागज़ात तैयार हैं और वे जा रहे हैं।

"कब ?" बीवी ने पेंग बढ़ाई। कौन उसे बताए कि गुजरात के झूलों का पेंग से संबंध नहीं, बस टँगकर डोलने से है।

"छः को।"

"किस छः को ?"

"इसी छः को।"

"क्या ?" बीवी की आँखें गिरते-गिरते बचीं और मैं झूले से गिरने से नहीं बचा।

"जी हाँ हँ हाँ।"

"अरे पाँच दिन में ?"

जैसे गाड़ी छूटी अब !

"जी हाँ हँ हाँ।"

"ओ हो हो हो हो" बीवी ने किया।

"जी हाँ हँ हाँ।" जयंती भाई ने।

झर झर झम झमाझम। बारिश।

ओ हो हो हो...जी हाँ हँ हाँ...ओ हो हो हो....जी हाँ हँ हाँ..., कुछ देर चलता रहा। जैसे हम बेबस खड़े देख रहे हैं किसी गाड़ी के नीचे कुचले, मदद-से-परे निकले हुए को।

"चलें ?" मैंने पूरी सुशीलता, सुधीरता से, अटके रिकॉर्ड की सुई आगे कर देने के तात्पर्य से, पूरी-की-पूरी बीवी की तरफ़ देखा। जो काफ़ी देखने

से संबंधित है। क्योंकि जवानी में जो अठन्नी वे अपनी गरदन पे पड़ते गड्ढे में टिका लेती थीं, अब पीठ के नीचे, कूल्हों के ऊपर कमर पर ही टिका सकती हैं, जहाँ से ख़ैर अठन्नी क्या बहुत कुछ नहीं सरकता और मेरी मृदु नज़र भी अकसर नमनीयता से वहीं टिक जाती है।

"ओ हो हो हो, ऐसी भी क्या जल्दी थी ?" वह जयंती भाई से बोलीं।

सत्रह साल से ऊपर, और जल्दी, मैंने सोचा, पर जयंती भाई बोले...वही—"जी हाँ हँ हाँ।"

बीवी खड़ी हो गईं—"तब तो आजकल बड़े व्यस्त होंगे, पैकिंग-शैकिंग।"

"जी हाँ हँ हाँ," वे बोले सरबसर अव्यस्त झूलते। मंद-मंद, गुजराती स्टाइल।

पता चला, कुछ बेच दिया, कुछ बेटी को जामनगर भेज देंगे, फिर खुद जाएँगे यहाँ से बंबई से डुबई से फ्रैंकफ़र्ट से लंदन से अमरीका।

"ओ हो हो हो," चलते-चलते बीवी बोलीं।

वे क्या बोले आप जान ही गए होंगे।

और जैसे यादों का भूलने से रिश्ता नहीं और पोंछे का पोंछा देने से नहीं और बीवी की देरी-दिली का हमारी जेब से नहीं और जयंती भाई का हमसे नहीं और सत्रह बरस एक मोहल्ले में साथ रहने का उन पाँच दिनों से कतई नहीं; वैसे ही ओ हो हो हो का जी हाँ हँ हाँ से नहीं, लेकिन बाक़ी डॉट डॉट डॉट... ।

उस रात तो फिर वह बरसात गिरी कि उसे खास चिह्न मानना पड़ेगा। जैसे बेटा गायक बन जाए तो माँ बता पाती है कि एक बरस की उम्र से वह ध्रुपद-धमार शैली में रोता था और बेटी चित्रकार हो जाए तो बाप रोते हैं कि काश सँभाल लिये होते वे शानदार नमूने जो वह महज़ डेढ़ बरस की थी, तब हाथ मिट्टी-विट्टी से सान सोफ़े, दीवार चद्दर पर छपाई करती थी तो आप भी देखते। ठीक है बरसात पहले भी आई, बाद में भी, पर उस रात की बरसात में एक अनोखी झमक नहीं थी ? सर्दी भी लगने लगी—इसे आप गुजरात में सत्रह बरस रहने का असर मान सकते हैं—और अपनी एक चादर को लेकर हम मियाँ-बीवी में रात भर तक़रार रही। नींद-ही-नींद में, ज़ाहिर है, क्योंकि वरना हम दोनों में से एक ही चादर

खींचता और वह मैं नहीं होता ! पर अँधेरे में और नींद में चूहे को बाघ बनने से कौन रोक सकता है ? फिर मैं तो ठहरा मर्द—एक हलका सा झपाट मारा और चादर मेरे पास। (रोबीली, बुलंद आवाज़ में पढ़िए।) पर वह आख़िर 'वह'—ज़रा सा कोना खींचा और चादर पूरी उन पर। (गौरैया के स्वर में पढ़िए।)

चलती रही नींद-ही-नींद में रात। उसी में सपना भी आ धमका कि मेरा पूरा-का-पूरा डिपार्टमेंट अमरीका शिफ़्ट हो गया है, डेल्ही में। (जी हाँ, अमरीका में डेल्ही में। इसे सपना समझते हैं तो कभी नक्शा देख लीजिए। हिंदोस्तां का नहीं !) और हम अपने घर को पैक-शैक करने में जुटे हैं और ढेर-का-ढेर सामान निकले चले जा रहा है, पैक-शैक होने की खातिर। कमरों में भर गया है, लॉन में फैल गया है, सड़क भी घेर चुका है और ठीक सामने के मकान के बगलवाले घर की बाउंडरी में बढ़ा जा रहा है और मुझे जाना है टॉयलेट, लेकिन इधर के घर के टॉयलेट का रास्ता सामान से घिरा, उस घर के टॉयलेट का रास्ता सामान की गिरफ़्त में, और वे उधर सामान पर खड़े डाँट रहे हैं कि हम तो सत्रह बरस के पहले से तुम्हारी हर ग़मी-खुशी में शरीक हुए हैं, इतने तुम्हारे हो के रहे हैं और तुम ऐसी बदतमीज़ी कर रहे हो, छोड़-छाड़ के चल दे रहे हो और गंदगी फैला गए हो, देखो, यहाँ खड़ा होना मुश्किल है, और सबूत के तौर पर वे बैठ गए, जिस असबाब पर खड़े थे उस पर जमी गर्द को देखकर अपनी बैकसाइड को चट्-चट् झाड़ते और ऊपर बारिश है, हर तरफ़ कबाड़ा है, उधर उनकी झिड़की है, इधर मेरा हाल बुरा है कि बाथरूम तक पहुँचूँ तो कैसे, हालत पतली हुए जा रही है, रहा नहीं जा रहा, हाय... हाय...!

इसी हाय-हाय में सुबह हुई और उठते ही मैंने उक्त मुक़ाम का रास्ता, हाय, खुला और मुझे वात्सल्य से पुकारता पाया।

तब कहाँ सोचा कि कुछ घट गया ? बल्कि मैंने यही सोचा कि बारिश हुई तो क्या, रोज़ ही जैसा दिन है और रोज़ ही जैसी तोंद है, इसलिए छाता लेकर अपनी सुबह की सैर कर डालूँ।

यह भी इत्तेफ़ाक ही समझा जाना चाहिए कि दरवाज़ा खोलने को मैंने कुंडी पर हाथ धरा कि घंटी बज गई और मैं उछल गया। मैंने बजाई ? मैं

दरवाज़े के किस तरफ़ हूँ ? अकबका के दरवाज़ा खोला तो जयंती भाई हाँडवा लिये खड़े पाए गए।

"गोइंग फ़ॉर योर वॉन्डरिंग ?" ऊँचे स्वर में मुझसे बोले।

"तमने गुजराती खावानु फावसे ना ? तुम कल पूछ रही थी, हाँडवा ?" स्नेहिल स्वर में बीवी से बोले।

मैं अब बोलता हूँ कि मैं मॉर्निंग वॉन्डरिंग पर जा रहा हूँ और बीवी जान हाँडवा पका-पका के भूख हराम कर देती हैं।

बीवी तब बोलीं—"अरे यह क्या ? क्या खूब। भई वाह। मज़ा। खुशबू क्या कहने। आप नाहक परेशान हुए। यह तो बहुत है।"

"जी हाँ हँ हाँ।" उनका चेहरा गुब्बारे की तरह लहलहाना चाहे।

"थैंक्यू थैंक्यू !"

"जी हाँ हँ हाँ।" गैस का गुब्बारा डोर से छूटने को हो ! अरे रे रे उड़ न जाए !

बोलीं बीवी हाँडवे पर हाथ साफ़ करते हुए—"कितने भोले हैं ना ? खुद चले आए। कैसे खड़े थे बेचारे।"

अब इसमें बेचारगी क्या मैंने मन में पूछा और सिर हामी में हिलाया।

"बेचारे", वह फिर बोलीं, "बेटे के पास जा रहे हैं।"

बेटा न हुआ जल्लाद हो गया !

अगले दिन कहती हैं "चलो खीर दे आएँ, बेचारे पड़ोसी हैं।"

सत्रह बरस से। तो ?

फिर झूले पर और फ़ौरन झड़ी शुरू।

अब संदेह से याद करता हूँ उन झड़ियों को, उन्हीं माँ-बाप--कलाकार बच्चों के—की तरह मुतमइन होता जा रहा हूँ, कि थीं वे इशारा ही...। वरना कैसे हुआ कि घर से निकले तो सूखा, उनके बरामदे में पहुँचे और दे दनादन ? ताकि बैठे रहें और दो मुँह पटर-पटर चलें।

बीवी ने कहा, "हाँडवा लाजवाब था कैसे बनाया ?"

बोले वे कि "बाई बना गई जो टिफ़िन दे जाती है।"

"टिफ़िन ?" बीवी बमकीं।

"जी हाँ" वे बोले और मैं 'हँ हाँ' के लिए तरसता रह गया।

"अरे" बीवी ने आँखें तरेरीं।

"उसमें क्या ?" जयंती भाई नम्रता से बोले।

"है कैसे नहीं ?" बीवी उग्रता से बोलीं "हमारे रहते बाहर से खाना आए ?"

आज तक अंदर से देती रही थी ?

"दोनों वक़्त हमारे यहाँ, समझ गए ?" बीवी का हुक्म।

हमारे संग दो जून झूले पर क्या बैठ लिये जयंती भाई, लगे हमीं पर फ़ैज़ाबादी अख़लाक छाँटने !–"नहीं बेन...क्यों तकलीफ़ करती हो बेन..."

और मुँह से तीसरा जो 'बेन' निकला कि जयंती भाई आजीवन हमारी बेटी के मामा बन गए।

फिर तो अपने दो घरों के बीच की बाउंडरी न जाने कहाँ लुप्त हो गई। कभी यहाँ, कभी वहाँ, खाना यहाँ, झूलना वहाँ, पैकिंग-शैकिंग वहाँ, सोना-शोना भी जब-तब यहाँ।

जी, पाँच दिनों का हिंदोस्तां-नी खेला ! सत्रह बरस तक लेना न देना, पाँच दिन का ऐसा अपनापा कि जब बेटी बड़ी होकर अमरीका गई तो इत्मीनान रहा, जा बेटी तू अकेली नहीं, वहाँ तेरे मामा हैं, वहाँ तेरा अपना घर है।

बेटी समझी सत्रह बरस और पाँच दिनों का रिश्ता क्या ? अरे हुई होगी आकाशवाणी बादलों की घड़घड़ाहट के साथ जब वे पैदा हुए कि बनेगा यह नंगा-मुनंगा हमारी बेटी का मामा !

रिश्तों के भेद, समझ गया हूँ, भेद ही हैं, इसलिए जब बेटी ने पूछा इतनी चीज़ें मामा के लिए तो मैंने पलटकर पूछा, पोंछे की कीमत पता है तुझे ?

देखिए, बुरा न मानिए कि बात-बात पर सवाल जड़ देता हूँ, बेढंगे रिश्ते जोड़ देता हूँ। देखिए, मैं गुजरातियों पे हँसता था कि जब हुआ, जहाँ हुआ झूल-झूल-झूल रहे हैं झूले पर और जब भी जहाँ भी, थूक रहे हैं फिच्च। उसका क्या हुआ खुद देख लिया आपने और अब यह कैसे समझाऊँ कि मैं खुद झूल-झूल झूलता हूँ झूले पर जो वही झूला है उनका वाला जिसे वे बेच चुके थे जाने के पहले और मेरी बीवी ने कहा 'नहीं, बिलकुल नहीं, बेच के वापस लेना ?' और उन्होंने किया जी 'हाँ हँ हाँ' और

गए खरीदार का पैसा लौटा लाए और हिचका यहाँ, हमारे घर।

इस तरह आया हिचका यहाँ हमारे नीम के नीचे, 'नहीं' और 'जी हाँ हँ हाँ' के रिश्ते से !

या फिर मुझे भी छोटा-मोटा गौतम बुद्ध बना गया। क्योंकि यह नीम मेरा बोधिवृक्ष है। जिसके नीचे जब झूल-झूल उँघियाता हूँ तो थूक और झख-झख करते बाल और दाँत का हाँडवे और खीर और कोफ़्ते और मेरी बीवी के अश्कों का और मेरी बेटी का अपने मामा के घर से आता हँसी का पयाम का और एक पोंछे का मेरी जेब में बड़े से छेद का कुछ न बनता, पर बना, ज़ोरों से बना रिश्ता देख लेता हूँ।

अपने इस बोधिवृक्ष के नीचे अब सबसे मिलता हूँ और उनको अभयदान देता हूँ। मन-ही-मन।

जैसे इन डॉक्टर पड़ोसी को जो इन पाँच दिनों से बरसों पहले से हमारे यहाँ आ रहे हैं। जो कहते हैं आपके रिश्तेदार यहाँ थे तो आप हरदम साथ थे; तभी इतने वर्ष आप यहीं रह गए ! बड़ा बुरा लगता होगा अब...।

'नहीं' मैं मुँह खोल के कहना चाहता हूँ, पर मुँह मेरा कहते वक़्त तो बंद ही रहता है, सो मन खोल के कह देता हूँ।

'जी हाँ हँ हाँ' मन कहता है और अपने इस बोधिवृक्ष के नीचे चक्षुओं से अभयदान बिखेरता है कि देखा, कैसे पाँच दिन सत्रह बरस को मिटा बैठे, उसकी याद ही बदल बैठे, हमारी तो हमारी, तुम्हारी भी नज़रों में; देखो कि देखना वह ही नहीं होता जो देखा; याद कर रहा हूँ बिछड़नेवाले को और सोच रहा हूँ उस डाकिए के बारे में जो अमरीका से आए पार्सल लाता है तो बख़्शीश के लिए अपने मैले दाँत निपोर देता है।

इस बोधिवृक्ष के नीचे, इस झूले पर झूल-झूल झूलते हुए कभी तो मन यों खुश होता है, गोया खुशी तो वही जो बेमतलब हो, वरना तो बस खुशी का कारण है। और अपनी इस मस्तकिस्मती में न आव देखता हूँ, न ताव, फिच्च एक मारता हूँ और मुँह खुला रखता हूँ कि तुम सबको बताऊँ यह लाख पते की बात कि सुनो ऐ संगी-साथियों, ऐ इस देश के वासियों, यह शतशः सच है कि बेटी को मामा देना है तो अपनी बीवी के भाई के सम्मुख अपना चेहरा उगालदान बना के फैलाना पड़ता है।

मुँह खुला है, होंठ थरथरा रहे हैं...।

और ऊपर से एक चिड़िया पूँछ उठाकर हम पर कुछ टपकाती है...।

अब के मुँह से आवाज़ निकलती है—"ओ बीवी जी, क्यों न आज वह पोंछा निकाला जाए ?"

अब सोचिए कि भला पोंछा का ऊपर से गिरी बीट से क्या रिश्ता ?

भार

सब बनाए खुदा, पर आज के ज़माने में औरत न बनाए। हिंदुस्तानी। मध्य वर्ग की। अफ़सराने पढ़े-लिखे तबके की। अंग्रेज़ी में चाँय-चपर कर सकनेवाली। चालीस-पैंतालीस की उम्र की। मोटी।

क्योंकि आज इन जैसे लेबुलोंवाली औरत अपने मोटे होने को कैसे सह सकती है ? जब ढेरों ऐसे लेबुलवाली औरतें मोटी नहीं हैं ? आए दिन संवाद कानों में पड़ता है कि छोड़िए इन नई कमउम्र लड़कियों को, देखिए, मिसेज़ फ़लानी को, मिसेज़ ढमाकी को, दो बच्चे हैं, पैंतालीस से कुछ ही कम होंगी और क्या दुबली-पतली, छरहरी, जवान दीखती हैं कि जैसे कॉलेज गर्ल, कितने अच्छे से 'मेंटेन' हैं।

बिलकुल जैसे बाग या पुराने घर अच्छे से 'मेंटेन' हों !

इनके बीच खुदा कुछ को हमारी छोटी चाची जैसा बना दे तो फिर हो गया न अन्याय ?

पर खुदा कौन बड़ा न्याय करनेवाला निकला है ? आज तक क्या लक्षण दिखाए हैं उसने नीर-क्षीर रूपी? और है आख़िर उसी लिंग का न, जो औरतों को अबे-तबे, तू-तड़ाक करता रहा है ? बना डाला उसने हमारी छोटी चाची को औरत, अफ़सर की बीवी, जिसे आज ही के ज़माने में चालीस भी होना था और फिर चालीस के संग-संग चलते जाना था, एक लंबे मुश्किल अरसे के लिए।

शायद कहना चाहिए एक मोटे मुश्किल अरसे के लिए।

हालाँकि मेरा कहना था कि चाची ऐसी भी मोटी नहीं हैं आप, पर उनका चेहरा इसी पर दुखी हो जाता कि 'ऐसी भी मोटी नहीं हैं आप'। यानी वैसी मोटी तो हो ही गईं फिर न, ऐसी भी भले न हों !

मैं कोई दिलासा देने के मारे यह नहीं कहती थी। मुझे नहीं ही लगती

थीं छोटी चाची ऐसी भी मोटी। ठीक है कि आज की बंबइया फ़िल्म स्टार भी नहीं लगतीं। पर कोई बहुत पुरानी बात तो नहीं कि मीना कुमारी थी, गीता बाली थी, मैं चाची को याद दिलाती।

इस पर पहले कि छोटी चाची कुछ कह सकें अश्विन बोल देता टुन-टुन भी थी।

और चाची का दुख बढ़ जाता।

मुश्किल यही थी कि घरवाले बाहरवालों से कम क्या, बढ़कर ही थे। मैं अकेली कितना बचा लेती ? मेरी तो वे माँ समान थीं, जिसकी समान नहीं, माँ ही थीं, वह ऐसे उनके आत्मविश्वास को दुलत्ती लगाता !

मेरा मानना है इसके पीछे अश्विन की सोच कम, प्रकृति ज़्यादा थी। इंतकामी प्रकृति, बलवान बने रहने की चाह, आज्ञापालन को मरियलपन मानना। ज़रा जो डाँट लगा दें छोटी चाची कि पढ़ नहीं रहे, टीचर ने शिकायत की थी, जाओ शुरू हो जाओ, तो उस दिन अश्विन ताक में रहता कि कैसे माँ की पकड़ से छूटे। खाने की मेज़ पर मान लें कि छोटी चाची छोटी सी एक पूड़ी के लिए हाथ बढ़ातीं कि अश्विन चीख पड़ता—ऐं...? और उसका स्वर अदृश्य हथकड़ी बनकर चाची की कलाई को जा घेरता—वे क़ैद हो जातीं, बेटा फ़रार हो जाता और घर के बाहर चौकड़ियाँ भरता या कमरे में पढ़ने के बजाय कैसेट का शोर फैलता। उस दिन कम-से-कम चाची उसे फिर न लताड़ेंगी।

यों ही चाची कुछ नहीं खाती थीं। हर चीज़ की कैलोरी गिनतीं। घर में समोसे, मेवे, पूड़ियाँ बाप-बेटे—और मैं भी—उड़ाते। कभी छोटी चाची से न रहा जाता तो बमुश्किल तमाम वे एक काजू उठातीं और ज़ोर से ज़ुल्म क़बूल करतीं—'इतने कैलोरी'—और फिर आँखें बंद करके मुँह में डाल लेतीं कि जैसे न जाने क्या न देखें तो कैलोरी भी कहीं नहीं दिखेगी !

सुबह से जो चाची शुरू हो जातीं तो रात तक उनका वही एकसूत्रीय कार्यक्रम चलता—दुबलाने का संग्राम। रीबॉक जूते साड़ी के नीचे फट-फट मिलिटराना अंदाज़ में मोहल्ले के अनगिनत चक्कर लगाते। नहाने से पहले वे कमली से तेल मालिश के ज़रिए मांस दबवातीं, जिससे कमली का वज़न घट जाता। खाने की एवज में चाय का अनवरत सिलसिला चलता। चाची रस्सी कूदतीं, आसन करतीं, चटाई बिछाकर हवा में साइकिल चलातीं,

नाव खेतीं।

मगर दुबली नहीं होतीं।

पीली होती जातीं।

'अनीमिया', डॉक्टर ने कहा, जब चाची बेहोश हो गईं, और आयरन टैबलट दे दिए, पर भूख खुल जाएगी यह जान छोटी चाची मार आनाकानी करतीं कि गोली नहीं लेनी। 'डॉक्टर बेवक़ूफ़ है, फ़ुटबॉल हो रही हूँ और उसे कमज़ोर दिख रही हूँ,' वे कहतीं, जैसे उसका मखौल बना रही हों, पर इतनी रोनी सूरत निकल आती कि अब टपके, तब टपके आँखों से, हुई जातीं।

'फ़ुटबॉल', 'पैटन टैंक', 'डबल', ये सारे खिताब अश्विन और छोटे चाचा के दिए हुए थे। चाचा का भी वही था कि कभी भी जुट जाते। छोटी चाची नहाकर निकलीं, बाथ-रोब उतारा, नीचे पेटीकोट और ब्लाउज़ है और साड़ी लपेटने लगीं कि वे आँखें मोटी-मोटी करते 'बाप रे बाप'। ग़लती से जो छोटी चाची गुस्सा कर दें कि फिर तो बाप-बेटे आपस में इशारे करेंगे, ठहाके लगाएँगे—'क्या कह रहे थे बेटा तुम कि गाड़ी का टायर बदलना है, चलो पैसा बच गया, खरीदना नहीं पड़ेगा।'

बस छोटी चाची का चेहरा उतर जाता, कैसे छिप जाएँ कपड़ों में, ऐसी लाचारी का भाव आता।

छोटे चाचा को भी इन मज़ाक की लत पड़ गई थी। पर थे तो आख़िर वे भी इसी ज़माने के, जब 'मेंटेन' घर, बगीचा, औरत की पूछ थी और स्क्रीन पर हलकी-फुलकी हिरोइनें नाच रही थीं। इस बात से भी इनकार नहीं किया जा सकता कि ख़ुदा में और हमारे घर के दो प्राणियों में लिंग-समानता थी, उसका वे क्या करते।

'इतनी बदसूरत मैं हूँ'—चाची मेरे साथ हों तो हर शीशे के आगे रुक जातीं, कभी बाएँ घूमतीं कूल्हों को देखतीं, कभी दाएँ पलटकर पेट पर दर्द से हाथ रखतीं। एकदम दुखी हो जातीं चाची—'तुम जाना स्कूल फ़ंक्शन में। मैं नहीं जा सकती। अश्विन कहता है उसके दोस्तों की अम्माएँ शादी शुदा भी नहीं लगतीं।'

शोक में घुली जा रही थीं छोटी चाची।

या कि घुल ही तो नहीं पा रही थीं!

क्यों नहीं यह हमें असमंजस में डाल देता। कमली फटकारने भी लगी थी 'क्या मेमसाहब ऐसे लगता है आप हमारे घर की हो, साहब की मेमसाहब नहीं। कभी आधी सूखी रोटी अचार से खाती हैं, कभी काली फीकी चाय पिएँगी, कभी दही का धोवन गटक रही हो, छी छी'।

इस पर चाची-चाचा, अश्विन, तीनों एक गुट होकर हँस दिए थे।

पर असल में तो चाची हँसना भी छोड़ती चली गईं। खुद को कुछ समझना ही छोड़ती चली गईं। जहाँ और अफ़सरों की बीवियाँ पति के तबादले तक किसी स्कूल, किसी संस्था में इज़्ज़तदार ओहदे पर हो जातीं, छोटी चाची घर-घुस्सू बनी जातीं। कम-से-कम चाचा ने यह कभी नहीं कहा कि इसलिए तुम नौकरी करने लायक नहीं हो। बल्कि उन्होंने बुरा माना कि उनके जाननेवाले ने छोटी चाची को 'इंटरव्यू' के नाम बुलाया कि चाय पिला दें और रजिस्टर में सरकारी तौर पर नाम दर्ज कर दें और छोटी चाची नहीं गईं। यही कहती रहीं 'मुझे देखकर कौन लेगा'। मैंने इसरार किया कि मॉडल की नौकरी तो नहीं न चाची। इस पर उनकी रही-सही हिम्मत चिंदी बनकर उड़ गई। 'देखा, तुम भी कह रही हो, मेरा फ़िगर बेढब-से-बेढब है।' 'मोटी सेठानी'—उन्होंने ली मारी चिढ़कर अपने पर गाली। ले..., धप्प...करके गाली गिरी और हमारी छोटी चाची का मुँह बिगड़ गया।

रहा होगा कोई युग, जब मोटी सेठानी अपनी चर्बी और गहनों से ही अपनी संपन्नता की कहानी कहवातीं। अब तो गहने लॉकर में हों तो ही ख़ैरियत और चर्बी गल जाए तो ही आन है, शान है, मान है।

न गले तो छिपा लो कपड़ों में। न छिपे कपड़ों में तो दीवारों में।

यही करने लगीं थीं छोटी चाची घर की चाहरदीवारी में छिपकर रहने लगी थीं। हीनभावना से ग्रस्त, अपने मोटापे से आप ही घिन्नाती, चाची ने बाहर जाना ही छोड़ डाला !

बाहर जाने पर कुछ उलटा-सीधा घट जाता तो उनको फिर वहीं खड़ा कर देता—अपने से रू-ब-रू। एक बार जैसे, छोटे चाचा के मित्र गुलेरीजी के साथ का हादसा हुआ। कि छोटी चाची ने कह दिया कि शिमला में जीजी के कपड़े पहन लूँगी, यहाँ से कुछ नहीं ले जा रही। 'वही जो पिछली होली पर आई थीं, आपकी जीजी,' गुलेरीजी ने पूछा 'उनके कपड़े आपको

अटेंगे ?" गुलेरीजी ने कहा।

बुझ गईं चाची। हार गईं छोटी चाची। कहने लगीं मुझसे हमारी छोटी चाची 'यह तुम्हारे गुलेरी अंकल को कैसे यू. पी. एस. सी. में सफलता मिली, इसी से पता चलता है सिविल सर्विस के इम्तिहान का स्तर कितना गिरा हुआ है'।

लोगों का यह था कि कुछ कहा और बढ़ जाते आगे। पर चाची तो वहीं अटक जातीं न ? अब शम्मी मौसी ने कह दिया 'अरे तुम'—छोटी चाची से—'मुझसे छोटी हो मैं कैसे तुम्हारी गोद में बैठूँ, तुम जो मेरे पर बैठ लो' कि मौसाजी ठठा पड़े 'रे गाड़ी फिरकी की तरह घूम जाएगी' और चाची फुक्का मारकर रोने को हो गईं। रुक गया उनका जीवन वहीं जबकि हम बाक़ी, एक के ऊपर एक लदे-फदे, पिकनिक पर बढ़ गए। सारे रास्ते चुप रहीं। घर आए, गाड़ी से उतरीं और कहती हैं 'ख़ाक मज़ा आया, तुम्हारे मौसा कुत्ते की तरह खाते हैं, पास बैठना मुश्किल, हाँफते हुए, पसीना चुआते, मोटे अलग।'

बाहर न ही जाना ठीक। चाची भीतर ही ठीक। दिन-पर-दिन उनकी शख़्सियत लुटी-पिटी, मिटी।

अकेली अंदर बैठी हैं। टेलीविज़न के आगे। चाय-पर-चाय कमली पकड़ाए जा रही है। मार खट्टी डकारों से हवा खराब कर रही हैं। ठंडा दूध, आइसक्रीम इलाज हैं, पर क्या खाक लेकर खाएँ-पिएँ यह सब चाची, चाचा और अश्विन के घर में ? और क्या बाप- बेटे को दोष दें, जब उनसे बड़ा दुश्मन खुद चाची का अपना नासपीटा ज़मीर है ? तिस पर टी. वी. पर मटकती डिंपल कपाडिया। 'अरे हराम का पैसा होता है इनके पास....हमारी सर्विस में घर, गाड़ी, नौकर है, पर पैसा कहाँ कि हम भी जाएँ पेट पर मशीन चलवा लें, मांस चपटवा लें।'

क्या हसरत है चाची की आँखों में। तब वे भी तन लहराती फिरतीं। इन औरतों की तरह।

'कमली कमली' वे अचानक ज़ोर से चिल्लाती हैं। 'सब काम छोड़कर दौड़ी आओ।'

हाथ में उनके इंचटेप है। कमली दरवाज़े से भीतर होने नहीं पाती कि वे झपट्टा मारती हैं और उसकी कमर इंचटेप से घेर लेती हैं।

'प्रेगनेंट है कमली। कमर कितनी बढ़ी, देखें।' मुझे समझा रही हैं।

जो भी देखती हैं उससे कोई ख़ास दिलासा तो नहीं आ पाती उनके चेहरे पर, वरन टूटी आस के टुकड़े फैल जाते हैं उनके चेहरे पर।

चेहरा बदलता गया हमारी छोटी चाची का। सही कहते हैं, जो भी कहते हैं कि ऊपर तो सिर्फ़ मुलम्मा है, दिल और दिमाग़ में चमक है तो मुलम्मे में जान आती है, क़शिश भरती है, हरकत होती है। छोटी चाची के भीतर इतनी हताशा भर चुकी थी कि ऊपर भी सब मरियल रह गया। डील-डौल वल्लाह और जान भुस्स !

ऐसी हो गईं चाची कि जितनी उनकी काया बस उतनी उनकी चिंता भी और चिंतन भी। कितनी भी फैली हुई हो काया जब उतना ही दायरा हो गया चिंतन का तो सिकुड़ा ही जानिए। जीवन ने उन्हें ऐसा कर दिया। या खुदा ने, या चाचा ने, या इस समय और समाज ने।

दुखी छोटी चाची।

एक मैं थी और एक कमली बस जो शायद उन गाढ़े दिनों में उनकी हालत कुछ-कुछ समझ लेते। छोटे चाचा और अश्विन तो अभी भी जब-न-तब इशारों से भारी-भरकम आकार जतलाते और हँस देते, पर मैं डपट ही न पाती उन्हें।

मुझसे ज़्यादा कमली हड़का सकती थी। 'अपनी तोंद देखो पहले अश्विन बाबा, फिर मम्मी की देखना' उसने लगाई।

'बच्चों को तो माँ के ऐब मिलने ही हैं न,' अश्विन सरबसर अविचलित, बात उड़ा गया।

चाची गर भीगी बिल्ली थीं तो चूहा हो गईं।

मैं थी कि करना तो कुछ सूझता नहीं, स्कूल से आकर 'आज चाची यह हुआ, हिस्ट्री टीचर ने गांधी को गैंडी कहा, पी.टी. में हमने गैस निकालने का आसन सीखा पवनमुक्तासन,' यह सब छेड़ देती। छोटी चाची सुनतीं, पलँग से उचककर ड्रैसिंग टेबल के शीशे से झाँकतीं, पल्लू उठाकर ब्लाउज़ के नीचे जमा थैली को निराशा से डुलातीं, फिर सुनतीं, फिर कहतीं 'एकदम शी-पहलवान', मुँह फुला लेतीं, इसी तरह चलता।

'एक नई लड़की आई है छोटी चाची,' मैंने बताया। 'हथिनी एकदम।'

'मेरी तरह'। वे खड़ी होकर कप-प्लेट की अलमारी के शीशे में अपना

धुँधला अक्स देख रही थीं। मैं खा रही थी।

'पर उसे कोई बीमारी है। थायरॉयड की।'

'मुझे भी होगी', कप-प्लेट मायूसी से उन्हें देखते गए।

मैं आगे बढ़ गई। चाची वहीं अटक गईं।

'मम्मी मम्मी'। सुबह-सबह अश्विन पुकारे जा रहा था। 'कहाँ हैं ?'

एक बार छोटी चाची मुड़ीं। 'मर गईं' दाँतों के बीच से किटकिटाकर बोलीं और मेरी बाँह खींचकर निकल आईं।

बाहर।

मुझे स्कूल छोड़कर अपनी जाननेवाली डॉक्टर को सुबह-सुबह क्लिनिक पर पकड़ने चली गईं।

मैं घर लौटी तो चाची फ़ोन पर थीं। बिस्तर पर आधी लेटी, गाव तकिए का सहारा, एक पैर ऊपर मोड़े, दूसरे पर अभी भी सुबह की सैंडल झुल-झुल झुलाती। हँस-हँस हँसती।

उस दिन चाची ने फ़ोन नहीं छोड़ा। दुनिया भर के परिचितों के नंबर डायरेक्टरी से खोज-खोजकर एक के बाद एक डायल दबाए। दूसरे शहरों में भी कम-से-कम दर्जन भर फ़ोन लगाए।

'क्या चल रहा है ?'

'बच्चों की क्या खबर ?'

'हाँ अश्विन का अगला साल टफ़ है।'

'मिस्टर कहाँ हैं ?'

'और तो सब ठीक ही है। थायरॉयड की परेशानी शुरू हो गई है।'

'नहीं, थैंक गॉड कोई बड़ी बीमारी नहीं है। मूली-गोभी खाने को मना करते हैं। वज़न पुट ऑन करने की टैंडेंसी हो जाती है। क्या किया जा सकता है ? पर...'

आवाज़ छोटी चाची की ऐसी कि ग़ैरज़रूरी बातों का दिन है, तेवर में ललक ऐसी कि सब कुछ हलका-फुलका।

मुझसे आँख बिना मिलाए फ़ोन मिलाती रहीं छोटी चाची। देश भर में अपने निर्दोष होने की खबर फैलाती रहीं। कि लंबी क़ैद से अभियुक्त हुआ है बरी, बाइज़्ज़त।

घंटी बजी तो कमली और मैं साथ उठे कि दरवाज़ा खोलें। छोटे चाचा अंदर आए, पीछे ड्राइवर आया उनका टिफ़िन कैरियर और ब्रीफ़केस रखने।

'मना किया है न ?' उन्होंने बिगड़कर मुझे देखा, 'कि दिन भर फ़ोन फँसाए रखो ?'

मैं भी मुड़ी चाचा की निगाह के साथ। छोटी चाची पीछे खड़ी थीं, बड़े नाज़ से पूरे दरवाज़े में भरी हुई, दमक-दमक आत्मविश्वास से फूली हुईं।

इत्मीनान से बोलीं—'मुझसे बात करो।'

जड़ें

आज फिर वैसा ही दिन निकला।

पाँच बजे आँख खुली तो पूरब का आसमान लाली की हसरत में दामन फैलाए, पलकें झुकाए, दुआ माँग रहा था। निरीह, विश्वासी। बाद में हवा चलने लगी और मैं बार-बार रसोई में दौड़ जाती कि गैस पर चढ़ा प्रेशर कुकर सूँ-सूँ कर रहा है, बंद कर दूँ, पर हवा थी।

चिड़ियों ने चहकना शुरू किया तो सब्जीवाले की लारी के पहियों से सड़क की कंकड़ी खड़खड़ाने लगी। पड़ोस की लड़की अपने टूटे पैर पर लँगड़ाती ऑफ़िस के लिए चली तो पत्तों पर धूप-छाँव ने हिलना-फिसलना शुरू कर दिया। सब अपने-अपने वक़्त से कुछ इतने सहज चले कि वहम हो पड़ा—टूटा पैर भी सहज, उगता सूरज भी सहज।

धूप-छाँव की जाली भी सहज...।

वह औरत फिर आ गई थी। पेड़ के नीचे लकड़ी की ऊँची बेंच पर बैठी थी, पीठ मेरी तरफ़ किए। पैर ज़मीन से एक-आध फ़ुट ऊपर लटके-हुए, डुलते हुए। उसके पैरों के नीचे, पेड़ की पातों से छितरती चमक में, धूप-छाँव की जाली बिछी थी, धीमे-धीमे लहराती।

रोज़ आ जाती है यह औरत।

सुबह मुझे याद नहीं रहता। मैं तेज़ कदमों से बस स्टॉप से ऑफ़िस की बिल्डिंग में जाती हूँ, लिफ़्ट लेकर ऊपर पहुँचती हूँ। दफ़्तर में अपने हैंड बैग से छोटा अलार्म क्लॉक निकाल के मेज़ पर रखती हूँ, लंच बॉक्स बगल के स्टूल पर रखती हूँ, गौगल्स वापस केस में डाल के, रूमाल से मुँह पोंछ के, कंघी निकाल के बस में उड़े बालों को क़ाबू में करके बैग बंद करती हूँ और कुरसी पर लटका के बैठ जाती हूँ। डाक देखी फिर फ़ाइलें खोलीं।

खोलीं और काम शुरू करने के पहले ही ऊब के यों ही गरदन बाईं ओर घुमाई। जहाँ खिड़की है जिसके पार नीम के पेड़ हैं और जहाँ झपक-झपक करती जाली है।

वह फिर दिखाई पड़ती है। पेड़ के नीचे धूप-छाँह की जाली के ऊपर, ऊँची बेंच से पैर लटकाए बैठी, पीठ किए बैठी, वह औरत।

हवा की सूँ-सूँ और झलमल जाली मैं देखती हूँ।

दिन भर वही—मेज़ पर झुक के मैं काम करती, बीच-बीच में सिर उचका के बाईं तरफ़ घुमाती, खिड़की के बाहर वह बैठी है, मेरी तरफ़ पीठ किए।

लंच खाते वक़्त मैं अपनी कुरसी खिड़की के पास खींच लेती। उसके चेहरे की झलक मिल जाए, पर वह सिर इधर करती है, उधर करती है, बस, मेरी तरफ़ नहीं करती। जानबूझकर इधर पीठ से अकड़ के देखती और बस ऊँची बेंच पर पाँव लटकाए सिहरती जाली पर उन्हें झुलाती।

मैं देख रही हूँ। उसकी पीठ इधर है। धीरे से वह आगे सरकी और अपने पाँव हिलती जाली में दो स्थिर बिंदुनुमा अपनी चप्पलों पर टिकाए, धीरे से पाँव उनमें डाले और फिर खुद सरक गई, नीचे, जाली में। लहर-लहर धूप और छाँव की जाली में, हरे और सुनहरे थिरकते पत्तों के तले।

मैं देख सकती हूँ। जाली में समाई वह भी लहरा रही है। हवा का परस उसे भी हौले-हौले हिला रहा है। इस खिड़की के परदे की तरह।

धूप के ढलने के साथ वह जाली ग़ायब हो जाती है। औरत भी।

मैं रोज़ाना तय करती हूँ, जल्दी से उठ लूँगी, ऑफ़िस छूटने के पहले, और वहाँ जाऊँगी, इस बिल्डिंग के पिछवाड़े जहाँ वे पेड़ हैं और पास जा के देखूँगी, कहाँ फँसी है वह औरत। पर बॉस रोज़ देरी करा देते हैं। चार के बाद अपने कमरे में बुलाते हैं, ठंडी कॉफ़ी पिलाते हैं और काम पकड़ा देते हैं जो 'आज ही पूरा होना है'। पाँच उसी में कब के बज जाते हैं।

तब भी मैं जल्दी-जल्दी सब कुछ समेट समाटकर लिफ़्ट से नीचे आती हूँ और चक्कर काट के पीछे पहुँचती हूँ। पर जाली ग़ायब हो चुकी होती है। केवल चील के डैनों-सी फैली विशाल छाया और उसे ओढ़े गुपचुप पेड़ होते हैं। धूप खोजती हूँ, तो ऊपर दीवार पे मरियल छिपकली-सी बची होती

है। उधर देखती हूँ, पर उसमें जाली नहीं है जिसमें उतरा जा सके। वहाँ धूप छितरी नहीं, सपाट है।

वह तो बस यहीं है कि धूप-छाँव के तिर-तिर तिरते पैटर्न होते हैं, जिन पर एक औरत उतरती है, मेरी तरफ़ पीठ करके बैठती है, इधर-उधर सिर घुमाती है, पर चेहरा नहीं दिखाती, फिर धीमे से कूदकर पैटर्न में घुस जाती है।

नीम के पेड़ हैं। पुराने। बीहड़। जिनकी जड़ें धरती में दूर-दूर तक बिछी हैं।

ऐसी फैली हैं पेड़ की जड़ें कि घर टूट रहे हैं। घर की नींव पर प्रहार हो रहा है।

यही म्युनिसिपालिटी की ओर से पड़ताल करने आई टीम का कहना है। पेड़ काटने पड़ेंगे, एस्टेट ऑफ़िसर ने कहा।

ये पेड़ काट दें, वरना आसपास की सारी इमारतें ढह जाएँगी, पूरा मोहल्ला एक साथ बोल पड़ा है। इधर घर हैं जिनमें लोग रहते हैं, चिंता की बात है, घर तो बचाने ही होंगे।

इन्हीं लोगों ने पहले भी नगरपालिका में शिक़ायत भेजी थी—इधर की झाड़ें ख़तरनाक हैं, काट दो।

'इसमें भैंस भी छिप जाए तो दिखाई नहीं पड़ती, साहब,' चौकीदार ने अर्ज़ किया।

मैंने साँप देखा था, दो हाथ लंबा, झाड़ियों से निकला और डरकर भागा—लगभग खरगोश की तरह !—उधर झाड़ियों में लुकने की धुन में। तीतर भी फुदकते देखे हैं वहीं।

'काट दीजिए,' मोहल्लेवाले कुछ सुनने को तैयार नहीं थे। 'कल यहाँ सामने ही ख़ून हुआ है, देखिए ना।' पुरानी हलवाई की दुकान के तिरासी वर्षीय भट्टजी को मार दिया था और उनकी अंटी से रुपए निकाल लिये। 'कटा दीजिए यह झाड़ियाँ।'

मैंने कहा भी, 'ख़ून से क्या मतलब और झाड़ काटने की ज़रूरत नहीं, वहाँ कोई नहीं छिपता, बस वह औरत है जो नीचे से जड़ों में फैलती गई है और उसे हम रोक नहीं सकते।' लेकिन मैंने ही अपनी ज़्यादा नहीं सुनी और बेरहमी से झाड़ें साफ़ कर दी गईं, भैसों से बचाने, जबकि ज़रूरत कुछ

और थी।

और अब फिर सब बमक रहे थे—'हमारे घर हैं यहाँ, पेड़ काट दीजिए।'

पेड़ से क्या मतलब, मेरा मन फिर चिंतित हो उठा। मेज़ पर सिर उचकाए बैठी। वहाँ भीतर किसी का डेरा है, बसेरा है, वह जड़ें हिला देती है, वह ही घरों की तरफ़ बढ़ रही है, न जाने क्या करना चाहती है।

फिर भी मैं चुपचाप फ़ाइलों का काम करती रही। आँकड़े बटोरे युकलिप्टस और सरु की रोपाई पर।

आज के सबसे लोकप्रिय पेड़। जो बिजूका लगाए बिना ही लहलहा जाते हैं, क्योंकि जानवरों को रास नहीं आता उनका स्वाद !

पर इनके लहकते और झूमते पत्ते धरती पर लेट जाते हैं और हवा को पार नहीं जाने देते। यह पृथ्वी का गला घोंटते हैं, बिछ के उसकी साँसें मिटाएँगे। त्रास से घिर आता है मेरा मन।

मैं उसकी पीठ देखती हूँ। वह मग़रूर पैर झुलाती ऊँची बेंच से अभी जाली में फिसल जाएगी।

देखोगी इधर, मैं तुम्हें आगाह करना चाहती हूँ, हो कौन, कहाँ की ? पर वह धीरे से अंदर फिसल जाती है।

जब युकलिप्टस की फ़र्श होगी तो साँस कैसे लोगी ? जब मिट्टी नहीं, रेत होगी तो यह धूप-छाँव की झिपझिपाती जाली कहाँ होगी ?

मैं घबरा गई हूँ। पेड़ न काटने की वजह ही वजह मेरे दिमाग़ में भिन्नाने लगती हैं। और यही कैसे भूलूँ कि यह तो नीम के पेड़ हैं ? देखो ज़रा, निरे पेंडेंट-से लटके पत्ते। सुनहले कुंदनी। दूब हरे। ताज़ातरीन, हवा में मचलते।

मालूम भी है यह पेड़ हवा में किस कदर छितरा देता है ऑक्सीजन ? हर तरफ़। अनेक हाथों से लुटाता है, बिखेर-बिखेर देता है सुख से। पूछो—उस औरत से ही पूछ डालो—कैसी न्यारी छाँव है नीम की। सुनते नहीं हो कोयल की कूक ?

उफ़ ! किस आसानी से कुल्हाड़ा चला दोगे।

मैंने बचपन में एक खमखाती, बलखाती डाल को देखा और मचल उठी। यों नहीं टूटी तो एक ब्लेड लाई और पता है ब्लेड नीचे किया तो

डाली चीखी थी ? मैं ठिठक भी गई, पर फिर चला दिया ब्लेड। पता है, स्कूल के माली ने शिकायत की थी कि किसी ने डाल नहीं, तना काट दिया और पूरी बेल मर गई ?

धूप-छाँव की जाली सिहर रही है। वह उसमें उतरा चुकी है, हवा को धीरे-धीरे झुलाती है।

बॉस को काम है। उनकी खिड़की के बाहर मैं जाली की ओर इशारा करती हूँ।

कहते हैं पत्ते-चकत्ते छोड़ो, ज़रा डिक्टेशन लो।

इस बार भी वे व्यस्तता में अपनी कॉफ़ी भूल गए हैं।

"तुम पियोगी ?" मेरी तरफ़ बढ़ाते हैं।

"नहीं।" मैं कहती हूँ।

"पी लो," वे प्यार से कहते है। और ठंडी कॉफ़ी मुझे पकड़ा के अपने लिए दूसरा कप मँगवाते हैं।

"आपको मालूम है, पेड़ काटने की कुछ बात है ?"

वे खिड़की की तरफ़ अपनी पीठ किए बैठे हैं।

"ठीक बात नहीं है सर। कौवे बोलेंगे।"

कुछ काग़ज़ गुरचिया के वे कूड़ेदान में फेंकते हैं।

"रेगिस्तान बन जाएगा सर। ऊपर की मिट्टी धूल के बादलों में उड़ जाएगी। और वही अठारह सेंटीमीटर तो है उपजाऊ।"

"उसके नीचे ?" बॉस हँस पड़े, दयालु भाव से।

"नीचे क्या है, सोचिए, सर।"

नीचे वह है, मेरा संतप्त मन बोला।

जड़ें हैं, सदियों की।

"तुम तो बेहद सेंटीमेंटल निकली !" बॉस ने थपकाया। "जड़ें घरों में पहुँच गई हैं। दीवारों में क्रैक्स आ गए हैं।"

"जड़ें नहीं सर, वह होगी, वह बढ़ रही है..."

"अच्छा...," बॉस अगले काम के लिए घंटी बजाते हैं।

मैं वापस अपने कमरे में लौट आई।

धूप ढलने लगी थी। वह चप्पलें पैर में पहने थी, हवा में उन्हें भी फट-फट मारती पीठ मेरी तरफ़ किए, फिर मेरे वहाँ पहुँचने के पहले जाली

में समा जाने।

मैं परेशान हो गई। उसकी पीठ मुझ पर हँस रही थी मानो कह रही हो, मैं उसे नहीं अपने आप को बचाना चाहती हूँ। जैसे बढ़ना मुझे था, चुपचाप, चुपचाप, चाहे इमारत ढह जाए; चुपचाप, चुपचाप, भीतर और बाहर, पृथ्वी के भीतर से मज़बूती से बाहर फूट पड़ने को।

मैंने म्युनिसिपालिटी को संबोधित करके स्थानीय अख़बार में खुली चिट्ठी लिखी–पेड़ों को न काटने की हज़ारों दलीलें दीं। यह अप्रैल की हवा है, इसमें भी नहीं सूँघ पाते नीम के फूलों को ? तुमने न खाया होगा कभी उनका पराग चूस के तैयार किया गया शहद।

ये नीम है लोगों, चनचनाया स्वर था मेरा। उसके आगे आँख बंद करके हाथ बढ़ा दो, जो वह गिरा दे उसे नेमत समझो। शुद्ध हवा देगा, दवा देगा। इसके बीज से ही तो निकलता है मारगोसा का तेल जो कोढ़ी के लगा दो। पत्ते सूख भी जाएँ तो घर में भटक आने दो, मकोड़े जो भाग जाएँगे। और दातून, चाहो तो कर लो दाँतों की परवाह।

कितने बदल गए हैं हम। पहले कभी था ऐसा स्वार्थ ? समाज की बढ़ोतरी से अब हमें कोई साबिका नहीं रहा ? मानो दुनिया हमारी मौत के संग मर जाएगी। ये लिखा मैंने।

ये भी कि हमारी मौत, जो जितनी नामुमकिन लगती है उतनी ही निश्चित है, पर पेड़ तो फिर भी रहेंगे। याद नहीं कभी पेड़ इसलिए लगाते थे कि हमारे जाने के बाद छतनार होंगे किन्हीं पर ? आम, बरगद, इमली, पीपल।

नीम।

मत काटो।

मैं देखने लगी खिड़की से बाहर। रोज़ देखने के कारण कितना साफ़। या करीब आ रहा था दृश्य ? धूप-छाँव की जाली किस शांति से साँस ले रही है। वह औरत वहीं बैठी है। पीठ मेरी तरफ़। धूप ढलने के साथ वह जाली में समा जाती है। तुम समझते हो उसका अस्तित्व मिट गया ? वही तो है वहाँ भीतर, उसाँसें लेती, घरों की तरफ़ बढ़ती, इमारतों की नींव तक पहुँचतीं। जड़ों में उसका वास है, क्या मिलेगा वह सब काट के ? मेरी तिर-तिर डोलती जाली मिट जाएगी। घर न बचनेवाले–ऊपर ताप मारेगा, नीचे

ऊसर ढहाएगा।

वह जो मेरी तरफ़ पीठ किए बैठी है, अप्रैल की दुपहरिया में, लगता है, एक गुंजन से अंदर-ही-अंदर गमक रही है।

पेड़ नहीं काटने। हम काफ़ी सारे विचलित हो रहे हैं।

"तुम तो बड़ा शोर मचा रही हो ! एनवाइरनमेंटलिस्ट बनी जा रही हो !" बॉस ने मुसकरा के सयाने, स्नेहलिप्त स्वर में कहा।

पेड़ों का सवाल नहीं है। मैं उत्तेजित होने लगी। किसी की साँसों का सवाल है।

मैं उचक के बैठी थी। वह वहीं, मानो पीठ दिखा के मंद-मंद मुसकरा रही थी। जाली मंद-मंद हिल रही थी। ऊपर नीम की आती-जाती साँसें हिलती पत्तियों से नीचे छितर रही थीं।

बॉस को उनका दीपन नहीं दिख रहा ? प्रकृति की सरंध्रों को बंद करेंगे तो कैसी सड़न फैलेगी ? असर किसे छोड़ेगा ? जो ताप बढ़ेगा और पानी सूखेगा और प्यास फैलेगी तब क्या करोगे ?

पेड़ काटने का कार्यक्रम फ़िलहाल टल गया।

'यह आपके ऑफ़िस की औरतों ने अच्छा हमारे घर ढहाने का ठेका ले लिया है,' पड़ोसी शिकायत करने लगे।

मैं रोज़ देखती, छाता खिड़की के पास खुला रख के, उसने आना बंद कर दिया।

बरसात आ गई और काले बादलों में मेरी जाली ग़ायब थी।

पर मैं खूब जानती हूँ, मेरी नस-नस में यह प्रतीति भर गई है कि धूप ढलने के साथ वह ढलती नहीं है, नीचे कूद भर जाती है और वहाँ बैठी बुन रही होगी, बुन रही होगी जाली, और महीन, और मज़बूत, और लचकीली, जो धूप निकलेगी तो पेड़ों के नीचे बिछ जाएगी और हवा ज़ोर से खींचेगी तो टूटेगी नहीं, साज़ के तारों की तरह छिड़ जाएगी, जो धरती के गर्भ में बढ़ रही होगी उस औरत के हाथों में, इधर-से-उधर, नीचे-नीचे, औरत के साथ, आगे।

वह फिर निकलेगी।

लेकिन बॉस बोलेंगे धूप निकली।

बॉस बोले—"आहा धूप निकली।"

"कॉफ़ी पी लो," वे मुझसे बोले।

पहली बार मैं अड़ गई—"नहीं।"

"पी लो।"

"नहीं।"

"पी लो, मैं और मँगा लूँगा।"

मैं झूठ बोल गई—"होम्योपैथी ले रही हूँ, कॉफ़ी मना है।"

ठीक है आज झूठ बोला, पर रोज़ होम्योपैथी का बहाना तो नहीं कर सकती ना ? तब कह दूँगी कि बस, कह ही दिया ना नहीं पीऊँगी कॉफ़ी। क्या मालूम यह भी कह दूँ आप पी लीजिए मैं नई मँगा के पी लेती हूँ !

मैंने अपनी कुरसी खिड़की के पास खिसका ली। मेरी औरत वहाँ। उसे देखती रही। कितनी शांति थी उस दृश्य में। तिरने का एक सामंजस्य—तिर-तिर करते पत्ते, धूप-छाँव, जाली, वह। वह...। वह तो बिलकुल निश्चिंत बैठी थी। मानो हर खतरे से बेख़बर हो। या बाख़बर होकर निश्चिंत ?

मैं देखती हूँ उसकी पीठ, उसका इधर-उधर घूमता सिर, बस मेरी तरफ़ नहीं। वह आगे को सरकती है, पाँव स्थिर बिंदुओं में डालती है। अचानक बाँहें इस तरह उठा के फैलाती है, हवा में दोनों तरफ़ हाथ फेंक के। तिरते कण काँप जाते हैं। और वह धीरे से भीतर जाली में उतर जाती है, मैं देखती हूँ, वहीं तिरती रहती है।

लेकिन म्युनिसिपालिटी वाले लौट आए हैं, कुल्हाड़ा फिर चमका रहे हैं। हम शोर कर रहे हैं, पर वे यही कह रहे हैं कि रे औरतो, बरसात थम चुकी है।

ऑफ़िस के बाद हम बहुत सारे वहाँ मिलने लगे हैं, जहाँ तब तक पेड़ों के नीचे केवल वह ऊँची बेंच रहती है, जिस पर आ के वह रोज सुबह से बैठ जाती है। पर हम वहाँ खड़े होते हैं जहाँ कुछ देर पहले धूप-छाँव की जाली हलके से झूल रही थी।

सोचते हैं बच्चों के लिए उस डाल पर रस्सी का झूला टाँग दें।

उधर बरसात के कारण पकी निमौड़ियों की गंध भाप की तरह उठ के हमारे कलेजों में सुख बनकर उतर रही है।

पर घर में रहनेवालों को बदबू आ रही है।

दिखा रहे हैं हमें घरों की दीवारों पर दरारें कैसे बढ़ रही हैं।

कोई हँसा था। मैंने चौंककर पेड़ों तले निगाह दौड़ाई।

मेरा भी जी चाहा हँसूँ—इन दीवारों को बचाना है ? हा हा !

बॉस के चेहरे पर दंभ है—'हँस क्यों रही हैं ?'

पर सर मैं तो नहीं हँसी, सच्ची।

मैं तो आतंकित हूँ। उजबक नज़रों से उसे देख रही हूँ। उसके इत्मीनान को। तुम्हें कुछ पता भी है ? फिर भी मुझ ही से चेहरा फेरे हो ? नाम तो बता दो। अरे, क्या तुम्हें ज़रा भी डर नहीं ? ज़रा भी अंदेशा नहीं ?

टैंपो में लदकर काटनेवाले आए हैं। एस्टेट मैनेजर ने नए फ़ैशन के जॉगिंग शूज़ पहन रखे हैं और उसके हाथ में एक ज़ंग लगी चाभी है जिसके की-चेन पर लाल चोंच का छोटा सा तोता लटक रहा है।

पेड़ काटने का दिन है। मैं देखती रह जाती हूँ।

लोग भीड़ जमाकर खड़े हैं। यों देख रहे हैं गोया तमाशा होगा। मेरे अंदर चीत्कार है, फूत्कार है, घोर-घोर सन्नाटा है। पेड़ कटेंगे, की-चेन बचेगी। झाड़ें कटीं, खून बहता रहा। साँप (खरगोश की तरह ?) भागे नहीं लापता हो गए और फ़ाइलों में आँकड़े मिल जाएँगे कितने साँप इनसान के मारे मरे, कितने इनसान साँप के काटे गए।

लोग घूर रहे हैं जैसे लगा दी न अक़्ल ठिकाने ? तड़-तड़ कुल्हाड़े चल रहे हैं, पेड़ कट रहे हैं। ऐसे कि जैसे बदला ले रहे हों, सिर उठाने का अंजाम सिखला रहे हों। कुल्हाड़ों की धार, सूँ-सूँ हवा और झरती नीम की पत्तियाँ, सूरज में पगी, मानो सोना झर रहा है।

मार दोगे क्या उसे ? मुझे कुछ दिखाई नहीं पड़ रहा। वहाँ धूप-छाँव की जाली को रौंदते असंख्य पैर हैं। तड़-तड़ कुल्हाड़े। आवाज़ नहीं, चीख।

चीख मैं रही हूँ।

आजीवन जंगल न काटने पर बोलूँगी, लिखूँगी।

रो रही हूँ।

सब लौट रहे हैं खड़ी दीवारों का भ्रम सँभाले।

मेरी खिड़की के बाहर गड्ढे हैं, जहाँ लड़खड़ा के मुँह के बल गिरेंगे अब।

मेरा जी मायूस है। मैं लौट रही हूँ, दीवार पर चिपकी बची सूरज की चिंदी से मुँह मोड़ के।

घर पहुँच के दरवाज़े का ताला खोलती हूँ। अंदर वह औरत बैठी है। ठीक सामने। मेरी नज़रों के। मैं खड़ी रह जाती हूँ। एकदम से बिलबिलाती हूँ–"तुम ? घर की नींव तोड़ने आई हो क्या ? मेरा घर लूटने ? यह घर हथियाने ?" मैं बिलखते मोह से चारों ओर देखती हूँ।

ताला मैंने ही लगाया था। वह तो जड़ों के रास्ते आई है। उसी राह दरारें फूटी हैं।

उसका आँचल सिर से सरक चुका है। उसके बाल खुले हैं–शुभ्र सफ़ेद, बिजलियाँ-भरे। उसकी आँखों में असली घी में पारा हुआ काजल है, चौड़ा, चमकदार। उसके चेहरे पर असंख्य झुर्रियाँ हैं, महीन, मोहिनी, लह लह।

चुप में सोखने की ताकत है। मैं बोल-बोल के बिखर रही हूँ।

वह उठती है, धीमे-धीमे बोल उठाती है, धूप-छाँव के टुकड़ों को बटोर के पिरोती है और जाली हाथों से ऊपर फैलाती है और फेंकती है।

मेरी तरफ़।

वे तीन

राधू को देखकर सबीना का मुँह खुला-का-खुला रह गया।

"तुम ?" वहीं दरवाज़े की चौखट पर, रास्ता रोके, अपनी बदसलूक़ी से नितांत बेखबर वह खड़ी रह गई !

"हाँ मैं !" राधू मुसकराई !

बिना मुसकराए 'हैलो' ही नहीं कर पाती; हालाँकि उस ख़बर को वह पल भर नहीं भूली थी। पता नहीं क्या सोचकर पूरा-का-पूरा अख़बार तब से झोले में डाले घूम रही थी। फिर रहा नहीं गया और यहाँ चली आई। सबीना को सामने देखते ही अख़बार का वह पन्ना कड़कड़ाता जान पड़ा।

लेकिन सबीना से उसने कुछ नहीं कहा। उसके कंधे से बचती हुई घर के अंदर दाखिल हो गई।

सबीना का मुँह अब भी खुला था। वे दोनों बैठक में खुलते छोटे से गलियारे में खड़ी थीं। सामने नीलिमा शेख की 'पेंटिंग' दीवार पर टँगी थी—उसके सौम्य पेस्टल रंग खुद चित्रकार का पता बता रहे थे। नीचे बौनसाई किए हुए पीपल और बरगद के पेड़ थे।

इनके बीच उसका अधखुला मुँह ! अजीब। इन ऊँचे घरानों में बेपरदा हर भाव भोंडा लगता है। अख़बार को एक पल नहीं भूली राधू, पर सोच बैठी यही तो फ़र्क है उँचली और निचली तहज़ीब में बस। कि ग़रीब का वही एक कमरा, मेहमान का भी, खाने-पीने-सोने का भी, वहीं बेलाग हँस पड़ना, वहीं चीखने लगना, सब सहज। पर यहाँ, राधू ने दूर तक फैले घर के विस्तार को देखा, क्यों न हो एक कमरा रोने का, दूसरा हँसने का और तीसरा आँसू, हँसी, हैरत—सबको सपाट लिबास पहना के उसे 'सोफ़िस्टीकेशन' नाम देने का ? यहीं पर बेपरदा हो जाना तो भोंडा लगेगा ही ! उच्च वर्गीय तामझाम और नफ़ासत के बीच तुम्हारा यह अधखुला मुँह...!

सबीना ने अचानक मुँह बंद कर लिया। एक मिनट बाद लौटी तो ट्रे पर पानी का गिलास था, फ्रिज का ठंडा कोहराए रंग का पानी। उसके बाल सफ़ेद होने लगे थे। सुंदरता वैसी-की-वैसी थी। बरसों बाद जब यह कंधों पर श्वेत रेशमी बाल छितराएगी तो इसे अपने नाटक में मीरा नाची रे बनाऊँगी, राधू ने जो वह कभी नहीं करने वाली थी, मन में सोच डाला।

वह पानी लिये खड़ी थी। गटागट-गटागट राधू पानी पी गई।

"और चाहिए ?"

"शुक्रिया।"

दोनों खड़े रहे। चुपचाप। अब क्या, हवा में तिरता।

सबीना चुप रही।

राधू बोली–"कैसी हो ?"

"ठीक।" सबीना हिली, "यहाँ बैठ जाओ।" बैठक में अहँगी-महँगी साज-सज्जा के बीच।

फिर चुप। बोलने की कोशिश भी नहीं।

सबीना ने कभी ऊपरी रिश्ता निभाने का नाटक नहीं किया। बस जितने बरस तीनों साथ रहे, सब घना रहा। जब टूट गई तो एकदम 'कट'। इसी शहर में थी, पर मिलने की कोशिश कभी नहीं की।

प्रीथा से राधू खुलकर सबीना की बुराई करती थी। जबकि प्रीथा और सबीना तब भी मित्र रहीं।

'दोस्ती में तो ऊपरी औपचारिकता भी नहीं मंज़ूर, जीवन में ऊपरी ग्लैमर ही इनकी सबसे बड़ी आकांक्षा है !'

उधर सबीना के भी अपने कारण रहे होंगे उखड़ने के, पर वह खत्म करके बातों में भी सब खत्म कर चुकी थी। इसलिए कुछ नहीं कहती।

असल में जब सबीना को पता चला कि प्रीथा कभी-कभी राधू की 'बेड' में अब भी घुस जाती है–स्कूल-कॉलेज छोड़ने के बाद–तभी शायद आख़िरी झगड़ा हुआ था।

'दुनिया भर में एक वही तो मौरेलिस्ट पैदा हुई है !' राधू ने ताना कसा।

प्रीथा को सबीना की नैतिक-अनैतिक की समझ से कोई परेशानी नहीं थी। न ही, खुदा जाने क्यों, सबीना को उससे कोई खुंदक थी। वह तो बस

राधू से अलग हो गई।

'समझा दो उसको,' राधू ने प्रीथा से खीजकर कहा, 'कि तुम कोई भेड़-बकरी नहीं हो कि तुम्हें ज़बरदस्ती बाँध के खींच लाती हूँ। उसे तुमसे भी चिढ़ना चाहिए !'

प्रीथा हँसी–'उसे लगता है, तुम बिल्ले पहन के घूमती हो, मैं ये हूँ, ये हूँ, और ये हूँ। ढिंढोरा पीटती हो।'

'उसे लगता है कि जौहरी तो वे हैं, वे बताएँगी क्या क्या है !'

तब राधू ने प्रीथा से कहा था–'इसकी वैसी खूबसूरती नहीं जहाँ चेहरा और बदन मेल नहीं खाते ? चेहरा भावों से भरा होता है, ज़िंदा, खूबसूरत। बदन अजीब ढका-ढका, निर्जीव।'

'नहीं, अछूती खूबसूरती–जिसे मैं खूबसूरती खैर नहीं मानती–नहीं। कुछ गड़बड़, जैसे हवा और धूप न देखा हो बदन ने। पर बीमार नहीं। कुछ बेआकार, बेचरित्र...सुंदर होने के बावजूद...।'

प्रीथा हँस दी–'न मैं समझी हूँ, न वो समझेगी।'

बस दो की दोस्ती 'टपक' गई !

राधू ने ऊपर देखा। सबीना अविचलित बैठी थी। झोले में अख़बार सलामत पड़ा था। तुमने भी देखा होगा, विज्ञापन के-से घेरे में छपी लाइनें। उसकी उलटी तरफ़ देखा क्या था ? हा हा, विज्ञापन,–हियर इज़ अ कंफ़रटेबल एंड कंवीनिएंट स्विच ओवर...द फ़्यूचर बीलौंग्स टु अस...शेअर अ ग्रेट फ़्यूचर...बाइ अ हीरो हौंडा...हा हा !

सबीना बोली–"तुम्हारे नाटकों के रिव्यूज़ देखे हैं।"

'क्या देखा ? हीरो हौंडा, आवर ग्रेट फ़्यूचर ? और दूसरी तरफ़...?'

पर राधू तब भी नहीं बोली।

लंबी चुप्पी के बाद सबीना कोल्ड कॉफ़ी और चिकन सैंडविच ले आई–"तुम इस घर में पहली बार आई हो ना ? चलो, देख लो।"

यह भी नहीं पूछा कि पता कैसे मिला ? यों तो सब आर्किटेक्ट इस घर का ज़िक्र करते हैं और 'सैंसेशन सूटिंग' वाले अपने 'मॉडल्स' को इसी घर के अंदर-बाहर खड़ा करके विज्ञापन के लिए तसवीरें खींचते हैं। छोटे-मोटे ताजमहल से कम नहीं है। लाखों-करोड़ों का बना होगा। जबकि सबीना ने टूटी-फिंकी गुज़रे जमाने की इमारतों से नक्काशीदार दरवाज़े,

छज्जे, दीवार, असबाब—सब रद्दी के भाव बटोरा होगा। फिर भी बहुत लगा होगा इसे बनाने में। बहुत मशहूर है यह। लेकिन आना चाहो तो हर पत्रिका से बाहर झाँकने के बावजूद इतना भी आसान नहीं था पता पाना।

दोनों चुप—दोनों के बीच चुप—इस कमरे से उस कमरे बढ़ते रहे। 'स्टडी' में घुसे तो सामने नाटक 'नाई का भेद' का पोस्टर लगा था। राधू ठिठक गई। पोस्टर प्रीथा ने डिज़ाइन किया था। नाटक मंच पर चल रहा था। राधू पता नहीं कैसे भूल गई कि उसकी एंटरी है। स्टेज लाइट अप हुई तो सबीना ने अपने को भरे हॉल के आगे अकेला पाया ! बैकस्टेज प्रीथा भागी—'राधू योर एंटरी।' फ्रंट स्टेज सबीना ने कमाल किया—'मैं अकेले कुछ तय नहीं कर सकती।' और तहे दिल से उसने पुकार लगाई—'शेहरेनाज़, कहाँ हो ऽऽ ?' शेहरेनाज़ उर्फ़ राधू उछलती आई ! दर्शकगण नहीं समझे, पर नाटक के बाद जब प्रीथा और राधू हँसने लगे तो सबीना रोती रही !

'नाई का भेद' सफल नाटक रहा—खाली मंच पर एक सुनहरा नवाबी हुक्का दिखाकर संकेत से पूरा राजदरबार खड़ा कर दिया। और अब—प्रीथा का पोस्टर एक संकेत बनकर होस्टल की उनकी डॉरमिटरी उठा लाया। अजनबी स्टडी और अमीर कलाकृतियाँ ग़ायब। उसकी जगह वे तीन जहाँ रहती थीं, वह कमरा, प्रीथा का पोस्टर दरवाज़े पर, लापरवाही से टँगे तौलिए या नाइट सूट से आधा छिपा हुआ।

लड़ाई के पहले।

'प्रीथा स्टॉप स्मोकिंग।'

'आज का चौथा है बस।'

'रात भर खाँसती रही हो।'

'सबीना फेंक दो पूरा पैक खिड़की के बाहर।'

'अ ये ल्लो !'

'अरे-अरे साली ! पैसा लगता है !'

'मुझे पता है, मुझे पता है।' राधू ने मुड़कर कहा।

सबीना का निर्विकार चेहरा।

"और ये स्टोररूम है।"

राधू पोस्टर को बिना छुए लौट आई।

"घर तो क्या खूब है। तसवीरों से अंदाज़ नहीं पड़ सकता। तुम्हारा हुनर तो पहले भी पहचान में आता था।"

फिर ठिठक गई राधू। मन-ही-मन। इरादे बग़ैर ही हर दूसरा कदम वहीं अतीत में तीनों के आसपास पहुँच जाता। प्रीथा और सबीना ने साथ इंटीरियर डिज़ाइनिंग की थी। साथ अमरीका भी गईं, पर सबीना छः महीनों में वापस आ गई।

अब तो कहना ही चाहिए, मुझे पता है।

पर कोई कुछ नहीं बोला। अख़बार दबा पड़ा रहा।

"चलूँ।" अंतराल के बाद राधू ने कहा। झोले में हाथ डाल के, अख़बार के इधर या उधर से टिकट बुक निकाली।

"अठारह को नाटक है। विभु को लेकर आना।"

जैसे ही बाहर निकलने को दरवाज़ा खोला विभु पहुँच गया।

"लौंग लाइफ़ !" राधू फिर बिना मुसकराए 'हैलो' नहीं कर पाई।

"हैलो।" विभु पास आने लगा तो जैसे कहीं कोई घबराहट का कण।

"कैसी हो ?"

अचानक गला भरने लगा। "मैं ठीक हूँ" राधू बोली तो उसे खुद को सुनाई पड़ा—'मैं ठीक हूँ ?'

"जाने वाली थी।" सबीना बोली तो उसके भी स्वर में हलकी-सी हड़बड़ी, कँपकँपी।

कि बस-बस कोई तीसरा न बोले।

"अख़बार में तुमने देखा होगा।" विभु हीरो हौंडा का विज्ञापन बन के निकल आया।

"हाँ हाँ," जल्दी से राधू ने जवाब दिया। उस विज्ञापन को क्या अधिकार है आसपास होने का ? इधर खबर, उधर शेअर अ ग्रेट फ़्यूचर...!

सबीना ऐसे बढ़ी जैसे उसे भी जाना था राधू की तरह।

"ज़िंदगी का कभी कुछ पता नहीं चलता।" विभु का स्वर आया कहीं से।

तो दोनों की नज़र ने इलज़ाम-भरी बंदूक की नली विभु की कमीज़ पर गड़ा दी।

विभु जैसे ही कहेंगे हर बार, 'तुमने सुबह का अख़बार देखा ?' जब

हम भी शेअर अ ग्रेट फ़्यूचर के उस तरफ़ होंगे।

"चलती हूँ" राधू बिना भागे तेज़ी से भागने की प्रक्रिया में हो गई और सबीना ने बिना धक्का दिए उसे जल्दी भगाने को धक्का दिया। पहले कि विभु कह दे—इट इज़ सो टैरिबल, इट इज़ सो सैड, ऑल अलोन इन हौरिबल न्यूयॉर्क ! व्हाट अ ग्हास्टली डैथ, तुम्हारी दोनों की जिगरी की...

तुम कौन होते हो बोलनेवाले, राधू भीतर-ही-भीतर कुलबुलाने लगी। चुप रहो।

सबीना और वह नीचे उतर आए थे पहले कि विभु ऐसा कुछ कह पाए।

"आना फिर।" सबीना ने नर्मी से राधू के झोले को छुआ।

पर दोनों जानते थे। फिर तो नहीं।

शांति-पाठ

जिस तरह से वे चल रहे थे हम जान गए उनके झोले में छाता नहीं है। दौड़ती-सी चाल। बादल की हर गड़गड़ाहट के साथ उछल जाते, फिर दौड़ते। इंस्टिट्यूट के सामने की कंकरी पर उनके जूते चर्र-मर्र चरमराने लगे। धुँध उड़-उड़ के उन्हें घेरती और वे कुछ सकपकाए-से उसे देखते, मगर शायद फिर इस कमरे के एकदम नज़दीक होने का इत्मीनान उन्हें हो गया।

ज़रूर वे सोच रहे होंगे, वे कितने बदनसीब हैं कि सारी बरसात उन्हीं पर हो रही है—बीवी, पुलिस—झुरझुरी-सी दौड़ गई पीठ पर—और आसमान। लोग भी यही कहेंगे कि हाँ देखो, आप लौटे और फिर से धुँध भर गई। वरना दो दिन पहले तक क्या खुला आसमान था। बारिश हुई थी बस एक रात और रात भर, मगर उससे किसी को तक़लीफ़ नहीं हुई। सुबह उठे और पाया शिमला नहा चुका है, धुला, चमकदार लहरा रहा है और सूरज फिर से चमक रहा था और उसकी गरम किरणों पर चीड़ और देवदार की गीली खुशबू सवार थी।

और आप लौटे उस झुरझुरीनाक क्रियाकर्म को कर करा के, पुलिस को पट्टी-वट्टी पढ़ा के और सूरज फिर गुल रहमान—फूल नहीं, ग़ायब ! और बादलों ने घाटी के उस पार बिछी बर्फ़ीली लड़ियों को ढक डाला है। सभी कहेंगे, यह अफ़सोस की बात है और शायद यह भी कि वे हर माने में कमनसीब हैं, देखो, उनके आते ही चमकता सूरज भी लोप हो जाता है और अब तो शिमलावाले या कम-से-कम इंस्टिट्यूटवाले अँधेरे के शुरू होते ही जंगलों-पगडंडियों को छोड़कर उन्हीं की जैसी दौड़ती-सी चाल में घरों में दुबकना चाहेंगे।

मन में बात आनी थी, आ गई, कि जंगल, पगडंडी का क्या क़सूर ?

या इस मौसम का ? इन्हें कोसें क्यों देते हैं लोग ? जो हुआ इनसे अलग हुआ। बंद कमरे में।

पीठ पर झुरझुरी फिर दौड़ी। मैंने झट से कॉफ़ी का कप खाली किया और तेज़ कदमों से स्टडी में लौट आई जो मुझे उनके साथ शेयर करनी पड़ रही है। साथियों की हमदर्द निगाहें पीठ पर महसूस करती।

फिर वे-अब-आए, अब-आए की झुरझुरी पीठ पर महसूस करती !

उन्होंने स्टडी का दरवाज़ा खटखटाया। खीज हुई, खुला है तो खटखटा क्यों रहे हैं ? कौन आपसे आँखें चार करना चाहता है या बोलना चाहता है ? जाइए चुपचाप अपनी जगह।

मैं रुकी रही, अपने काम पर झुकी, मानो तल्लीनता में बहरी। कि वे खुद ही घुंडी घुमा के आ जाएँ।

उन्होंने फिर खटखटाया। धीमे, हिचकते स्वर, मगर स्पष्ट।

"खुला है," हमें मुड़कर कहना पड़ा।

दरवाज़ा उसी तरह बंद। घड़घड़ाए बादल।

तब हमें उठकर दरवाज़ा खोलना पड़ा। मगर वहाँ कोई नहीं। सूरज रहमान !

ग़लती की न कि गलियारे के अंत तक नज़र नहीं फेंकी ? वे चल पड़ें होंगे—जैसे मैं इजाज़त न दूँ तो स्टडी पर उनका हक़ नहीं ! और फिर देखा होगा, नहीं, सुना होगा, कि दरवाज़ा पीछे खुला तो लौटे होंगे, पर जब तक पहुँचे दरवाज़ा फिर बंद !

तो फिर दस्तक पड़ी।

"कम इन" हम ज़ोरों से झल्लाए। फिर निकल न जाएँ, लपककर दरवाज़ा खोल दिया।

वे खड़े रहे। अनिश्चित।

अब ऐसा शख़्स जो इतना बदनसीब रहा है बुदबुदाए नहीं तो क्या करे ? वैसे क्या जब से ये इंस्टिट्यूट में आए हैं—यह चार कि पाँच महीने से—तभी से इसी तरह, अपराधी-से, नहीं रहे ?

तो फिर इसमें ताज्जुब क्या ? मन में होगा अपराध करने के पहले से।

ख़ैर हमने भी होंठ हिलाए-फैलाए-से और हम तो जल्दी से वापस अपनी कुरसी पर आ बैठे, उनकी तरफ़ पीठ करके।

वैसे सारे में कहलवा दिया है कि वह औरत पहले से पागल थी और ये तो वहाँ उस दम थे ही नहीं ?

कहीं और बैठे जश्न मना रहे थे और वहाँ बंद कमरे में पत्नी...!

क्या मालूम पुलिस को कुछ खिला-पिलाकर मनवा दिया हो कि यह मौजूद नहीं थे वहाँ ?

जो हो मान लें, पर पागलपन की भी तो वजह होगी ? सभी घरों में बंद कमरे हैं, पर सबमें से लाश नहीं निकलती, वह भी ऐसी कुरूप।

हमारी पीठ पर फिर जैसे कोई छिपकली रेंग गई और मैं अपने काम पर अतिरिक्त निष्ठा से झुक गई।

मगर काम में मन रह पाता ? गुस्सा आया, क्योंकि बंद कमरे में जो हुआ सो हुआ, उससे हमें कोई मतलब नहीं, बल्कि उसे न देखने की हमारी चाह है, पर वहाँ से नंगी लाश जब आप बाहर निकाल देंगे तो आँखें कहाँ फेरें ? हमारी शालीन दिनचर्या, शांत सौमनस्य भंग किया न ? और कौन जाने चुप्पे-चुप्पे आपके दुखी व्यक्तित्व के पीछे क्या है...? कुछ कह लें...पुलिस की छान-बीन पूरी हो गई है तो भी...? आख़िर अतीत था आपका, क्या मालूम क्या अतीत ?

मन में फिर आ गया—मन ही की तो बात है—कि सब कही रहे होंगे कि आप कितने कमनसीब हैं जो आप ही पर आसमान टूटता है।

दिख नहीं रहा था वे कर क्या रहे हैं अपनी मेज़ पर ? कागज़-पत्तर खड़क रहे थे, मगर ऐसे कि चाह रहे हों बेआवाज़ रहें।

सुना है तब से रातों में पत्ता भी खड़के तो शिमलावाले समझ नहीं पाते कि टॉर्च बुझा दें और अदृश्य हो जाएँ या जलाएँ रहें और भागें ? कभी तो पत्ता—या कुछ—ढलान पर दूर तक पदचाप बना लुढकता है।

हमारे लिए उनकी तरफ़ घूमना ज़रूरी हो गया। वे किसी टाइप किए गए पन्ने पर एकदम झुके सिर बाएँ से दाएँ घुमाते पढ़ रहे थे। इतने सटे कि ज़बान निकालें तो पन्ना चाटने लग जाएँ !

"कॉफ़ी पिएँगे, हम बना रहे हैं ?"

वे उछले, "चश्मा लाना भूल गया।"

उन्होंने कहा था। हमने कॉफ़ी बनाई थी।

फिर उन्होंने ही कहा, "खिड़की खोल दूँ, आपको ऐतराज़, बहुत

घुटा-घुटा-सा मौसम हो रहा है, न हो तो ?"

हमें याद आया। पिछली से पिछली बार, यानी हादसे के पहले, जब ये नए-नए ही आए थे, यानी मैदान के एक शहर से यहाँ ज्वाइन करने आए थे और उस कमरे वाले घर में घुसे थे, तब सूरज था, मगर ऐसा कि शिमलावाले गरमी को रो रहे थे, कह रहे थे कि देखो, जंगलों में आग लग रही है और देखा, आसमान से आग बरस रही है और क्या मायने रखता है दिल्ली-चंडीगढ़वालों का यहाँ आना ? मगर ख़ैर यह तो शिमलावालों के नखरे हैं—कहाँ दिल्ली का पैंतालीस-अड़तालीस कहाँ शिमला का हद से आगे गया तो तीस-बत्तीस !

पर लोग इस पर भी यही कहेंगे कि आप बड़े बदनसीब हैं, 'ज्वाइन' करने आए तो सूरज बरसा, फिर बंद कमरा घटा और अब देखिए फिर बरस रहा है और सब घुटा-घुटा-सा है। धुँध और अनवरत बरसात।

रिमझिम बरसात को घुटा-घुटा कह रहे थे !

मन की बात है। मुझे बाहर कुछ घुटा-घुटा नहीं लगा। अंदर हाँ। बड़ी फ्रेंच विंडो खोल दी और छत पर धुँध झूम गई। उसमें छिपकर हवा इन ओक और चीड़ और चिनार और देवदार को खड़का रही है। भुलाकर। इस मन की तरह जो आगे धुँध में चला गया, पीछे की घुटन भुलाकर।

पर मन ही तो है और कब तक भूला रहता ? लौट आया कमरे में। स्टडी भी कमरा है, बंद कमरा। पीठ पर ताज़ा एक झुरझुरी एकदम से दौड़कर सब याद दिला गई।

हम कनखी से देख पड़े तो वे अब एक किताब पर सिर झुकाए बैठे थे और नाखून के छोर से अपनी नाक खुरच रहे हैं।

लाल हो चुकी थी उनकी नाक और उस पर खाल उधड़ रही थी। उसे ही खरोंचकर वे नीचे झाड़ रहे थे। जनूनी अंदाज़ है जिसमें नाक की पूरी लंबाई पर नाखून से दबा-दबाकर लकीरें खींच रहे हैं मुर्दा खाल उखाड़ रहे हैं।

फिर झुरझुरी-सी हुई। अख़बार में था कि सारा मामला ऐसा विकृत था, जला-भुना, गला-सड़ा कि कोई चाहता भी तो मुर्दा खाल नहीं निकाल पाता। यह हम कह रहे हैं, चाहने और मुर्दा खालवाली बात, अख़बार नहीं। अख़बार में बस था कि बेहद विकृत, पहचान के परे, जला-भुना, हड्डियों

में गला-चिपका...।

हम नहीं चाहते थे वे नाक ऐसे खुरचें। मनहूस कहीं के। मन-ही-मन उन्हें उलाहना देने लगी। फ्रैंच विंडो खुली है, पर सारा कुछ बंद और निर्जन लगने लगा। अजीब अँधेरा कमरा पहाड़ों का और खिड़की का दृश्य एक निर्जीव बरसात का चित्र।

वे आत्मलिप्त लग रहे थे। न जाने कब उन्होंने नाखूनों का खेल, वह खुरबाज़ी रोक दी। हमारे देखते-ही-देखते वे खुली किताब पर और अधिक झुक गए और कोहनियाँ उस पर टिकाकर, कुरसी और पीछे खिसकाकर, लगभग औंधे मुँह लेट गए। या गिर गए ! मेज़ और कुरसी के बीच हवा पर टिका उनका काफ़ी सा जिस्म कितना बेसहारा लगने लगा। लाचार-सा।

जब मन ही की बात है तो यह भी हुआ कि सिहरन आई तो उसके पीछे ही कोई सिंका-सिंका भाव उठ गया कि कहें आपका क्या दोष ?

हम कुछ बोलना चाहने लगे। चाहते रहे।

तब हमने मुँह फेर लिया।

फ्रैंच विंडो के बाहर वही महीन बारिश। फ्रैंच विंडो के अंदर हम अपनी-अपनी मेज़ पर झुके, अपनी इस कॉमन स्टडी में, अलग-अलग विषय और किताब में और सच पूछिए तो अलग-अलग नज़र में ! क्योंकि मैं भी चश्मा लाना भूल गई थी और मेरी रेटिना का कर्वेचर कौनकेव होने के नाते किताब दो-ढाई फीट दूरी पर पढ़ी जाती है !

इस पर हँसी आना चाहने लगी। हँसे भी होंगे हम या नहीं, पर हँसने के ख़याल ने इस माहौल में डर दुबारा लौटा दिया।

हिलने से डर लगने लगा। पन्ना पलटना था, पर डर लग रहा था। उनकी बेजान पड़ी काया ने कमरे की हर जुंबिश को थमा दिया। थमा नहीं, निर्जीव ही कर दिया। और सुनसान।

इंस्टिट्यूट के हैं भी बाबा आदम की रातों के कमरे। पुराने फटते दरी-गलीचे, बड़े-बड़े सोफ़े और भारी भरकम मेज़। पत्थर के भीमकाय आतिशदान। ऊँचे चौड़े पेल्मेट से टँगे ऊँचे मोटे बदरंग होते परदे। धूल अटे शीशे के झाड़फानूस। लकड़ी की छत और फ़र्श में दबी गूँज। दीवार पर मशहूर फ़्लैमिश चित्रकार का पुराना पीला पड़ता 'रीप्रोडक्शन', कहीं और के, कभी और के आदमी और औरत का। किताबें बशर्ते कुछ नई हैं, मगर इन भारी

भरकम अलमारियों-सी भारी। भारी, सन्नाटेदार, निर्जीव यह कमरा जिसमें मैं पन्ना नहीं पलट पा रही और वे औंधे मुँह फैले हैं।

निर्जीव कमरे में भूत घूमते हैं। या हमारी तरह बिना हिले-डुले रहते हैं। यहीं कहीं हैं। उनके पास...भूत...?

भूतनी...? जताने कि मरकर भी तुम्हें छोड़ूँगी नहीं ?

इस ख़याल ने हिलना और भी असंभव बना डाला है। हिलना है तो फ्रेंच विंडो के बाहर जाना पड़ेगा। जहाँ अब मोटी-मोटी बूँदें पड़ रही हैं। छत पर गिरकर पनाले बहाती हुईं।

हमारी पीठ उन्हें देख पा रही है। या न देख पाने से घबरा रही है।

हम इतना डरते क्यों हैं ? जब पुलिस निर्दोष मान चुकी है तो किस बात से ?

पर पुलिस का क्या भरोसा ? क्या-क्या तो पुलिस के बारे में कहते हैं। किसी का भी क्या भरोसा ? सुना है, इन्होंने कभी कहा था कि उस मांस के लोथड़े का क्या करूँ जो मेरी बीवी है ? कहाँ फेंकूँ उसे ?

पता नहीं, यह कहा था कि नहीं कि कहाँ फेंकूँ उसे या अभी ही यह सवाल भी कतार में लग गया है ?

वैसे पहली बात कही थी यह भी कौन जाने, अख़बार से नहीं है , अफ़वाहें हैं। कौन जाने वैसे कि अख़बार ज़्यादा भरोसेमंद है या अफ़वाह ? एक बात घटा देता है, एक बात बढ़ा देता है!

हमारी पीठ की भी यही चिंता थी कि उन्हें घटा रहे हैं या बढ़ा रहे हैं ! लोग कहते वह औरत पागल थी और अब कहते यह भी और तब कहते कि नहीं हैं तो हो जाएँगे। उन दिनों हमारे इंस्टिट्यूट में यही मज़ाक चल रहा था कि भाई-बंध अँधेरे तले दुम दबाए लौट लो, क्योंकि कोहरे में वह घूम रही है, मुसकराकर पूछती है देखा मुझे ? कि जीते जी शिमला की वादियों में घूम नहीं पाई, अब फिर रही है। कि ये तो हर रात देखा नहीं किसी सूनी सड़क पर निकल जाते हैं अकेले उससे मुलाक़ात करने ! हँस रहे हैं लोग कि जब ये दूर जाते नज़र आते हैं तो लगता है भूत है चला भूतनी के पास !

मुझे हँसी आई या घिग्घी और मैं अनायास उनकी मेज़ की तरफ़ घूम गई। उन्होंने सिर उचका दिया था और मेरी ही तरफ़ देख रहे थे और उनकी

आँखों से आँसुओं की झड़ी बरस रही थी।

अगर मैं हँस रही थी तो मैंने हँसना बंद कर दिया होगा। शायद मैं हँस ही रही थी। या शायद नहीं। शायद उस तरह होंठों का फैलना और पीठ का आँख होते जाना कोई चीज़ तो है, पर हँसी नहीं।

मगर वे रो रहे थे। शायद रो ही रहे थे। शायद वह झड़ी आँसुओं की ही थी।

फ्रैंच विंडो के बाहर से, बारिश और बादलों और पत्तों के बीच से फिसल आए एक उजले आसमानी टुकड़े ने उनके सिर पर घेरा बना दिया। हमें 'हेलो' का ख़याल आ गया, मन की बात ठहरी !

"आपको ठंड तो नहीं लग रही", मैंने पूछा था और याद आया कि अभी कुछ ही देर पहले हम यह पूछ चुके थे। मगर ग़लत याद आया। नहीं पूछा था। कुछ और पूछा था, वह भी न जाने उन्होंने कि हमने और क्या पूछा था वह याद नहीं रहा।

"हीटर है" उन्होंने इशारा किया और हम काँप गए।

बाहर टैरेस पर गेरुए टाइल की ढेरियाँ भीग गई थीं। पनालों पर बहुत साफ़ आवाज़ करती बूँद गिरती और धुंध का अक्स वहीं हकलाने लगता। धुंध-ही-धुंध थी जो हमें सराबोर करने की नीयत से कमरे में भी बढ़ आई, इधर-उधर हकलाने लगी।

देर से हम चुप थे। गहराते अँधेरे में हर चीज़ के पार सड़क पर गुज़रती गाड़ी की बत्ती कुछ ऐसे बढ़ रही थी कि बत्ती ही साया हो जो किसी के पीछे मरी-मरी फिसली चली जा रही है। या लाश हो जो कोई मजबूरन संग-संग घसीटे लिये जा रहा हो।

लिसलिसी रही होगी ? जलकर सड़ता मवादी मांस ? खाल में जज्ब गिलाहट या सड़े फल-सी चिपचिप कि बेहद एहतियात से न उठाओ तो लद्द-फद्द टुकड़े चुएँगे ? हो न हो फ़र्श पर लोथ चिपकी छूट गई होगी। किसने फ़र्श रगड़ी होगी ?

'बेचारे', मैं आँख उठाने लगी, पर घिन और नफ़रत में नहीं उठा पाई।

नीचे हाइड्रैंजिया के बगल की बजरी पर दौड़ते क़दमों ने चुप्पे को काटा। हम तड़तड़ा के मुड़े।

वे सो रहे थे।

कम-से-कम आँखें बंद थीं।

वे किरमिच का जूता पहने, मेज़ के नीचे पैर हीटर की दिशा में फैलाए, पड़े थे, जो हमारे बीचोंबीच जल रहा था बराबर की गरमी देने के लिहाज़ से। उन्होंने हाथ जेब में छिपा लिये थे और सिर हलका-सा गिराए सो रहे थे।

उसी अँधेरी शाम में मुझे अहसास हुआ कि हम उन्हें घूर रहे हैं, घूरे जा रहे हैं, बेधड़क होते जा रहे हैं, बेधड़क होकर घूर रहे हैं, मानो घूरते पकड़े भी गए तो क्या, ये हैं इसी क़ाबिल, बंद कमरा इनके घर का खुला था जिसमें से इनकी बीवी की नंगी लाश निकली। सबके आगे इनका सिर झुकाती।

हम उन्हें घूरते गए।

इमारत की छतों से बारिश और धुँध नीचे घाटी में लुढ़क रही थी। हमने अपने नए-नए आत्मविश्वास की रौ में हीटर को ग़लती से ठोकर दी और वह उनकी तरफ़ कम, हमारी तरफ़ ज़्यादा मुड़ गया।

वे गरमी और ठंड से अलग किसी चपेट में सोते रहे।

सोने दिया हमने उन्हें। क्योंकि उस धुआँई शाम में हम जानते थे ताक़त हमारे पास है। हमारे घर के बंद दरवाज़े के पीछे कृत-विकृत सुरक्षित है, बेलिबास होकर बाहर नहीं फिसल गया कि दुनिया डरे, हँसे, ऊँचाइयों से घूरे।

मैं खुश हूँ। मैंने घूरकर इनको बंदी बना लिया। जब तक मैं घूरूँगी ये आँखें नहीं खोल पाएँगे !

उनका चेहरा बंद था। सारी परतें आँखों के पपोटों में हमने चुनवा दी थीं और हम खुश थे। उनके कपाट बंद करके हम बलवान हो गए थे।

दूर ऊपर बादल गरजे। जब इंस्टिट्यूट की छत की खपड़ैल सरकती है तो उनमें घर बनाए बैठे फ़्लाइंग फ़ॉक्स आतंकित हो जाते हैं। बिजली भी चमकी। ठीक पीछे बिजली गिरने से एक पेड़ ऐसा साफ़ सीधा आधा कटा है कि जैसे आरी से, नापकर, फिर काटा हो ! पर उससे हम नहीं डरते। साफ़ सपाट नपाई से कटों का हमें डर नहीं होता। ऊबड़-खाबड़, परतों में उलझे, आपस में घिचपिच चिपके, टूटे-अटके, अस्पष्ट तत्त्वों का होता है। बंद कमरों के भूतों का सामने खुले में निकल आने का होता है।

मैं ज़रा कुछ डर गई। घूरती गई, पर अब ज़रा-ज़रा डर के साथ कि भूले से भी मेरी आँख झपकी तो वे अपनी खोल देंगे। और फिर न जाने कौन से कोहराए, ऊबड़-खाबड़ रास्ते, गाँठों-परतों की बुनाई, भूतों की कतारें, बादल और बरसात, दूर से निकलेंगे और करीब आकर बरसेंगे फिर एकदम सिर पर टूटेंगे।

आशंका ने मुझे बुत बना दिया—ज़रा भी हरकत हुई तो बचाव न हो पाएगा। उन्हें बंद रखना है और खुद को भी, ताकि अपने आप से रू-ब-रू न होना पड़ जाए, हमारा गौरव बरक़रार रहे।

मैं कमज़ोर पड़ने लगी। अंदर-ही-अंदर कंपन शुरू हो गया। एकटक उनकी आँखों पर आँखें जमाए बैठी थी—न खोलना उन्हें, न खोलना, एक टेर भीतर घुमड़ने लगी। हम झेल नहीं पाएँगे जो उनके खुलने पर भूतों की अंतहीन कतार चुपचाप उन आँखों से उतरकर, साए बनकर, हमें हर तरफ़ से घेर लेगी।

धुँध में लुकी हवा से एक सुनसान रुलाई निकलने लगी। जो टेर थी। जिसमें ध्वनि वही थी जो हमारे गले में चुपचाप आ बैठी थी। इन बादलों और पत्तों से घिरकर अँधेरी-अँधेरी। अंधी-अंधी। ज़िद्दी-ज़िद्दी।

मैं घूर रही थी जब किसी अदृश्य हाथ ने उनकी मेज़ से पर्चे सरकाए और मेरी गोद में गिरा दिए बीवी की आत्मा की ख़ातिर शांति-पाठ की सूचना, जिस पर ऊपर, उन्होंने क़लम से, अपने में खोए, कुछ पंक्तियाँ लिख दी थीं। मैं पढ़ गई उन्हें और जब मैंने आँखें उधर कीं तो वे सीधे मेरी ही तरफ़ देख रहे थे...।

वैराग्य

तुमसे क्यों कहने आई हूँ नहीं मालूम। कहना भी क्या है नहीं मालूम। तुम इतनी दूर हो और तुम्हारी कोख में दौड़कर समा जाने की बात और भी दूर, पर तुम्हारे ही पास आकर बैठ जाती हूँ और जब मैं तुम्हारे पास बैठी होती हूँ तो तुम नहीं, एक बेहद ठंडा अविचलित 'दुख', जिसका कोई वजूद, कोई वज़न नहीं दोहरा झुका पास बैठा होता है। उदासी नहीं कहूँगी उसे क्योंकि उर्दू शायरी ने उदासी को रूमानी बना डाला है और मेरे पास बैठा 'दुख' रूमानी नहीं है।

मेरे पास बैठा है वह, पर मेरा नहीं है कि मैं उसे चबा डालूँ या वह मुझे चबा डाले। दीदी, मेरे पास रहता है वह, पर एक-दूसरे को छू पाने का हमारा रिश्ता नहीं है। परछाईं जैसा है वह और किसी के मन में आ जाए कि परछाईं को पकड़कर अंदर भर लेना है तो जीवन कैसा हो जाएगा ?

तुम्हारे पास भी तो यह परछाईं बैठी होगी तुम्हारी नियति का अहसास बनकर और आखिर तक बनी रही होगी ?

सोचो दीदी, कितना बड़ा झूठ हम तुम्हारे बारे में बोलते आए हैं कि हमने तुमको आख़िर तक देखा। तुम्हारे आख़िरी पल तक। तुम तिल-तिल कर मर रही थीं, एक-एक करके तुम्हारे अंग झरते जा रहे थे और अस्पताल की उस 'एनिस्थीसिया' की महकवाले पलँग पर जब तुम कहतीं कि 'लीवर' घुमाकर मुझे बिठा दो या मुझे लिटा दो तो मैं हैरान हो जाती कि किसे बिठा दूँ और लिटा दूँ, क्योंकि क्या तुम्हारे बेकार, लकवा से मरते जिस्म को 'तुम' कह सकते हैं या तुम बस दो आँखें थीं जिनमें शून्य भर रहा था और शून्य के बीच दो जलते बिंदु थे, जिनसे लटकी थी साँस की नली जो डॉक्टरों की तुम पर अटकाई दूसरी नलियों की तरह दिखाई नहीं पड़ रही थी, पर वही थी अकेली 'तुम' और तुम्हारी। बस दीदी, मैं तो उन दो आँखों और नली

को उठाने-लिटाने की कोशिश में हैरान रह जाती। उनके आजू-बाजू तो मिट्टी थी जो झर-झर झर रही थी और जिसका झरना हम पलों में बाँधकर गिन रहे थे और उसी को कह रहे थे कि देखा है तुम्हें आख़िरी पल तक।

दीदी, जब तुम्हारे चारों ओर खड़े हम सब बुरी तरह रो रहे थे मैंने सोचा था, हाँ, खुदा होता है तुम्हारे जैसा दयालु, जिसने कुछ बरसों के लिए तुम्हें मीठी नींद सुला दिया है, वरना कैसे तुम बरदाश्त करोगी तुम पर झुके फूट-फूटकर रोते अपने खानदान को ? तुम भी फूट-फूटकर रोने न लगोगी और चाहोगी फिर से उन दो आँखों में बिंदु बन के चमक जाओ और उस दीमक खाए शरीर पर टिक जाओ ? तुम नहीं चमकी थीं आँखों में और तभी मुझे लग गया कि ज़रूर है खुदा जो तुम-सा दयालु है और तुम सो रही हो और जागोगी जब हम सब की ज़िंदगी नए-नए घेरों में आगे हो गई होगी, ताकि तुम तब देखो जब तुम्हारी कमी में हम बिलख न रहे होंगे, तुम्हारे दयालु मन को बिलखाते।

पता नहीं, अब भी तुम सो रही हो या कि जाग गई हो ? और खुदा है भी कि नहीं ? और खुदा नहीं तो तुम ही कहाँ से ? शायद इसीलिए जब मैं तुम्हारे पास आना चाहती हूँ तो तुम नहीं, यह 'दुख' पास आकर बैठ जाता है। उसको देखती हूँ मैं, मेरे पास झुका हुआ, और तुम्हारे निर्जीव होते शरीर के बारे में सोचती हूँ। तब मैं चाहती हूँ उसे भी शरीरी बना लूँ और अपने नाखूनों में दबोचकर उसे भींच लूँ। भींच लूँ, उसकी हड्डियों को चटखते सुनूँ, उसकी आँतों को फटते देखूँ और वह चीखे और मैं चीखूँ और हम दोनों झर-झर मिटते जाएँ, तुम्हारी कोख में विलीन हो जाएँ।

मैं बढ़ती हूँ उधर ही, इस दुनिया जहान का सारा मुलम्मा उतार फेंक, सच, किसी अबोध बालिका की तरह विश्वासी, उतनी ही अबूझ जितनी तुम्हारे सिरहाने खड़ी होती थी। नगीनों जड़े आसमान के नीचे मैं नन्ही सी होती जाती हूँ, हलकी सी होती जाती हूँ और रोती हूँ तुम तक पहुँचने के लिए। जो यह अंतराल छोड़ गई हो दीदी, अपने और मेरे बीच, जहाँ इस दुनिया की ज़िम्मेदारियाँ हैं, उसको जीने की इतनी सी ललक नहीं रहती मुझमें, मानो मेरी नियति तुम हो बस।

लेकिन जयंत बोल देता है उफ़, जानवर-सा काटती हो और हँसता है अपने जानवर-से दाँत दिखाते हुए। कहने लगता है कि सच कितना प्यार

करती हो न तुम मुझे और नर्म हथेलियों से मेरे कंधों को सहलाने लगता है।

दीदी, मैं उसे कैसे बताऊँ कि नहीं, वह प्यार नहीं है, कि मैं उसे प्यार नहीं करती, कि मैं किसी को भी प्यार नहीं कर पाती, बस, जो रास्ते में आता है उसके पार हो जाना चाहती हूँ, उधर, जिधर इस जीवन को उँडेल कर खत्म हो जाऊँगी, मैं और मेरी परछाईं, यह पास बैठा 'दुख'। कि मैं हाथ इसीलिए बढ़ाती हूँ कि उसके शरीर को काटती हुई निकल जाऊँ।

पर उसके आत्मविश्वास में मेरे शब्द उसे सुनाई ही कहाँ पड़नेवाले ? वह समझता है वह बड़ा होता जा रहा है, अपने आप से भी, अपनी नियति से भी ! उसे कैसे याद दिलाऊँ दीदी थी जो छत पर मुझे गोद में लेकर खिलाती थी, जो छोटी होती गई, और छोटी, फिर कहीं नहीं बची।

एक चूहा घुस आया था दीदी, घर में आतंक मचाता। मैंने ज़हर की टिक्की रख दी जिसे वह लेकर चंपत हो गया। क्या करूँ मेरे चेहरे पर जो कुटिल मुसकान आ गई कि समझ रहा है मज़ा चुरा ले गया, पर सिर्फ़ अपनी नियति हाथ लगी है उसके, पर दंभ चूहे में भी !

कुटिल भावों से मगर कतराती हूँ—तुम जो इतनी दयालु थीं—और जयंत के हाथों को कंधे से नहीं झटक पाती। मुझे निढाल देखकर वह कहता है डायन कहीं की, थक गई ना ?

थक ही जाती हूँ। यह दुनिया बार-बार रोक देती है, पीछे खींच लाती है। फिर-फिर लौट आए का अकेलापन। विस्मृति के बाद का। पास बैठा 'दुख' और दूर गुम तुम।

जयंत अहंकारी है। उसे थकी हुई 'डायन' पर मर्दानगी अदा करना बहुत भाता है। कुछ भी कहो, हो तुम दमखमवाली, वह मेरे अधमरेपन को परिभाषित करता है। मुझमें प्रतिवाद करने की ताकत कहाँ है कि फिर शुरू करूँ, क़दम उठाऊँ और इस बीच के सारे अंतराल को लाँघ जाऊँ और वहाँ जा पहुँचूँ जहाँ दुनिया का छोर है।

गोल-सा छोर होगा क्योंकि दुनिया गोल है। फिर आगे न आसमान होगा ऊपर, न नीचे पाताल। उस अनंत में एक सूत बढ़ते ही न वज़न रहेगा कि नीचे गिरूँ, न हलकापन कि उड़ने लगूँ। तुम होगी वहाँ, दीदी ? और खुदा ? कि मिल जाऊँ ? छोटी होकर, और छोटी होकर, तुम्हारी तरह विलीन हो जाऊँ। कोई बास नहीं, कोई चाह नहीं। हाँडी में पड़ी रह गई

थीं राख के बीच कुछ सीपियाँ, जो तुम नहीं।

तुमने कुछ चाहा था ? जब मुझे कागज़ के हवाई जहाज़ बनाना सिखातीं और हम उन्हें छत से हवा में उड़ाते और नीचे गिरता नहीं देखते ?

तुमने क्या चाहा था ? कि बस हमीं चाहते रहे तुम्हें और तुम्हारे लिए ? तुम आकारों को रँगना चाहती थीं और तुम और मैं गीले-गाढ़े रंगों में ब्रश डुबाकर छत पर पड़ती परछाइयों को रंगीन कर देते थे और तुम्हें ज़रा भी चोट लगती तो वही गीला-गाढ़ा रंग बहने लगता और बहना बंद नहीं करता। फिर डॉक्टर ने बताया कि तुम तो बीमार हो और बीमारी भी ऐसी कि न बताया जाए और सबने कहा कि अभी तुम्हारी उम्र ही क्या है जो बताने का लाभ !

पर हमने तुम्हारे लिए नहीं, अपने लिए तुम्हें नहीं बताया था। हम तुम्हारे आगे अपनी आँखें नीची नहीं करना चाहते थे। उसी सरकशी से देखना चाहते थे जिसमें अलग से तुम्हारी कोई अहमियत, कोई कहानी नहीं थी, तुम हम सारे के सारों में एक थीं और एक से भी कम।

तुम ख़ास नहीं, हम हम हम ख़ास थे।

मैं मैं मैं ख़ास थी, अलग थी। दीदी तो डरपोक ! अपने ही भरे रंगों से डरने लगी—रात को छत पर नहीं जाऊँगी, साए खड़े हैं अँधेरे में। जाओ मैं जाऊँगी, अकेली, निडर, कोई नहीं वहाँ, चाँदनी है और मुँडेर की परछाईं, जिसे मैं रँग दूँगी, फिर सुबह तुम भी देखना मैंने क्या अजब किया।

कर भी डाला वही सब देखो जिससे तुम डर रही थीं, डरने लगी थीं।

लेकिन दीदी, हमारे बचपन के घर की छत कोरी हो गई है। रंगीन आकारों की हमारी सारी परछाइयाँ मिट चुकी हैं। उनके रंग धुल चुके हैं। पानी की टंकी का साया, मुँडेर की 'फ़िलीग्री' पेड़ों की डालियों की हमारी चित्रकारी, कुछ नहीं बचा हमारा।

और मेरे ही बच्चे मुझे आँख दिखा रहे हैं कि थक गई, डर गई, लो बैठी रहो, हम तो नहीं डरते, जाते हैं अकेले और वह सारा कर डालेंगे जिसकी तुममें हिम्मत नहीं और तुम देखती रहना !

मैं देखती रहती हूँ और सोचती हूँ तुम्हारे बारे में जिसने ठान लिया था कि नहीं देखेगी, नहीं चलेगी छत पर। सब हँस दिए, जब मैंने कहा, चलो न दीदी ऊपर, साड़ी पहनकर खेलेंगे और बड़े हो जाएँगे। सब हँसे

थे, ताकि तुम्हें पता न चले, और तुमने धीरे से मेरे कान में कहा था जब मैं 'बेड' का लीवर घुमा रही थी कि तुम मुझे साड़ी में नहीं देख पाओगी और तुम दूर हो गईं और यह परछाईं पास बैठ गई।

मैं छोटी सी हो गई हूँ तभी से, उसी लाल फ्रॉक में बेड का लीवर घुमाती हुई, तुम्हें ढूँढ़ती हुई। जयंत कहता है पिशाचिनी है तू, पर मैं किसी को नहीं सिर्फ़ तुमसे प्यार करती हूँ और सिर्फ़ तुम्हारा सुराग़ ढूँढ़ती हूँ। कहता है, मुझे अपने शरीर में खींचकर कि हो तो तुम औरत ही, जब मैं खोजते-खोजते पस्त हो जाती हूँ और उसके नुचे मांस और ख़ून के कतरों में लिथड़ी अकेली रह जाती हूँ।

तब दीदी, मेरा जी होता है कहूँ, नहीं, जयंत 'पस्त होना' औरत नहीं, न पस्त-कर-दिया समझना आदमी। कि दीदी थी जो औरत और आदमी की अस्मिता को समेटकर लाँघ गई। मेरी दीदी थी जिसे कैंसर ने मारा और जिसने एक ही बार में इस दुनिया के सारे कारोबार को तिलांजलि दे दी और लुप्त हो गई। जिसने सोचा नहीं कि वह कहूँ जो किसी ने पहले नहीं कहा और वैसे कहूँ जैसे पहले नहीं। जिसे न हमने न डॉक्टर ने बताया कि उसे क्या हो गया है और जो हमारी रंगीन छत पर रंग-सने हाथों में मुझे पकड़कर झकझोड़ने लगी कि क्या समझती हो मैं जानती नहीं और फिर मुझे एक तरफ़ धक्का देकर चुपचाप हवा में उड़ती पतंगें देखने लगी और जब मैं उसकी गोदी में बैठ गई तो बिना बोले उँगली के संकेत से आसमान में बहलाने लगी।

सुनोगे जयंत दीदी के बारे में ? जो हमसे आँख मिलाती रही, हमारे लिए, कि हमें आँख न झुकानी पड़े। दीदी जानती थी, अच्छे से जानती थी कि उसकी नियति क्या है ! कि इस दंभी समाज और संसार में जिस के छोर से कूदना नहीं पड़ता, बस, नामालूम-सी ठेल से ढलक जाना होता है। तिल-तिल कर उस छोर तक पहुँची थी दीदी और मैंने देखा था उसे छत पर रंगीन लकीरों पर अपनी कुरती फाड़कर हलके-हलके उभारों को रगड़ना, छत की रंगीन फ़र्श पर कस-कस के लोटना।

दीदी मैं नौस्टैल्जिक होती हूँ तुम्हें याद करके। तुम उस सदी की साथिन जो औरत-आदमी और बचपन और बुढ़ापा का सारा दरमियान छत पर समेटकर लाँघ गई। नौस्टैल्जिया क्योंकि तुम मेरा अतीत तो हो और

मेरी परंपरा भी और मैं तुमसे जुड़ी तो हूँ, पर वैसे ही जैसे इस 'दुख' से जिससे छूने का मेरा रिश्ता नहीं है, बस पास बैठा वह मुझे देखता रहता है, मैं उसे। तुम मेरी कभी पूरी न होने वाली रंगीन लकीर हो।

जयंत है कि मुझे अजीब बेधती नज़रों से देख रहा है, देखकर छू रहा है, और मैं उसकी हर छुअन को अपने भीतर एक लंबी खोह की दीवार पर चिपकाती जा रही हूँ, उस खोह को भरने नहीं देती, भरने नहीं देती।

उस खोह में कोई आवाज़ नहीं है, बस तुम्हारी एक धीमी सी फुसफुसाहट है, जब तुमने अस्पताल में पड़े-पड़े मुझसे कहा था, इधर आओ नन्ही, मैं तुम्हें बड़ा नहीं देख पाऊँगी।

तुम्हें पता था। सब सोचते थे तुम क्या जानोगी यह बातें, नाबालिग ठहरी। कह दिया तुमसे कि कमज़ोर हो गई हो, बार-बार डॉक्टर आएगा, यह जाँच, वह जाँच करता रहेगा। जैसे युनिवर्सिटी में विधा मिलती है कि स्वस्थ साँसों की ध्वनि कैसी होगी ! क्या तुम अपने ही शरीर की उथल-पुथल नहीं जान जाओगी ?

उस खोह में तुम्हारी आवाज़ फुसफुसाती है 'नन्ही मैं तुम्हें बड़ा नहीं देख पाऊँगी'।

पर मैं बड़ी हुई ही कहाँ ? उतनी ही-सी हूँ और उसी तरह हाथ बढ़ाती हूँ कि ले लो मुझे अपने सीने में। तुम्हारा सीना जो मिट्टी था, जिसे दीमक लग गई थी, जो झर-झर-झर हमारे आगे झरता जा रहा था।

मैं भी मिट्टी हूँ और झेल नहीं पाती कि मुझे 'मैं' नहीं होने दिया जा रहा। जब मैं हाथ बढ़ाती हूँ, जब मेरी आँखें बहकती हैं और जयंत अपने गर्व में मुझे रोकता है।

जैसे तुम्हारे चारों ओर डॉक्टर, नर्स, हम सब, हड़बड़ी मचा रहे थे, पैसा जमा कर रहे थे, ख़ून बटोर रहे थे, तुम्हारी मौत की तैयारी में। फिर भी तुम्हें रोकते हुए।

कितना भारी बोध रहा होगा तुम्हारा दीदी, जो तुम कह भी नहीं सकती थीं। हम सब की आँखों में मृत्युबोध को छिपाने की कोशिश देखकर चिल्ला नहीं सकती थीं। तुम इनसान रही ही नहीं, एक आध्यात्मिक सत्य रह गईं। वरना क्यों न इनसान चीखे कि यह चोट भयानक है, मैं मरना नहीं, जीना चाहती हूँ और क्यों न तुम गुस्से से चिल्लाओ यह तैयारियाँ बेकार हैं, मैं

मर रही हूँ ?

पर हमारी भीड़ तुम्हें चीखने देती कहीं ? हमारी आँखों ने तुम्हारी दबी-से-दबी आह को लील रखा था। हलकी सी आवाज़ पर हम सारे-के-सारे दौड़ आते, तुम्हारा मुँह बंद करने। जब तक तुम रहीं, तुम्हारा मुँह ही बंद करते रहे और जब बूँद छोर तक बढ़ ही आई तब सबके सब हाँफने लगे, दौड़े आए नए औज़ार लेकर कि हवा का रुख पलट दें, कहीं तुम मुँह न खोल दो ! हम इतना डरते थे इस बात से।

पर तुमने तो चुप्पी साध ली थी।

थोड़ा-थोड़ा समझने लगी हूँ तुम्हारे चुप को। सामनेवालों की आँखों में अपनी नियति देखकर चिल्ला पड़तीं तो उसका बोध बाहर ही तो आता, फिर कैसी बदहवासी मचाता। बंद रहने दिया तभी तुमने उसे उनकी आँखों में और पास बैठे इस 'दुख' में जो तुम्हारी तरह चुपचाप मुझे देखता है, जानता है मैं भी जानती हूँ पर चुप रहकर मुझे बावली बनने से रोकता है, चिल्लाने से रोकता है।

तुम इसलिए भी नहीं चिल्लाईं कि हम तुम्हारा चिल्लाना याद करके कैसे सहेंगे ? तुममें दया उमड़ी हमारे लिए। तुम शांत आँखों से हमें देखती रहीं। मैं भूली नहीं हूँ दीदी कि जब तुमने देखा हम सब रोने लगे तो तुमने हमें बख्शने के लिए वे आँखें जानबूझकर बंद कर लीं, सुनती रहीं हमारी बदहवास रुलाई को, पर तय कर चुकी थीं कि आँखें खोलकर अब हमें और नहीं सहवाओगी। सबने कहा, गई, पर मुझे पता था तुमने हमारे तनते इंतज़ार को खत्म करने की ठानी है। मैंने तुम्हारा हाथ पकड़ा था, तुम्हें बताने कि मैं जानती हूँ तुम गई नहीं हो। समझी थीं न तुम ?

मैं जानना चाहती हूँ तभी से कि समझी थीं न तुम और खोजती हूँ तुम्हें हाथ फैलाकर और कोई रास्ते में आता है तो उसे दबोच लेती हूँ, मिटाने या छोड़ देने पीछे, उसकी सदियों को लाँघते हुए निकल जाने।

मैं उनके पार उनके पार जहाँ कुछ नहीं बचता पहुँचना चाहती हूँ, हाथों को तुम्हारी तरफ़ किए। जहाँ मैं ज़रा सी भी नहीं बचती। जहाँ याद भी नहीं बचती कि एक और आई थी बूँद जो हवा के झोंके में बढ़ती कोने तक आकर लुढ़क गई...

●●●